이 작가를 한번 보라

강준희 편저

국학자료원

이 도서의 국립중앙도서관 출판시도서목록(CIP)은 서지정보유통지원시스템 홈페이지(http://seoji.nl.go.kr)와 국가자료공동목록시스템(http://www.nl.go.kr/kolisnet)에서 이용하실 수 있습니다. (CIP제어번호: CIP2014005332)

책머리에

이 책『이 작가를 한번 보라』는 내가 문단에 나온 이후 일간지를 비롯한 주간지, 월간지(문예지를 포함한), 계간지, 무크지 등에 실린 인터뷰 기사가 주종을 이루고 있다. 그리고 문학평론가, 친지, 명사, 문단 선배, 동료 후배가 신문, 문예지, 평론집 및 내 작품집 등에 강준희 문학과 인생에 대해 쓴 이야기들이다.

나는 이 책『이 작가를 한번 보라』를 책으로 낼 생각을 안 했는데 출판사 측에서 내 인생 역정이 소설 이상으로 소설적이니 그동안 지지紙誌에 인터뷰한 기사와 평론가들의 작품론, 그리고 작가론에 대해 쓴 것을 책으로 한번 내보자 제의해 왔다. 나는 처음 내 인생의 돌닛길이 뭐 그리 대단하다고 책까지 내랴 싶어 사양했는데 출판사 측의 곡진한 부탁이 몇 차례 더 있어 수락을 했다. 내 인생 행로와 문학이 읽는 이들에게 도움이 된다면 작히나 좋으랴 싶어서였다.

바라건대 이 책이 행여 어렵고 힘들고 고단하게 사는 이들이 읽고 조그마한 힘이라도 된다면 참 좋겠다.

2014년 봄
강준희

목 차

참새처갓집의 참새 장인

「나는 엿장수외다」의 작자 강준희 씨

이재관
한국일보 주간한국 기자

"당신 춥지?"

"아뇨, 당신은?"

"나도 괜찮아. 많이 팔았소?"

"오늘 저녁, 통 손님이 없네요. 겨우 세 꼬치……."

별빛조차 오들오들 떠는 영하의 새벽 한 시. 충청북도 충주시의 통금 없는 밤거리. 「참새처갓집」이란 먹글씨가 얼룩진 흰 포장을 둘러친 '리어카'를 남편은 앞에서 끌고 아내는 뒤에서 민다. 목을 움츠린 채 골목길을 접어들면 '희망의 집' '리어카'를 세우고 자물쇠를 딴다. 남은 참새들을 집 안에 옮겨 간수하고 연탄불을 살핀 다음 다시 밖에서 문을 잠근다. 문인이라고 자부해 본 적은 없지만 글을 안 쓰고는 못 배기게 된 강준희 씨(34. 충주시 용산동 147) 부부가 장사하는 이중의 「참새구이집」이 하루를 닫는 순간이다.

강준희!

「나는 엿장수외다」라는 '논픽션'으로 살아야만 하는 지성인의 가난을 고발한 그의 인생은 삶과의 피나는 투쟁이었다. "처음 이 일을 시작하니 말이 많더군요. '강준희 또 쇼한다', '미친놈이다', '글쓰기 위해 하는 연극이다' 등 비웃는 거죠. 하지만 어떤 배부른 놈이 이 짓을 하겠습니까. 같잖은 일이죠."

비난이나 코웃음도 수긍이 간다. 일반적인 상식으로 강 씨가 참새구이를 할 위인은 결코 아니다. 그는 1958년에 「농토」라는 잡지에 이미 「인정(人情)」이란 단편을 발표했고, 1963년도엔 대한일보에 콩트 「분노」를 발표했다. 그리고 1966년엔 『신동아』에 그 유명한 「나는 엿장수외다」란 논픽션이 당선돼 전국에 소개, 선풍적인 화제를 몰고 온 문인이다. 그런가 하면 한때 서른 세 살의 젊은 나이에 공화당 충주지구당 선전부장도 역임했고 몇 군데 국영 개인 기업체에서 샐러리맨 노릇도 했다. 그런데 참새 구워 술 파는 포장마차를 하다니 믿지 않음직도 하다.

"팔리긴 잘 팔립니까?"

"보시다시피 손님이 없어요. 충주가 비록 작은 도시이긴 하나 이런 곳 한 군데쯤은 될 줄 알았는데……."

많아야 여남은 명 들어설 좁다란 「희망의 집」엔 밤 열 시가 넘도록 혀꼬부라진 두 사람의 주객酒客 외엔 들르는 사람이 없어 휑하니 넓어보였다. 한구석을 막아들인 쪽방엔 노산鷺山의 「무상(無常)」을 비롯한 몇 권의 문학 서적이 쌓여 있고 홀 안 기둥엔 8절지 크기의 낙서첩이 걸려 있는데 거기엔 '낙서보다 진실된 진리는 없다'라는 주인 강 씨의 부제 글씨가 달필이다. '왜 하필이면 참새구이집을?' 기자의 질문에 그는 한동안 말이 없다가 '하필이라뇨. 살기 위해서죠. 세상과 타협할 줄 모르고 권력이나 금력에 아부할 수 없으니 자력으로 할 수 있는 일이 이런 것밖에 더 있나요?'

현재 가난한 사람의 지난날이 그랬듯 공식은 아니지만 강 씨도 단양 부농의 외아들로 태어났다. 부친이 세상을 뜰 때는 철모르던 어린 시절. 편모를 모시고 살다보니 가세는 넘어가는 해처럼 기울었다. 15살 되던 해 고향을 등졌다. 남의 집 문간방에서 어머니마저 눈을 감았을 땐 자신의 손으로 어머니를 염습해야 했다. 어머니를 장례 모시고 음성 땅 무극으로 가 엿장수를 시작했다. 그러나 이 엿장수도 벌이가 안 돼 일 년 만에 때려치우고 흘러온 곳이 충주였다. '처음 계명산 자락에 움막집을 짓고 담배 건조장에서 하루 90원 받는 날품팔이를 하고 막노동판을 찾아다니며 닥치는 대로 일을 했죠.'

새벽 네 시에 잠을 깬다. 똥지게를 지고 시내로 내려와 똥을 퍼 지고 올라간다. 아내와 흙벽돌을 찍고 틈틈이 품을 팔아 하루 품삯 90원으로 서까래 하나와 보리쌀 한 되를 산다. 그러면서 며칠씩 땅을 일구는 개간에 매달리는데 너무 힘이 들고 고되 코에서 단내가 난다. 그래도 이를 물고 팽이질을 하노라면 뱃가죽이 등가죽에 착 달라붙어 힘을 쓸 수가 없다. 이런 극한 상황 속에서도 벽돌을 찍어 방 두 칸 부엌 한 칸의 토담집을 지었지만 도저히 더는 견딜 수가 없어 개간한 땅 한 벌떼구니를 권리금 단돈 3천 원을 받고 팔아 시내로 내려왔다. 그 돈으로 사글셋방 하나를 구하고 아내가 길거리서 풀빵장사를 시작했다. 이때 강 씨는 건축공사장에서 일당 1백 50원의 인부 노릇을 시작했다. 그러던 어느 날 벽돌을 지고 이 층에 오르다 썩은 나무가 부러지는 바람에 바닥에 떨어졌다.

"의식을 잃었다가 눈을 떠보니 하늘에 흰 구름이 흘러가고 동료 인부 두 사람은 현장에서 숨졌죠. 그때 저는 무척 울었습니다. 하루 1백 50원의 품값조차 허락 못 받은 그들의 인생이 너무 가여워서죠. 헌데도 저는 멀쩡했으니 얼마나 괴로웠겠습니까."

강 씨는 다행히 찰과상에 그쳤지만 그 바람에 일자리를 놓쳤다. 공사판 일이 무기한 연기가 됐기 때문이다. 할복한 정승은 계란에도 유골이라더니 강 씨는 자신이 그렇다고 생각했다. "그 해 가을, 그러니까 1966년도였어요. 『신동아』에서 공모하는 논픽션에 「나는 엿장수외다」를 응모, 당선됐지요."

그러자 여기저기 사방에서 편지가 오고 직접 찾아오기도 하고 일자리를 주겠다느니 의형제를 맺자느니 어떤 이는 사업을 하겠다면 자금을 대 주겠다 하기도 했다. 그러나 강 씨는 편지는 꼭 답장을 하고, 찾아오는 사람은 정성껏 대해 주고, 의형제를 맺자는 사람은 좀 더 생각해 보자 하고, 사업 자금을 대 주겠다는 사람은 그 자리에서 사양했다. 사업에 경험도 없을 뿐만 아니라 남의 알토란 같은 돈을 덥석 받아 사업(?)을 하다 실패하면 이런 낭패가 어디 있겠나 싶어서였다.

'아무리 생각해도 내 손으로 벌어먹는 일을 하는 게 최상이다 싶어 연탄을 끌기 시작했죠. 그러나 연탄 배달도 어려움이 많았습니다. 우선 단골이 없으니 주문이 없고 주문이 없으니 배달이 없고 배달이 없으니 수입이 없어 굶어 죽기 십상이었다. 안 되겠다 싶어 한 해 겨울만 연탄 배달을 하고 다음 해 겨울부터 참새구이 포장마차를 시작했다. 충주에서는 참새구이, 아니 포장마차 제1호였다.'

"어째서 포장마차 이름을 '참새처갓집'이라고 했죠?"

"아, 예. 좀 웃어 보자는 거죠. 이 재미없고 해학 없는 세상에 해학 한 번 해 본 거죠. 손님들은 저보고 참새 장인이라 하죠."

처음엔 자신이 포장 친 리어카를 끌고 거리에 나섰다. 한 달 만에 빚을 얻어 '희망의 집'을 열어 부인을 '희망의 집'에다 배치했다. 그러던 어느 날 늦게 들러보니 술꾼들이 부인을 작부 취급하더라는 것.

"겉으로 표현해 본 적은 없지만 아내가 불쌍하죠. 아니 가엾고 안쓰럽죠. 늘 마음 한구석에 안됐다는 생각을 가지고 있는데 그런 일을 당하니 울화가 치밀어 올랐죠."

이래서 부인은 오가는 사람이 많은 번다한 큰길의 포장마차 '참새처갓집'으로 내보내고 자신은 희망의 집을 지키기로 했다.

"글은 언제 쓰시나요?"

"낮에 틈틈이, 그리고 손님이 없으면 밤에 쓰지요. 시간에 쫓기다 보면 시간도 없고 정신이 맑지 못해 글이 잘 안 쓰이죠. 안타깝습니다."

시간 날 때면 써 모은 체험적 장편 에세이 「향수의 뒤안길」을 충청일보에 장기 연재했다. 지금 나는 고향도 옛날도 동시에 잃어버린 실향의 망향객(중략). 그러나 이렇듯 그립고 간절한 고향보다도 더 그리운 고향. 더 간절한 고향이 있다. 인간의 고향, 인간에의 고향 말이다.

에세이의 서장序章이다.

"생활 속에서 보고 느낀 걸 썼습니다. 저는 인간이 그립습니다. 자로 재야 하고 숫자로 따져야 하는 그런 인간 말고 마음으로 통하고 가슴으로 통하는 그런 인간 말입니다. 그렇다고 세상이 모두 비인간적이란 말은 아닙니다. 저 같은 사람을 보기 위해 찾아오는 분도 있고 분에 넘칠 만큼 아름다운 정을 주는 분도 있지요. 저를 대구까지 초청해 경주 관광을 시켜준 독자도 있고 '희망의 집'에 들러 가슴 따뜻한 말을 나누다 가는 독자도 있지요. 그러니까 인생이란 어둡고 괴로운 것만은 아닙니다. 다만 제 성격이 풍타낭타식으로 세상을 적당히 살지 못해 고생을 더하지요."

이렇게 참새를 굽다 보면 인간이 참새가 될 때도 있다. '어이, 참새 더. 술도 한 병 더!' 할라치면 '예, 예' 하면서도 속으로 운다. 그러나 얼굴엔 웃음이 흐른다. 이럴 때는 머릿속에 회의, 허무, 절망, 인내, 분노, 극기, 달관 등의 단어가 스쳐간다. 또 하나의 에세이「끓는 빙점」역시 충청일보에 연재 중이다. 제목만 봐도 무슨 얘기를 쓰는지 알 듯하다. '사방이 벽인 얼어붙은 공간, 그 속에서 하나의 생명이 불타는 거죠. 가끔 신神을 생각해봅니다. 신은 철저한 에고이스트라구요. 아니 정신도착자인지도 모른다구요. 어쩌면 인간이 신을 절대전능하고 무소불위하고 무소불능하고 무소부재하고 무소부지

無所不至하다는 절대성을 부여해 놓고 그 절대성에 의지하는 건지도 모릅니다. 인간은 약하니까요. "신은 죽었다. 필요하다면 내가 신이 되어주마"라고 외친 니체의 말은 그래서 설득력을 얻는지도 모르지요. 굽어 살피지 못하는 신이라면 없는 게 낫겠지요.

산다는 대전체를 부정해 본 적은 한 번도 없다. 사는 방법 때문에 고민하는 것이다. 그래서 허무나 염세보다는 희망과 낙천을 선호한다.

"죽는 순간만은 껄껄 웃고 싶어요. 태어날 때 울고 나와 고생하며 살다가 죽을 때도 고통스러워 운다면 인간은 너무나 불행한 거죠. 가능하다면 죽을 때는 자살하고 싶습니다. 병으로 죽든 무엇으로 죽든 자살이 아닌 죽음은 타살입니다. 타살은 곧 패배 아닙니까?"

글은 자신이 약하니까 쓴다. 정신적으로나마 위대해지고 싶다는 거다. 내면 깊은 곳에서는 '페이소스'가 강물처럼 흐르지만 글은 해학과 풍자로 채우고 싶다. 하나의 '카무플라주'라는 것이다. "강가의 갈대숲에 '개개비'란 새가 삽니다. 뻐꾸기란 놈이 개개비의 둥지에다 알을 낳아 놓죠. 일종의 탁란托卵이죠. 그러면 개개비는 이것도 모르고 뻐꾸기 알을 품어 깝니다. 부화를 시키는 거죠. 뻐꾸기 새끼는 개개비 품속에서 자라다 크면 산속으로 날아가 버립니다. 그러면 개개비는 '개개개개' 하면서 웁니다. 가지 마라. 가지 마라. 너는 내 새끼 개개비라며. 뻐꾸기는 약은 것처럼 보이지만 나쁜 놈입니다. 저는 개개비 편입니다."

영하 19도의 한파가 몰아치던 날이다. 땅이 얼어 포장치는 쇠꼬

챙이조차 박히지 않았다. 그래도 '참새처갓집'에서 새벽 두 시까지 버티었다. "결국 한 마리도 못 팔았지만 그래도 집으로 돌아가는 길엔 승리감을 맛보았죠."

"뻐꾸기가 되실 생각은 없습니까?" "뻐꾸기요? 태어나길 그렇게 못 태어났으니 어렵지 않을까요? 사람에겐 천품이라는 게 있으니까요." "돈을 벌면 무엇을?" "돈이요? 돈을 벌 수 있을까요? 욕심은 없습니다. 돈이 생긴다면 숲속에 빨간 지붕을 한 예쁜 집을 짓고 쓰고 싶은 글이나 썼으면 합니다."

조용히 살고 싶다. 금잔디 푸른 언덕에서. 그곳에는 내가 찾는 '베아트리체'도 있고, '아리사'도, 그리고 목동이 피리를 부는 '칼 부세'의 시정이 있을 것이다.

「향수의 뒤안길」의 마지막 구절이다. 그러나 현실은 이와는 정반대. 손님 하나 없는 '참새처갓집'에선 강 씨의 부인이 손을 호호 불며 삼국지를 읽고 있었다.

■ 후 기

위의 글은 1969년 1월 26일 『주간한국』의 '세라비'란에 실린 인터뷰 기사다. 당시 주간지는 『한국일보』에서 발행하는 자매지 『주간한국』하나밖에 없었다. 그래서인지는 몰라도 이 '세라비'에 인터뷰 기사가 나가자 기다리고 있었다는 듯 전국에서 많은 독자들이

나를 찾아왔다. 이는 봄이 돼 포장마차를 그만둘 때까지 이어졌고 그 후에도 한동안 나를 찾아오는 이가 심심찮게 있었다. 그런데 내가 여기서 밝히지 않을 수 없는 것은 그때 나를 취재하러 와 인터뷰 기사를 쓴 사람은 이재관李載寬이라는 내 또래의 젊은 기자였고, 이 기자는 그 후로 나와 자주 연통이 돼 내가 상경이라도 하면 바쁜 와중에도 시간을 내 무교동 선술집에서 인생을 마셨다. 그는 똑똑하고 유능해 몇 년 후 청와대 공보비서관으로 스카우트 돼 갔고 그곳에서도 인정받아 승승장구 출세가도를 달리는 듯했다.

아, 그러나 이 무슨 청천벽력인가. 그 생때같던 이재관 기자가, 아니 청와대 공보비서관이 눈 깜짝할 사이에 불귀의 객이 되고 말았다. 세상에 이런 허망하고 끔찍한 참극이 어디에 있는가.

1983년 10월 8일. 대통령 전두환은 공식 수행원 22명, 비공식 수행원 다수와 함께 동남아 5개국 순방길에 미얀마(버마)에 들러 버마의 독립운동가 아웅산 묘소에 참배하던 중 폭탄 테러로 참변을 당했다. 이때가 1983년 10월 9일 오전 10시 28분이었다. 이 아웅산 폭탄 테러 사건은 그 후 베일이 벗겨져 김정일이 김일성의 허락을 받아 인민군 정찰국 산하 특수 8군단 소속 특공부대 강창수 소장에게 지령하여 일으킨 사건으로 밝혀졌다. 강창수는 6·25 남침 때 전사한 강건 장군의 아들이었다. 폭파 임무를 맡은 3인 1조의 조장은 진모 소좌(생포 후 사형), 조원은 강민철(최근 옥사), 신기철(체포 과정에서 사살됨) 상위였다.

이렇듯 돌이키기조차 싫은 미얀마(버마) 독립운동가 아웅산 묘소에 터진 폭탄 테러 사건! 이 사건에 전도 유망한 이재관 공보비서관은 서석준 부총리 겸 경제기획원 장관, 이범석 외무부 장관, 김동휘 상공부 장관, 서상철 비서실장 등 17명이 함께 참변을 당했다.

생각하면 너무도 기막힌 참불가언慘不可言이어서 말을 할 수가 없다. 나는 그때 하도 어처구니가 없어 그의 명복만을 삼가 빌 뿐이었다. 그가 지금껏 살아 있다면 이 나라의 동량으로 훌륭한 재목이 되었을 텐데…….

지금도 나는 그의 모습이 아련히 떠올라 문득 문득 생각이 난다.

아, 이재관 형이시여! 그립고 보고픈 이재관 형이시여! 부디 근심 걱정 없는 하늘나라에서 고이 잠드시오. 아니 편히 영생하시오!

학생기자 인터뷰

의지의 작가 강준희 씨

원고지 살 돈이 없어 마분지에 글을 쓴 어려운 시절이 있었다. 그의 문학에 대한 정열과 사랑은 그 어려움을 극복했다. 누구보다도 강한 의지, 누구보다도 강한 문학에 대한 집념, 그것은 바로 인간의 승리이고 결코 패배할 수 없는 의지의 소산이다. 1974년도 『서울신문』 신춘문예 기록문학 「하 오랜 이 아픔을」이 당선돼 화제의 인물이 된 강준희 씨의 얘기를 스튜던트 타임스student times 충주학생기자단이 인터뷰 취재해 본사에 송고했다. ─편집자

지난 달 26일 충주학생기자단은 불우한 역경 속에서도 굴하지 않고 글을 써서 『서울신문』 신춘문예에 당선한 의지의 작가 강준희 선생님을 충주학생기자단 회의실로 초빙, 문학 강좌와 더불어 인터뷰를 했다.

선생님은 연방 얼굴에 웃음이 감돌고 부드러운 목소리로 차근차근 얘기를 풀어나갔다.

오직 '작품다운 작품'을 쓰는 것이 소망이며 '순수한 문학인'으로

생을 살아가겠다는 강준희 선생님. "문학이 있어 내가 존재한다"고 말하는 선생님의 얼굴엔 굳은 의지가 넘쳐흐른다.

1남 2녀를 거느린 가장이지만 셋방신세를 못 면하고 있다며 쑥스럽게 웃는 선생님이지만 가난은 나를 지배하지 못하리라는 굳은 의지가 신념처럼 넘쳐흐른다. 이런 강준희 선생님과 학생기자단의 일문일답을 소개한다.

"먼저 당선을 진심으로 축하드립니다. 당선 소감을 스튜던트 타임스 독자를 위해 한 말씀 해 주시죠."

"고맙습니다. 누구나 그렇겠지만 자신의 글이 수백 대 1의 경쟁을 뚫고 당선되면 아주 많이 기쁘지요. 흥분도 되구요. 솔직히 뛸 듯이 기뻤습니다."

"그러셨군요. 충분히 이해합니다. 저희들이 알기엔 선생님은 이미 다른 데서도 당선하시고 또 발표도 많이 하신 걸로 아는데요. 첫 작품은 무엇이었나요?"

"첫 작품은 1958년에 발표한 「인정(人情)」이란 단편소설이었습니다. 지금 보면 유치한 글이어서 부끄럽기 짝이 없지요. 나는 사실 그동안 서울의 몇 잡지와 지방의 일간지 등에 꽤 많은 글을 발표했어요. 『신동아』지에 「나는 엿장수외다」란 논픽션도 당선되구요."

"예. 이번 당선 소식을 듣고 어떠셨습니까?"

"앞에서 말한 그대룹니다. 기쁘고 좋고 신나고 흥분되고. 그 기분을 알려면 학생 여러분도 글을 써서 한번 당선해보세요. 그럼 압니다."

"선생님께선 남다른 역경을 겪으셨다는데요, 특히 기억에 남는 게 있으시다면……."

"글쎄요. 하도 많아 무엇을 말해야 할지 모르겠군요. 역경은 결국 고통을 동반하기 마련인데, 나는 이제 역경, 고통, 가난이 친구가 돼 버렸어요. 19세기 미국의 시인이자 사상가인 에머슨은 이런 말을 했어요. "어떤 사람은 슬픔을 딛고 일어서고, 어떤 사람은 슬픔 밑에 깔린다"라고. 그러면 나는 어느 편인가. 에머슨이 한 말을 좀 변형시켜 "어떤 사람은 역경에 져서 좌절하고 어떤 사람은 역경을 이겨 승리자가 된다"고 말하고 싶어요. 여러분도 다 아는 경구겠지만 괴테는 "눈물 젖은 빵을 먹어 보지 않은 사람은 인생의 참맛을 알지 못한다"고 했어요. 좀 어려운 말이 될지 모르지만 자승자강自勝自强이란 말이 있어요. 자기 자신을 이기는 사람이 강하다는 뜻인데, 가장 어려운 게 자신과 싸워 이기는 거지요, 배고픈 고통, 이건 당해보지 않은 사람은 잘 모릅니다."

강준희 선생님은 이 말과 함께 잠시 눈을 감았다. 아마 지난날이 나라타주되어 주마등처럼 스치는 것 같았다. 기자가 다시 물었다.

"선생님은 가난을 부끄러워하신 적이 없으신가요?"

"19세기 독일의 극작가 코체부는 이런 말을 했지요. "'가난은 수치가 아니다'라는 말은 모든 사람이 입에 담으면서도 아무도 믿지 않는 말이다"라고. 『논어』라는 책에도 이런 구절이 있지요. "가난하며 원망하지 않기 어렵고, 부자이면서 교만하지 않기 또한 쉬운 일이 아니다"라는. 가난은 부끄러운 건 아니지만 좋은 것도 아닙니다."

"그렇지만 어려운 집안에 효자난다고 가난한 집에서 청렴한 사람이 나온다지 않습니까?"

"그런 경우가 더러 있긴 하지만 반드시 그런 건 아니지요. 유대 격언에 "돈은 무자비한 주인이지만 유익한 종이 되기도 한다" 했고 중국 전한의 학자 회남자淮南子는 "도둑질로 잘사는 사람도 있으나, 잘사는 사람이라고 모두 도둑질한 것은 아니다. 또한 청렴해서 가난하게 사는 사람도 있으나 가난한 사람이 다 청렴한 것은 아니다" 라고 했는데 한 번 깊이 음미해 볼만한 말입니다."

"돈 많은 부자한테 가난한 사람은 고개 숙여 아부한다는데 선생님은 안 그러시죠?"

"어허, 그 아주 어려운 질문이군요. 저 2천여 년 전 사마천司馬遷은 『사기(史記)』라는 책에서 이런 말을 했어요. "자기보다 열 배 부자면 그를 헐뜯고, 자기보다 백 배 부자면 그를 두려워하고 자기보다 천 배 부자면 그에게 고용당하고, 자기보다 만 배 부자면 그의 노예가 된다"고. 글쎄 나는 여태까지 돈 많은 사람을 못 만났고 돈 좀 있는 사람에게도 허리 굽히거나 아부한 일은 없었지만 또 모르지요. 사마천이 말한 것처럼 나보다 만 배쯤 되는 부자가 나타난다면 어떻게 할지."

"마지막으로 선생님께서 저희 학생들에게 귀감이 될 수 있는 말씀을 해 주신다면 어떤 말씀을 해 주실 수 있을까요?"

기자는 강준희 선생님의 해박한 지식에 감탄하며 조심스레 물었다.

"학생들에게 귀감이 될 수 있는 말이라, 가만 있자 뭐가 좋을까. 아참 여러분은 '보이스 비 앰비셔스Boys be ambitious'란 말을 알지요? "젊은이여, 대망大望을 가져라"는 말 말입니다. 이 말은 1868년인가 그때 일본이 명치유신明治維新을 일으켜 낡은 일본을 새로운 일본으로 개혁하기 위해 1876년 미국의 과학자요 교육자인 윌리엄 클라크 교수를 초청, 북해도의 농과대학 전신인 삿포로 농학교의 지도를 맡겼지요. 클라크는 8개월의 재임 기간 동안 기독교 정신으로 일본 청소년을 열심히 교육시켜 지대한 영향을 끼쳤지요. 임무를 마치고 떠나며 클라크는 일본 청소년들에게 "젊은이여, 대망을 가져라, 즉 보이스 비 앰비셔스"라는 명언을 남겼지요. 지금도 일본 북해도 농대의 교정엔 클라크의 동상과 그의 명언이 조각돼 있어요. 나도 클라크처럼 "청소년들이여 웅지雄志를 가져라" 하고 말하고 싶어요. 그리고 예술가다운 정열과, 종교가다운 겸허와, 과학자다운 탐구력으로 사회에 꼭 필요한 인물이 되라 말하고 싶군요. 세상엔 있어서는 안 될 존재와, 있으나마한 존재와, 꼭 있어야 할 존재의 제3존재자가 있는데 여러분은 꼭 있어야 할 존재자가 되어주길 바랍니다."

　"아, 예 그러시군요. 보잘것없는 저희 학생기자단 초청에 응해주시고 또 금과옥조 같은 말씀을 해 주셔서 대단히 감사했습니다. 부디 건강하시고 좋은 글 많이 써주시기 바랍니다."

　기자는 인터뷰를 마치며 새삼 놀라움을 금치 못했다. 기자가 알기로 강준희 선생님은 전 학력이 국졸밖에 안 되는 것으로 알고 있는데 어쩌면 그리 해박한 지식을 갖고 계신지 혀를 내두르지 않을

수 없었다. 이날의 인터뷰는 우리 학생기자단에겐 보람되고 유익한
인터뷰여서 오래오래 학생기자단 가슴에 남을 것이다.

충주학생기자단 일동
강준희 씨 주소
충북 충주시 성서동 205−48 (윤환 씨 방)

■ 후 기

위의 글은 스튜던트 타임스 충주학생기자단의 인터뷰 내용으로
1974년 2월 18일자 『Student Times』에 실린 것이다. 충주학생기자
단은 기자단 회의실로 나를 초빙, 문학 강좌와 함께 인터뷰를 했다.
이날 학생들의 표정은 시종 엄숙하고 진지했다.

화제의 샘

충주의 엿장수 출신 소설가 강준희 씨 국졸, 한땐 참새구이 연탄배달원 노릇

충주의 강준희 씨(41)는 학력은 국졸에 불과하지만 엿장수 등의 밑바닥직업 생활을 몸소 체험하면서 독학하고 소설을 공부해 마침내 문단에 당당히 등단한 작가로 충주 시민들에게 너무나 잘 알려진 명물인간이다.

충주 시내에서 행인을 붙잡고 그를 아느냐고 물으면 절반 정도는 안다고 고개를 끄덕인다.

그러나 집이 어디냐는 물음에는 대답을 하는 사람이 드물다. 그렇다고 해서 이 명물인간은 거처가 없는 것은 아니다. 충주시 교현동 722의 18 시영주택 27호에 얻어든 셋방 한 칸이 그의 보금자리다.

그는 시간이 나면 시내의 다방가에 나와 호쾌한 문학론을 해박하게 펴고 있다. 대개 작가나 그 밖의 예술가들은 머리 모양이 제멋대로이고 복장도 아무렇게나 입어 무질서한데 그는 머리 모양은 물론 복장도 깔끔하고 단정하다. 그의 말에 따르면 "건전한 사고에 건전한 정신이 따르듯, 단정한 복장이라야 단정한 한 자세(행위)가 나온다"는 거였다.

이런 그는 언제나 여유 있는 표정이다. 누구라도 이런 그를 보면 그토록 모진 고생으로 가난하게 사는 사람 같질 않다. 거리나 다방가에서 만나는 그는 언제나 댄디하다.

이런 그가 명물이 된 것은 시내 중심가에서 언제든지 쉽게, 그리고 자주 만날 수 있는 사람인데다 그의 과거 직업이 너무 특이했기 때문이기도 하다.

충북 단양이 고향인 그는 초등학교밖에 안 나와 처음엔 농사, 막노동, 나무장수 등을 하며 주경야독을 했다. 이때는 아버지가 이미 돌아가신 때라 편모와 함께 고향을 떠나 객지를 전전, 어머니마저 돌아가시자 음성 무극이란 곳으로 가 엿장수를 시작했다. 이때 어느 집에서 고물로 받은 세계문학전집을 리어카에 싣고 다니며 열심히 읽었다. 엿장수와 가위질이 손에 익을 무렵 고물상이 폐업을 하는 바람에 이것마저 못하게 됐다. 그는 얼마의 고심 끝에 충주로 와 시내 한 모퉁이에 포장을 치고 참새구이 장수를 시작했다. 그러나 이 참새구이 장수도 당국의 가두 질서 단속에 걸려 제대로 할 수가 없어 하다 못하다 했다. 그래서 이번엔 연탄배달꾼으로 들어갔다. 충주시 용산동에 있는 정선연탄공장이었다.

이렇게 고달프고 힘든 연탄배달을 하던 그는 우연히 동아일보에서 자매지 『신동아』가 논픽션을 공모한다는 광고를 보고 음성 무극(지금의 금왕읍)에서의 엿장수 생활을 2백 자 원고지 350장 분량으로 써서 응모를 했다. 「나는 엿장수외다」란 제목으로. 그런데 이게 당선의 영광을 안아 화제의 인물로 뜨기 시작했다. 그러자 충주는 물론 중앙 문단에서도 화젯거리가 돼 인구에 회자됐다.

이렇게 되자 여기저기서 찾아오는 사람이 많고 팬레터는 하루에도 수십 통씩 답지했다. 그런가 하면 일자리를 주겠다는 사람도 생겼다. 한데도 그는 밤에 코텍이라는 담배회사에서 야적한 담배를 지키는 경비원 노릇을 하며 낮에는 책 읽고 글 쓰면서 잠깐씩 토막잠을 잤다. 그러는 사이사이 수석을 채집하러 강으로 나갔다. 단 10분도 허비하지 않은 바쁜 나날이었다.

그의 피나는 노력努力은 여기서도 그치지 않아 1974년도엔 『서울신문』 신춘문예에 기록문학 「하 오랜 이 아픔을」이란 작품을 응모, 또다시 당선의 영광을 안았다.

이때까지만 해도 자신의 기구한 인생역정을 엮은 논픽션만 써오던 그는 1975년 「하느님 전 상서」라는 순수문학 작품을 『현대문학』을 통해 추천받아 여봐란 듯 작가로 데뷔했다. 작품은 평론가들의 평한 문제작으로 각광받아 문단의 화제가 됐다.

초등학교밖에 안 나온 그가 온갖 역경을 다 겪으며 독학으로 당당한 작가가 되고 중·고등학교는 물론 대입·고입학원에서까지 강의를 하게 되자 충주 시민들에게는 정말 경탄스러운 일이 아닐수 없다. 그래서 그에게 충주 지방의 명물 칭호를 붙이는 일에 반대할 시민은 아무도 없다. 모두가 그의 노력과 인내와 투지에 아낌없는 갈채를 보내고 있다.

충주 강승원 기자

■ 후 기

　위의 글은 1976년 2월 1일자 『주간한국』에 난 인터뷰 기사다. 이 기사가 나가자 나는 또 다른 지지紙誌에 난 인터뷰 기사 때처럼 유명세(?)를 탔다. 그 바람에 나는 운신의 폭이 아주 좁아졌고 일거수 일투족이 부자유스러웠다.

「나는 엿장수외다」의 작가

회심의 역작 「촌놈」

신용길

9월 15일부터 4면에 연재.

메커니즘을 살아가는 꿋꿋한 인간상 묘사. 주인공 석우진은 누가 뭐라고 해도 자기 철학대로 사는 신념의 사나이.

충청일보사는 그동안 인기리에 연재됐던 김문수 씨의 역작 「젊은 가지들」의 뒤를 이어 문단의 준재 강준희 씨의 역작 「촌놈」을 15일부터(수요일 16일자) 4면에 연재합니다. 작가 강준희 씨는 충북 단양에서 출생. 『동아일보(신동아)』에 논픽션 「나는 엿장수외다」 당선, 『서울신문』 신춘문예 「하 오랜 이 아픔을」 당선, 『현대문학』에 단편 「하느님 전 상서」 등을 추천받고 문단에 데뷔한 화려한 경력의 작가로 계속 충북에 살면서 숱한 문제작을 내놓은 바 있습니다. 복잡한 메커니즘 시대에 의지를 잃지 않고 사는 청년상을 예리하게 부각시켜줄 이 「촌놈」은 작가의 기념비적 대작이 될 것을 의심치 않습니다.

◇ 작가의 말

뚜렷한 촌뜨기 그릴 터.

우리가 사는 사회엔 우리가 예상치 못한 일들이 참으로 많다. 안개 속을 헤매듯 전혀 알 수 없는 예측 불허의 미궁으로 빠질 때도 있고, 틀림없다 믿고 확신에 차서 한 일이 전혀 예상치 못한 불가사의에 빠질 때도 있다. 나는 '이것'이 옳다고 생각하는데 저 사람은 '저것'이 옳다고 주장하기도 한다. 그러니까 '이것'이 아무리 옳다 해도 '저것'이 옳다 생각하는 사람이 더 많으면 결국 '저것'이 옳은 것이 되고 만다. 많은 수효가 적은 수효를 누르고 승세를 굳히기 때문이다. 이는 그러니까 장님이 사는 세상에서는 눈 뜬 자가 비정상이다. 가당찮은 노릇이다.

주인공 '석우진'은 누가 뭐라 해도 자기 주장, 자기 신념대로 사는 사람이다. 그래서 석우진은 가당찮은 일들을 노려볼 것이다. 미욱하고 투박하고 순진한, 그러면서 자기가 옳다고 생각하면 밀고 나아가는 약삭빠르지 못한 청년 석우진(?)은 어떠한 경우에도 자기 신념, 자기 고집, 자기 철학대로 살아가는 청년이다. 그는 하늘의 뜻을 순종하고 존중하는 순천자順天者인 것이다.

그러나 모르겠다. 어디에도 물들지 않은 천의무봉天衣無縫 같은

'촌놈' 석우진을 그려볼까 하는데 글쎄 잘 될는지 원.

◇ 화가의 말

독자의 성원에 보답.

소설의 줄거리로 보아 같은 취향을 느낄 수 있을 것 같다. 사건의 현장을 느낄 수 있을 것 같다. 사건의 현장을 쫓아 내용을 보다 선명하고 경쾌하게 그려 독자 여러분의 성원에 보답하겠다. 많은 공감이 있으면 더 바랄 것이 없겠다.

■ 후 기

연재소설 「촌놈」은 원제가 「이단(異端)의 성(城)」인 것을 촌놈으로 제목을 고쳤다. 이 소설은 1976년 9월 15일부터 1978년 4월 28일까지 1년 7개여 월 동안 연재, 492회로 끝났다. 전장全長 4천여 장으로 책 서너 권 분량이다. 다른 작품은 '논설', '칼럼', '수필' 등 상당량의 글이 아직 책으로 묶여지지 않았으나 그 외의 소설은 5~6편을 빼고는 얼추 출간이 돼 나왔다. 그런데도 「촌놈」만은 아직 햇볕을 보지 못하고 있다. 책으로 내볼까 하고 꺼내보니 글씨가 깨알 같아 안 보이고 또 시대도 1970년대여서 개작을 해야 하는데 엄두가 안 나 처박아 놓고 있다.

「촌놈」을 연재할 때 다른 계층도 독자가 있었으나 농민들에겐 인기리에 읽혔다. 어떤 농민은 자기 집에 초대해 이런 농촌소설을 연재해 줘 고맙다며 잔치를 열기도 했다.

跋(발)

내가 아는 강준희

박재륜
시인 · 작고

무릇 모든 작품 행위가 다 그렇겠지만 그 중에서도 문학행위가 가장 어렵지 않을까 하고 나는 생각한다. 그 이유는 다른 어느 예술보다도 말, 즉 언어의 수단을 빌어서 나타내는 문학예술은 다른 예술에 비해 더 많은 소재, 더 많은 시간, 더 많은 섭렵, 더 많은 취재를 해야 함에도 불구하고 가난하기는 더 많이 가난하기 때문이다. 그렇다고 서구의 문명 선진국들처럼 작가들이 최고의 명예의식이나 최고의 귀족인으로 대접받는 것도 아니고 스웨덴처럼 단 한 권의 저서만 내놓아도 일 년에 4천 불이라는 적지 않은 돈이 나와 의식에 대한 걱정을 덜어주고 명예에 대한 가치를 높여주는 것도 아닌, 아니 오히려 글을 씀으로 해서 소외 내지 경원까지 당하고 그러다간 필경엔 국외자가 되는 게 오늘의 우리네 어처구니없는 실정이니 말이다. 하지만 이 모든 것들에 도전, 작품을 쓰는 작가도 있으니 우선

33

강준희가 그 좋은 예다.

아는 분들은 다 알겠지만 강준희는 정열과 패기와 의지와 집념을 빼놓으면 아무 것도 없는 사람이다. 아니 정열과 패기와 의지와 집념을 빼놓은 강준희는 생각할 수가 없다.

그런데도 그는 약하다. 마음이 약하고 심성이 약하다. 의지는 강하고 정신은 강한데 마음은 약하다. 가슴이 여리다. 그래서 감동을 잘 하고 감격을 잘 한다. 그는 센티멘탈리스트요, 리힐리스트다. 그리고 그는 또 아이디얼리스트요 로맨티스트요 옵티미스트다. 그는 절망한다. 그는 고뇌하고 절규하고 포효한다. 그러면서도 그는 껄껄거린다. 항상 여유가 있다. 그리고 도도하다. 돈은 있으되 옹졸하고 가난하고 치사하게 사는 사람이 있고, 가난하지만 넉넉하고 여유 있게 사는 멋스러운 사람이 있다면 아마도 그는 후자에 속할 것이다. 그는 안 해본 일이 거의 없다. 그는 소위 학력(학벌)이라는 게 없어 오로지 독학으로 학력擧力을 쌓은 실력가다. 내가 알기로 그보다 더 우여곡절이 많고 고난 역경을 수없이 겪으면서도 그때마다 이겨낸 사람은 젊은이들 중엔 별로 없을 것으로 본다. 그러나 그는 용케도 버티며 잘도 견뎌낸다. 누가 그의 얼굴에서 그의 표정에서 그런 따위 곡절을 읽을 수 있으랴. 그런 속에서도 그는 공부를 한다. 잘은 몰라도 그는 아마 천권서千卷書는 족히 독파했으리라. 나는 여기서 이런 점에서 강군의 인간을 높이 산다. 그리고 집요한 인간 긍정의 사상이 깔린 강렬한 그의 문학을 믿는다. 그는 아부도 못하고 수단도 없다. 아부가 다 뭔가. 그는 원칙이 아니면 통하지 않는 정통

고집쟁이다. 강군이 적당히 시류에 편승하고 요령 있는 속물로 살아왔더라면 부자는 몰라도 집칸이나 마련하고 자가 오토바이쯤은 넉넉히 타고 다닐 것이다. 그런데도 그는 쉽게 사는 방법을 버리고 어렵게 사는 방법을 택했다. 생각하면 딱하고 안타까워 숙맥처럼 보이다가도 아하, 이 철학 없는 세상에, 이 신념 없는 세상에 자기 철학, 자기 신념을 가지고 올곧게 사는 젊은이가 내 앞에 있는 게 얼마나 장한 일인가 싶어 자랑스럽기도 하다. 그래서 하루라도 못 만나면 보고 싶어 만나야 한다. 만나서 산책을 하고 문학담을 나누고 칼국수를 먹고 커피집에 가 차를 마셔야 한다. 그는 나이로 따지면 나보다 25~26년 밑이어서 아들뻘이지만 아들하고도 못할 말을 강군하고는 다 한다. 왜냐하면 강군은 나의 가장 친한 문우文友이자 나이를 초월한 망년우忘年友이기 때문이다. 그도 나를 지극히 위하고 따라 우리는 메밀벌마냥 허구한 날 붙어 다닌다.

여보게 강 군!
자네 아호가 김맬운 자 마을촌 자의 운촌耘邨이라 했것다.
운촌!
김매는 농부처럼, 촌에 살며 김매는 심정으로 그렇게 살게나. 자네 말마따나 인간은 쓸개나 하나지 둘은 아니지 않은가.

1976년 10월 萬里山下 一隅에서

菊史 朴載崙

■ 후 기

　작고 시인 박재륜朴載崙 선생님은 1910년생으로, 우리 문단의 큰 어른이시자 산 증인이셨다. 선생님은 일찍이 휘문고보를 나와 모더니즘 계열의 시를 쓰시며 이상李箱, 최재서崔載瑞, 김광균金光均 등과 교우하며 젊은 시절을 서울에서 보내시다 나이 들어 고향 충주로 오셔서 충주여고에서 국어를 가르치셨고 사립고 충원고등학교에서 교장을 지내셨다. 그러다 중원군 교육구 교육감(지금의 교육장)을 지내셨다. 그리고 정년은 초등학교 교장으로 마치셨다. 알만한 분은 다 알지만 선생님은 학처럼 깨끗하게 늙으신 데다 옥골선풍玉骨仙風의 멋진 풍모와 단아한 자태를 가지셔서 보는 이마다 그 우아함에 부러움을 느꼈다.

　나는 이런 선생님의 인품에 매료돼 사흘이 멀다 선생님을 찾아뵙고 많은 것을 배우고 또 많은 영향을 받았다. 선생님은 평생을 선비로 고매하고 초연히 사셨고 물외物外의 경지에서 외수外數라곤 모르고 사신 분이시다. 그런데도 이런 어른을 문단은 도외시하고 상 한번 드리질 않았다. 새파란 애송이 시인들도 상을 타는 마당에.

　나는 안 되겠다 싶어 누구라면 다 알만한 문단의 실력자(실세라고도 해야 할)를 몇 차례 만나(그도 이미 고인이 됐다) 박재륜 선생님께 상 하나 드려야 도리 아니냐 했더니 그는 그때마다 글쎄, 상을 드리려면 큰상을 드려야 하는데…… 어쩌고 하며 말끝을 흐렸다. 나는 화가 치밀어 그럼 큰상 하나 드리면 될 것 아니냐, 만날 끼리끼리 돌아가며 자기들만 상을 타먹게 하지 말고 시골에서 초연히 사시는 선생님 같은 분을 드려야 마땅하다 했지만 소용없었다. 아니 오히려 역효과였다. 그것은 내가 그 후 문단의 모모제인이 모인 자리에서 그 얘기를 했더니 동석했던 누군가가 "아이구, 그거 잘못하셨습니다. 그 사람이라면 상을 좌우할 수 있지만 맨입으론 절대 안 됩니다. 술대접 밥대접에 두둑한 봉투 하나 찔러주면 몰라두요" 했다. 나는 분통이 터졌다. 박재륜 선생님이 서울에 사시면서 문단의 영향력 있는 사람들과 교우했어도 상을 안 드렸을 것인가 싶자 울화가 치밀었다. 1930년대 시단에 나와 당시 한국시단에 대두됐던 모더니즘 문학이론을 배경으로 작품 활동을 하셨고 시집으로는 『궤짝 속의 왕자』를 비롯해 『메마른 언어』, 『전사통신(田舍通信)』, 『인생의 곁을 지나며』, 『천상(川上)에 서서』, 『고원(高原)의 꽃밭』, 『설령(雪嶺)높은 마루』 등 빼어난 시집들이 있으시다.

나는 안 되겠다 싶어 선생님이 돌아가기 전에 시비라도 세워드리자 결심했다. 이때 선생님은 이미 80세가 넘으셨고 건강도 좋지 않으셔서 병석에 계셨다. 나는 우선 몇몇 분을 찾아다니며 박재륜 선생님 시비건립에 대해 말씀드렸고 곧 이어 박재륜 선생님 시비 건립추진위원회를 만들어 추진위원장에 선생님과 친분이 두터운 제중의원 원장 이낙진李洛鎭 박사님을 모셨다. 그런 다음 여러 차례 회합을 하고 동분서주 돌아치면서 선생님의 제자와 선생님을 잘 아는 분, 그리고 내 지인들로부터 성금을 모으기 시작했다. 여기엔 중부매일 충주 주재 최근배 부장(현재는 충주시 의회의원)의 힘이 커 시비 건립에 크게 기여했다.

이렇게 하기를 3년여. 드디어 충주체육관 광장 옆 잔디밭에 '박재
류 시비'가 건립 제막됐다. 이때가 1993년 10월 13일이었다. 그날
선생님은 와병중이시라 휠체어를 타고 나오셔서 제막식을 보셨는
데, 이때 선생님은 내 손을 꼬옥 잡아 당신 가슴에 대시며 "여보게.
운촌! 자네가, 자네가……" 하시더니 그만 흐느끼셨다. 그러며 "고
맙네. 자넨 내 진정한 문우야, 문우!" 하시며 그예 내 가슴에 당신 얼
굴을 묻으셨다.

나는 이런 선생님 댁에서(남한강변에 위치한 교장사택) 1975년
한 해 여름을 보내며 단편 「용냇마을 이야기」와 「그 해 여름」을 집
필, 두 작품을 문예지에 발표했는데 이 중 「용냇마을 이야기」는
1976년 11월 초 월간문학에 실려 '이달의 작가 작품'에 뽑혀 경향신
문 11월 30일자에 신동한, 김우종 두 평론가가 합평을 하기도 했다.
생각하면 그 때 선생님과 함께 보낸 그 해 여름이 사무치게 그립
고 달이 밝은 날이면 마당가 들마루에 나앉아 차를 마시며 나누던
문학담과 인생담이 못 견디게 그립다.
아, 선생님! 이제는 어디서 선생님의 그 학 같으시던 자태와 고고
하신 모습을 뵐 수 있을까요. 예? 선생님!

이달의 작품 작가

강준희 씨의 소설 「용냇마을 이야기」

강용자
경향신문 문화부장

평론가들이 선정하는 이달의 작가에는 월간문학 11월호에 「용냇
마을 이야기」를 쓴 충주의 강준희 씨가 결정되었다. 다음은 기자가
쓴 강준희 씨의 인터뷰 내용과 문학평론가 신동한 씨와 김우종 씨
의 작품평을 실은 것이다.

충주시 교현동 608의 11. 충주에서도 변두리 조그마한 양옥의 뒤
편 담 옆으로 붙은 5평 남짓한 사글셋방. 그 방의 가운데를 막아 한
쪽은 아이들 공부방, 한쪽은 아버지가 글 쓰는 방으로 나누었다. 책
장과 낡은 캐비닛이 전부인 초라한 아버지 방 한가운데 책상을 놓
고 재떨이에 담배꽁초를 수북이 쌓아놓은 채 「용냇마을 이야기」의
작가 강준희 씨(41)는 글을 쓰고 있었다.

"이렇게 삽니다. 이렇게 살기 때문에 글을 쓰는지도 모릅니다. 너

무 약하고 가진 게 없고 억울하고 답답해서 글을 쓴다고 해야 할까요? 흔히 작가는 무능하다고 합니다. 경제적으로 무능하다는 뜻이지요. 그러나 작가는 무능할수록 유능할 수도 있지요. 돈 버는 일에 유능하면 돈을 벌어야지 어떻게 글을 씁니까."

때마침 내린 진눈깨비로 기온은 싸늘한데 방 안은 작가가 내뿜는 열기로 뜨거워진다. 강 씨를 강직하고 올곧은 사람이라고 주위에서는 평한다. 이 강직하고 올곧은 성격, 그리고 그가 겪어온 온갖 밑바닥 인생의 체험과 그것을 이긴 의지가 그를 리얼리티가 강하고 시니컬한 설득력을 지닌 작가로 만들었는지도 모른다. 학력은 초등학교 졸업. 엿장수, 연탄배달, 막노동, 인분수거부, 포장마차 등으로 전전했다. 이 '전전하는' 생활 중에 오로지 변치 않은 것이 글 쓰는 일. 그는 모든 체험을 소설로 승화시켜 '약하고 돈 없는' 자들의 마음을 대변하고 속물들에 의해 짓밟히는 진실들을 파헤치려고 포장마차 뒤에서 엿목판 옆에서 글을 썼다.

그러다가 1966년 『신동아』에 논픽션 「나는 엿장수외다」가 당선되었고 1974년 『서울신문』 신춘문예에 「하 오랜 이 아픔을」이 당선, 뒤이어 『현대문학』에 단편 「하느님 전 상서」가 추천돼 본격적인 작가생활로 들어섰다.

「용냇마을 이야기」는 양반가 노인들의 족벌싸움을 통해 이 사회에 팽배한 학벌, 파벌 싸움을 비판하고 한 핏줄의 숙명적인 갈등인 남북문제를 상징하려 했다고 말한다.

"세상은 지금 너무 사소한 일로 싸우고 미워하는 사람이 많지요.

옹졸하고 독선적이고 자기합리화의 이해 타산적인 욕구 충족이 모든 비극의 원인입니다."

그러면서 강 씨는 「용냇마을 이야기」의 마지막 부분인 백낙천白樂天의 시 대주對酒를 읊는다. "달팽이 뿔 같은 세상에 다투고 으르렁거릴 게 뭔가. 부싯돌처럼 잠깐 머무는 세상에, 부자는 부자대로, 가난한 자는 가난한 대로, 크게 입을 벌려 웃지 못하는 자는 바보일레라."

강 씨는 충북에 남아 활동하는 유일한 소설가다.

"내 소설은 늘 순수와 비순수와의 대결이다. 가난할망정 돈에 굽힐 수 없고, 부러질망정 휠 수는 없지 않은가"라고 말하는 그의 얼굴에서 외롭게 충북을 지키는 가난한 문인의 강인한 기개와 우직한 아름다움이 빛나고 있었다.

다음은 소설 「용냇마을 이야기」에 대한 문학평론가 김우종 씨와 신동한 씨의 합평이다.

이번 달엔 농촌소설을 골라봤다. 이달의 최우수작으로 골랐다기보다는 한국문학의 지표를 모색해 나가는 과정에 있어서 소중한 작품이기 때문이다. 한국의 비좁은 땅에서 소설가만도 너무 많다는 비명이 나올 만큼 대가족이요 발표량도 많다. 그렇지만 그 대부분이 서울에 집중되어 있고 작품의 소재도 도시 중심이다. 역사적, 사회적 배경과 문학과의 관계를 생각해 볼 때 이것은 결코 바람직한 현상은 아니다. 그런 의미에서 지방작가의 이 같은 농촌소설은 무척 소중한 것이 된다.

이 작품은 농촌의 토착적 인간관계에서 나타나는 전근대적 의식구조를 비판한 작품이다. 그리고 이것은 상징적으로 좀더 폭넓게 한국인의 전근대적 의식구조를 비판한 것으로 볼 수도 있을 것이다. 부질없는 자만심과 시기심, 그리고 학벌, 족벌 등의 차이로 말미암은 작당 파벌만큼 고질적인 한국인의 병적 의식구조가 또 어디 있으랴. 이 작품은 그런 의미에서도 매우 비판적인 의도를 나타내고 있는 것이다. 이 작가는 과거의 최학송, 손창섭의 경우처럼 삶의 저변에서 최근까지 숱한 역경을 극복해 왔다. 그 같은 삶의 체험이 얼마큼 작가적 체험으로서 승화될 수 있느냐가 문제라고 한다면 이번 「용냇마을 이야기」도 그에 대한 해답으로서 좋은 예증이 될 것이다. 이달에 발간된 그의 창작집(『하느님 전 상서』)도 그런 의미에서 이달 작단의 좋은 수확일 것이다.

김우종(문학평론가)

근대화의 바람이 불어도 아직 청산되지 않은 봉건 찌꺼기의 하나라고도 할 수 있는 씨족관념. 몇 대조의 누가 무슨 벼슬을 하고 하는 식으로 족보를 뒤적이고 또 다른 씨족과 반목, 갈등을 벌이는 어처구니없는 일에 대한 지나친 집착이 빚어내는 사회상의 단면을 파헤치고 있는 것이 바로 강준희의 단편 「용냇마을 이야기」이다.

동쪽인 양짓마을에는 광산 김 씨가, 서쪽인 음짓마을에는 전주

이 씨가 살면서 1백여 년 전 그곳 용두산에 김 씨가 묘지를 쓰는 것이 발단이 되어 살상극이 벌어지고 그 후부터 양 씨족은 서로 견원지간이 된다.

두 마을을 합해 보아야 60여 호 남짓한 부락이 서로 원수의 사이처럼 으르렁거린다. 두 마을을 이어놓는 용내의 다리도 구태의연하게 외나무다리 독목교獨木橋가 놓여 있을 뿐이다. 여기에 머슴의 가계를 이은 젊은이 길수가 두 마을을 화해시키려고 나서나 처음에는 도무지 응하지 않고 오히려 길수의 신분만 가지고 따진다.

이러한 과정을 작가 강준희는 차분하면서도 무게 있는 필치로 다루어 나가고 있다. 아직도 농촌에 뿌리박고 있는 지난날의 신분 관계나 씨족에 대한 그릇된 사고방식을 이 작가는 하나의 전형적인 상황을 빌어 와 억지스럽지 않게 그려나가고 있다. 한 가지 아쉬운 것은 끝에 가서 김 씨네와 이 씨네의 두 집안이 화해를 하게 되는 대목에서 더 강한 필연성과 복선의 설정이 있었더라면 이 작품은 더욱 완벽한 것이 되었을 것이다.

신동한(문학평론가)

■ 후 기

이상의 글 세 편 중 맨 앞의 것은 당시(1976년) 경향신문의 문화부장이던 강용자 씨가 내가 살고 있는 충주까지 직접 내려와 취재한 인터뷰 글이고, 뒤의 두 편은 문학평론가 김우종 씨와 신동한 씨가 「용냇마을 이야기」에 대한 합평을 실은 글이다.

인간 강준희와 그 문학의 진실[※]

김우종(金宇鍾)
문학평론가

작가마다 작품의 성격은 그들의 얼굴만큼이나 서로 다양성을 지닌다. 그리고 그 같은 다양성은 대개 분화된 특수성으로 나타나는 것이 사실이다. 말하자면 소설이라는 양식이 지닐 수 있는 많은 가능성 중에서 대개 한두 가지의 특성만을 지니고 그로 말미암아 그 작가의 특성이 결정되고 있다는 사실이다.

그렇게 강준희의 작품은 그와 다른 면에서 더욱 큰 장점을 지니고 있고 그것이 그의 문학적 특성으로 나타나고 있다. 다시 말하자면 소설이 지닐 수 있는 많은 특성의 어느 일부만을 지니고 있는 것이 아니라 폭넓게 소설로서의 주요한 조건들을 고루고루 포용하고 이를 다시 조화시키고 있다는 점이다. 그렇기 때문에 그의 작품은 일부의 특수 독자가 아니라 폭넓게 많은 독자에게 충족감을 주고 있는 것이다.

이 같은 장점은 우선 '이야기꾼'으로서의 기발한 상상력에서 나타난다. 소설의 원형은 '이야기'요 그것은 또 '재미'라는 특질에 바탕을 두고 있고 그 '재미'는 작가의 풍부한 상상력에 의해서만 가능하다.

가령 「하느님 전 상서」에서 보면 하느님에게 편지를 보낸다는 것은 그 사건이 지극히 엉뚱한 만큼 그렇게 폭넓은 상상력의 세계에서 소설이 시작되고 있는 것이며, 「지하실로 가라」에서 사장이 부하들의 불만 배설의 시설을 갖춘 이야기도 그 같은 특성을 나타내는 것이다.

그리고 이 같은 스토리가 우선 현대소설로서의 가능성을 띠게 되는 것은 그 바탕에 깔려 있는 리얼리티 때문이다. 엉뚱한 이야기를 전개시켜 나가면서도 아마 이 작가만큼 시니컬하게 현실적 상황의 이미지를 극명하게 설득력을 갖고 부각시켜 나가는 작가는 그리 많지 않을 것이다. 그 같은 상황은 근본적으로 인간의 삶의 근본적 목표와 현실과의 모순의 발견이라고 지적될 수 있을 것이다. 배금주의, 물질만능주의로 말미암아 인간의 가장 소중한 목표를 상실한 속물들, 가령 「과부 구함」이나 「지하실로 가라」의 사장들, 또는 「알수가 없십시더」에 나오는 '국장'이 그런 유형에 속할 것이다. 그리고 한마을에서 백여 년 간 서로 싸움만 하고 양반의 권위만을 내세우는 「용냇마을 이야기」의 인물들도 그렇다.

이와 동시에 이 작가는 그 같은 속물들에 의하여 진실이 얼마큼 짓밟혀지고 있는지를 예리한 분석과 비판력을 가지고 증언해 나가고 있다.

그런데 이 같은 비판정신에도 불구하고 그것은 그의 우수한 소설적 기교에 의해서 고차적으로 승화되고 있다.

　가령 「알 수가 없십시더」에서 '국장'은 부패한 전형적인 인물임이 틀림없지만 그것은 그 아내가 알몸으로 대문 밖까지 뛰쳐나가서 날뛰는 '미친년' 같은 소리를 다시 일자무식꾼이 옮기는 형태로 표현되고 있다. 이렇게 '미친년' 같은 아내나 '무식한' 리어카꾼으로 말미암아 이중 삼중으로 고발의 현장이 장막을 치고 있기 때문에 그것은 소설로서 매우 특이한 뉘앙스를 지니고 예술적 효과를 아주 잘 살리고 있는 것이다. 그리고 고발이 이런 형태로 승화되는 동기는 사실상 현실이 어떤 것이든 거기엔 이 작가의 겸허와 애정이 있기 때문일 것이다.

　또 하나의 특징은 소설적인 용어의 한계를 다른 작가들보다 다분히 넓히고 있다는 점이다. 우선 그 언어의 토착적인 체취와 비유의 정확성 내지 유머가 그것이다. 이 작가의 작품이 주는 매력은, 특히 그 같은 표현의 매체가 지닌 장점에서도 나타나는 것이다.

　더구나 방언이나 토착어와는 또 달리 그의 작품에선 비속어도 과감하게 튀어나온다. 그러면서도 그것이 조금의 품위도 잃지 않고 오히려 문학적 효과를 살릴 수 있다는 것은 이 작가가 그만큼 소설에 있어서의 언어의 일반적 한계성을 깨뜨리는 데 성공하고 있다는 확실한 증거가 된다.

　이 작가는 그동안에 인생의 저변에서 온갖 체험을 겪어 온 것으로 알고 있다. 그러나 그 저변은 작가 강준희의 경우엔 오히려 누구도 기어오르기 어려운 장점이라고 나는 표현하고 싶다.

　진실을 거부함으로써 세속적인 의미의 상승 계단을 한층 딛고 올라가기는 쉬워도 그 진실을 지키기 위해서 한층 내려서기는 지극히 어려운 일이다. 그러나 강준희는 그런 의미의 저변에 지금까지 서 있어 왔고 거기서 그의 문학은 시작된 것이다.

　그의 작품은 아직은 많지 않은 편이지만 나는 그에게서 양보다는 질을 사고 싶고 그 투철한 작가정신에서 한국문인의 긍지를 높이 사고 싶고 그 겸허에서 메마른 세상의 우정을 사고 싶다. 그의 문학은 기교로서도 우수하지만 그보다 먼저 그 '인간'을 떠나서 문학이 존재할 수 없다고 할 때 그의 문학이 얼마나 이 나라에서 소중한 것인지는 더 말할 필요가 없을 것이다.

■ 후 기

　위의 글은 1976년에 펴낸 내 첫 창작집『하느님 전 상서』에 김우종 문학평론가가 쓴 작품평이자 작품해설이다. 김우종 평론가는 내 첫 창작집에 최초로 작품평을 썼고 데뷔작「하느님 전 상서」가『현대문학』에 발표되었을 때도 월평 '화제의 작가'에 풍자와 해학이 뛰어난 기발한 소재의 작품이라 평한바 있다.

　그 후에도 그는 내 졸작「용냇마을 이야기」를 경향신문에 '이달의 작가와 작품'에 신동한 문학평론가와 함께 합평까지 해 보잘것없는 내 작품을 높이 평가했다.

세라비 인생

타는 눈빛 타는 정열로
인생을 살아가는 사나이.

괴짜 인생 별난 인생의 강준희 씨
과연 그의 반생은 ·······.

충주 강준희 편

세상에는 참으로 별난 인생들이 많다. 그들은 그들 나름의 꿈과 사
랑과 그리고 때로는 기구한 운명 속에서도 꿋꿋이 살아가고 있다.

◇ 기구한 운명의 사나이

시골길 흔들리는 버스는 초겨울의 회뿌연 산자락을 스치며 달린
다. 아직은 30분은 더 달려야 충주. 밖은 칠흑 같은 어둠에 쌓였고,
산마을 불빛들이 무척이나 정감을 돋우고 있다. 7시 30분. 버스는

예정대로 충주 시외버스 터미널에 닿았다. 4년 만에 찾은 충주 시가는 많이 변모한 모습이었다. 주소도 없이 수소문해서 찾아야 하는 화제의 별난 인생 강준희 씨. 을씨년스런 날씨는 겨울비로 더욱 춥기만 한데 강준희 씨의 거처는 알 길이 없다. 일단 밤이 늦어 취재를 포기하고 내일 찾기로 했다. 커피 한 잔으로 여독을 풀 겸 다방 문을 밀치고 들어섰다. 수정이라는 이름의 다방이었다.

그런데 뜻밖이었다. 그토록 찾았던 강준희 씨는 다방 한구석에 앉아 무언가 열심히 낙서를 하고 있었다. 그는 반갑게 취재에 응해주었다. 학력이라야 고작 초등학교 졸업이 전부인 그는 지독히도 기구한 운명 속에 그동안 직업(?)을 20여 종이나 전환하며 살아왔다.

현직은 출판사 외판원. 그는 아내와 어린 세 자녀와 단칸 셋방에서 옴살처럼 살고 있다. 사는 게 어떠냐 하자, 그는 왜 인생살이가 이 모양인지 모르겠다 했다. 그의 고향은 산천경개가 빼어난 충북 단양. 그곳에서 그는 초등학교만을 간신히 졸업했다. 잘 살던 집이 무슨 동티가 났는지 갑자기 몰락하고 아버지마저 돌아가시자 그는 중학교 진학을 포기하고 편모슬하에서 애면글면 독학을 시작했다. 낮에는 일하고 밤에는 공부하는 주경야독이었다. 전기도 없는 첩첩 산중에서 호롱불의 심지를 돋우며 새벽닭이 홰를 치고 울 때까지 중요한 부분마다 언더라인을 쳐가며 공부를 했다. 국어, 영어, 수학은 물론 한문, 역사, 지리, 헌법, 법학통론과 법제대의까지 열심히 익혔다. 특히 헌법은 103조까지(그때는 헌법이 103조까지 있었다) 달달 외웠다. 그때 그의 목표는 책 천 권을 독파하는 것이었다. 그때

익힌 그의 한문 실력이 지금도 대단하다.

◇ 소설가로 문단 활동

그는 문학에 관심을 갖고 자신이 겪은 일을 객관화시켜 종이에 옮겼다. 원고지 살 돈이 없어 구멍이 숭숭 뚫린 시커먼 마분지나 비료 포대 종이가 원고지를 대신했다. 그는 문장을 다듬어 신문사와 잡지사에 투고를 했다. 이 신문 저 잡지에 그의 글이 실렸다. 이러다 보니 그는 지방 문단과 매스컴에 그의 이름이 자연스레 알려지기 시작했다. 학력이 거의 없다시피 한 것에 비하면 그의 실력과 문장력은 대단했다. 심사위원들은 그의 실력과 문장과 달필의 글씨에 놀랐다. 문장력도 그랬지만 달필의 글씨에 놀랐다. 문장력도 그랬지만 단필의 글씨는 어떤 응모자보다 뛰어났고 생생히 살아 있는 리얼한 문학 세계도 단연 압권이었다. 드디어 행운이 찾아왔다. 이미 지방신문 충청일보 등 각 잡지에 그의 작품이 발표되어 많이 알려지기는 했으나 중앙문단에 당선되기는 처음이었다. 중앙지『대한일보』나『신아일보』등에 짧막한 콩트와 잡지「농토」,「최신원예」등에 수필류를 여러 편 발표했지만 성에 차지 않았다.

1966년 10월호『신동아』. 이『신동아』에 그가 피로써 쓴 그 유명한 체험기「나는 엿장수외다」가 당선·발표되었다. "목돈의 현상금은 어려운 생활에 큰 도움을 주었고 무엇보다 가난에 찌든 아내의 주름살을 조금은 펴게 해 줘 다행이었지요."

「나는 엿장수외다」에서도 나오지만 그는 언제나 아내에게 미안했다. 그녀는 가난한 그에게 시집을 와 온갖 고생을 다하면서도 한 번도 불평 없이 내조를 했고, 매사에 고분고분 공손하면서 세 아이의 어머니 노릇을 충실히 했다. 『신동아』지에 그의 절절한 사연인 논픽션(나는 엿장수외다)가 당선 발표되자 MBC 라디오에서는 직접 녹음 취재해 성우들로 하여금 <절망은 없다>란 이름의 드라마를 만들어 방송, 큰 반향을 불러 일으켰다.

전국의 독자와 애청자들은 이런 강준희 씨에게 감동했다며 격려와 위로의 편지를 보내왔다. 어떤 이는 큰 선물을 가지고 찾아와 직접 격려했고 어떤 이는 또 그를 직접 초청해 성찬으로 위로했다.

"전 용기를 가졌습니다. 아니 용기가 생겼습니다. 어떠한 역경이 닥쳐오더라도 극복할 수 있는 힘이 생긴 거지요."

용기와 의지 하나로 모든 역경을 헤쳐 온 그가 용기를 가지고 어떠한 역경이 닥치더라도 극복할 힘이 생겼다 하자 다소 생경하게 들렸지만 기자는 이내 머리를 끄덕였다."

이러고 7~8년이 지난 1974년, 강준희 씨가 이번엔 『서울신문』 신춘문예 기록문학 부문에, 「하 오랜 이 아픔을」이란 글로 당선되었다. 이 당선작은 서울 신문에 1개월간 연재되기도 했다. 제목만 봐도 글의 내용을 짐작하기 어렵지 않다.

현재 그는 충청일보에 칼럼을 연재하고 있으며 『현대문학』, 『월간문학』 등에 소설을 발표하고 있다. 이제 그는 비록 그렇게 찢어지도록 가난하지만 중앙문단에서 뚜렷한 위치를 차지한 소설가로 활

약하고 있다. 그런가 하면 그는 지방 순수문학 동인지인 『내륙문학』을 최초로 발기, 당시 월부책 장수(서적 외판)로 청주에 한 달 간 가 있을 때 시인 홍해리 씨와 다방 '돌체'에서 자주 만나 충주와 청주가 합쳐 낙엽시화전이라도 한번 열자 했고 이게 발전해 동인지 『내륙문학』이 탄생했다. 그 때 발기동인은 청주의 정기환, 강준형, 홍해리 세 사람이었고, 충주의 박재륜, 양채영, 강준희 세 사람이었는데 청주의 정기환 씨와 충주의 박재륜 씨는 1930년대 초에 문단에 나온 원로였다.

◇ 20여 종의 직업을 바꾸며

그의 직업은 천태만상이다.

농사, 나무장수, 측량보조원, 엿장수, 풀빵장수, 인분수거부, 막노동, 자조근로작업, 스케이트 날 갈이, 연초건조장 막일(담배포 메는 것), 연탄 배달, 포장마차, 필경사, 사법 서사 사무원, 경비원, 서적 외판, 묘목외판, 학원(고입 · 대입) 강사 등등인데 앞으로 또 얼마나 많은 직종을 바꿀지는 아무도 모른다.

이렇게 많은 직종을 전전, 안정된 생활을 못하니 가난이야 당연히 따를 수밖에 없다. 그런데도 그의 아내는 불평 한 마디 없고 언제나 미소로 그를 맞았다. 이런 아내를 그는 속으로 바보가 아니면 천사라 생각했다. 그러면서도 양처럼 순하고 착한 아내가 불쌍하기 그지없었다. 그래 그는 돈 되는 일이라면 도둑질 빼놓고는 다했다.

어떻게 해서라도 가여운 아내와 아이들을 굶겨서는 안 되겠다는 가장으로서의 강한 책임감 때문이었다. 이럼에도 그는 원칙과 정도正道, 청렴과 강직은 어떤 일이 있어도 지켜 이에 반하는 행위는 하질 않았다. 설령 굶는 한이 있어도 그랬다. 이같은 소신과 신념은 그의 글 곳곳에 나타나 그를 지조의 작가니 소신의 작가니 하고 부르고 있다. 요즘 세상에 참으로 보기 드문 대단한 사람이다. 아니 존경할 만한 인물이다. 이제 그의 이름은 충주시민은 누구나 다 아는 명물로 소문이 자자하다. 어쩌다 친구들과 술집에라도 가면 아가씨들에게 그의 인기는 최고. 서로가 그의 곁에 앉으려고 자리 쟁탈전이 벌어지는 촌극까지 빚기도 한다.

얼마 전엔 해남에 살고 있는 친구 윤수하尹洙夏 씨가 편지를 보내왔다. 그동안 주소를 몰라 서신왕래가 끊겼다. 생각다 못한 윤수하 씨는 수취인 겉봉에 '충주시 강준희 귀하'라고만 썼다. 그리고 재미있는 것은 겉봉에다 '배달부 아저씨 꼭 찾아야만 할 친구입니다'라고 썼다. 그 편지가 강준희 씨에게 정확히 전해진 에피소드가 있다. 이만큼 그는 이제 충주의 명물로 누구나 알고 있다.

'참새처갓집'이란 참새구이집을 끝내고(겨울철이 지났기 때문에) 그는 우표상을 차렸다. '만국우표상'이란 가게를 내고 우표를 수집하기도 하고 팔기도 했다. 누구도 상상 못할 일이었다. 그때 아내는 '모던 미장원'이라는 조그마한 미장원을 차렸지만 기술도 없고 손님도 없어 집세 내기도 벅찼다. 그는 우표상은 물론 아내가 하는 미장원도 적자를 면치 못해 이 학교 저 학교(중·고등)에서 특강을 했고 학원에서 국어(현대문학·고전문학), 한문을 강의했다. 그러는 틈틈이 충주 MBC에 나가 문학에 대한 강의를 했다. 그러나 그의 생계는 출판사 외판원으로 뛰어야만 입에 풀칠을 할 수 있는 수단이 되고 있다.

◇ 돌에 미친 괴짜

목하 전국적으로 강에 나가 소위 수석水石이라는 돌 수집이 고급 취미와 레저로 성행하고 있다. 그는 충주에서 처음으로 수석을 수집하는 첫 번째 타자가 됐다. 그리고 충주수석회를 만들어 충주 수석의 우수성을 알렸다. 몇 년 동안 모은 돌은 3백여 점이 넘었다. 이렇게 돌을 모으다 보니 단칸방은 물론 주인집 마루나 광 어디나 돌 천지였다. 집주인은 집 무너지겠다 성화를 부렸다. 아내는 아내대로 그가 외출하면 집주인한테 들볶이고 시달려 곤욕을 치렀다. 그래 그는 1년에 서너 번은 이사를 다녀야 하는 촌극이 벌어졌다. 서울을 비롯한 전국의 수석 애호가들은 어떻게 알았는지 충주에 오면 으레 그를 찾았다. 그가 소설가이고 또 수석을 좋아하다 보니 문단의 선배 문인들이 내려올 때마다 그는 예의상 수석 몇 점씩을 선물했다. 소설가 박종하 씨, 오영수 씨, 시인 박두진 씨, 전봉건 씨, 최정인 씨, 김유신 씨, 평론가 조연현 씨. 그는 그러나 이외의 사람들에게도 많은 돌을 선물했다. 만일 그가 돈을 알아 그 많은 돌을 수석에 미친 돈 푼이나 있는 사람들에게 팔았다면 집 몇 채 값은 너끈히 생길 텐데도 말이다.

◇ 자기 인생은 자기가 사는 것

"인생은 누구나 자기 인생은 자기가 사는 법이지요. 그러므로 저도 당연히 제 인생은 제가 사는 거지요."

그는 힘들고 고된 인생이지만 떳떳하고 당당하게 살아 가리란다. 기자가 딱해 물었다.

"조금만 세상과 타협하고 적당히 요령부리고 살면 훨씬 쉬운 인생살이를 할 수 있지 않을까요?"

하자, 그는 격양된 목소리로

"내 사전엔 타협이나 요령 따위 없습니다. 있다면 행불유경行不由徑이 있지요. 행불유경!" 했다. 기자가 행불유경의 뜻을 몰라

"행불유경이 무슨 뜻이죠?"

하고 묻자, 그는 이놈아, 대학까지 나왔다는 놈이 그것도 모르냐는 듯 기자를 보더니,

"다닐행, 아니불, 말미암을유, 지름길경의 행불유경. 길을 가는데 지름길로 가지 않고 제 길로 간다는 뜻입니다. 지름길은 거리로는 가깝지만 올바른 길이 아니기 때문에 다니지 말아야 합니다. 이 말은 논어의 옹야편雍也篇에 있는 자유子游의 말이지요" 했다.

기자는 순간 얼굴이 화끈거렸다. 행불유경의 작가 강준희. 행불유경의 인생 강준희. 이런 그는 누가 뭐래도 존경해야 되고 존경받

아야 한다. 그는 존경받을 자격이 있고 존경받을 권리가 있다. 이집 저집 옮겨 다니던 그의 현주소는 충주시 교현동 722의 81 시영주택 27호(권영만 씨 방).

괴짜인생 강준희 씨. 신념과 소신과 지조와 철학의 작가 강준희 씨. 그는 오늘도 자존심 내던지고 빛나는 태양처럼 충주 시가를 동분서주하며 책 외판에 인생을 묻고 있다.

■ 후 기

위의 글은 1980년 1월호 『로맨스』에 실린 인터뷰 기사 내용이다. 그런데 인터뷰 기사가 나온 다음에 보니 내 의사와는 상관도 없는 것들이 많이 나와 기분이 상했다. 아니 자존심이 상했다. 예컨대 괴짜라느니 별난 인생이라느니 하는 따위가 그것이다. 이는 기자가 자기 마음대로 만들어 낸 말이지 내 뜻과는 상관도 없는 말이다.

나는 인생을 열심히, 그리고 진지하고 엄숙하고 치열하게 살고 있는데 기자는 내가 괴짜 인생이나 별난 인생이 되기 위해 일부러 그렇게 살고 있는 듯한 뉘앙스로 글을 썼다. 도대체 양식에 벗어난 짓이다. 아무리 흥미 유발을 목적으로 글을 쓰는 게 기자의 속성이라지만 지킬 것은 지켜야 함이 저널리스트들의 양식이라 생각한다.

어떤 인생

수십 가지 직업을 전전한 신념의 작가 강준희

'인간은 쓸개가 하나지 두 개가 아니다'

사람 사는 방법도 여러 가지다. 밥 먹고 사는 사람, 빵 먹고 사는 사람, 고기 먹고 사는 사람, 또는 술 마시고 사는 사람. 사회 규범에 어긋나지 않는 이상 밥 먹고 내 인생을 사는데 누가 뭐라 하랴. 그래서 인생은 재미난 것인지도 모른다.

어느 인생.

여기 삶을 쉽게 살지 않고 어렵게 살아가는 한 인생이 있다. 마음만 먹으면 편히 살 수 있고 세상과 타협만 하면 호의호식할 수도 있는데, 왜 그는 자학하듯 힘들고 고달프고 배고프게 사는 걸까. 그는 말한다. '인간은 쓸개가 하나지 두 개가 아니다'라고.

학력이라고 겨우 초등학교 졸업. 세상에 태어나 유년시절을 빼곤 마음 놓고 한번 살아보지 못한 사력砂礫과 형극荊棘의 길을 걷는 신념의 작가 강준희. 적당히 살아가려는 마음을 반 뼘쯤이라도 가졌더라면 집칸이나 장만하고 자가용도 굴릴 수 있었을 텐데……. 그는 독학으로 실력을 쌓아 누구에게도 뒤지지 않는 해박한 지식을 가지고 있다. 그는 글씨면 글씨, 어휘면 어휘, 노래면 노래, 거칠 것이 없어 능히 그를 대적할 자가 드물다. 게다가 사나이다운 호방성에 유머 또한 풍부해 누가 보더라도 죽을 고생으로 밑바닥 생활을 하고 있는 사람처럼 보이질 않는다. 그렇다면 그는 저 높은 경지에 올라선 사람처럼 모든 것을 초월한 사람일까?

그는 『신동아』에 「나는 엿장수외다」라는 체험적 논픽션으로 당선, 커다란 센세이션을 불러 일으켰고, 『서울신문』 신춘문예에 기독문학 「하 오랜 이 아픔을」이 당선, 한 달간 연재되자 또다시 선풍적인 인기(관심)를 끌었다. 그리고 뒤이어 최고의 권위지 『현대문학』에 「하느님 전 상서」라는 소설(단편)이 추천돼 화려하고 당당하게 작가(소설가)로 데뷔했다.

엿장수, 나무장수, 막노동, 포장마차, 연탄 배달, 경비원, 분뇨수거부, 스케이트 날 갈이, 월부책장수, 고입 대입학원 강사(국어) 등 이외에도 안 해본 일이 없을 만큼 기막힌 인생 밑바닥을 섭렵한, 보통 사람은 상상도 할 수 없는 고통의 인생길을 살아온 유별난 작가 강준희. 그는 셋방을 전전하면서도 일찌감치 수석에 눈을 떠 수석의 보고로 알려진 남한강을 누비며 빼어난 수석을 수집했다. 2층에 세 얻어 살 때는 집 주인이 집 무너진다고 성화를 부려 쫓겨난 게 한두 번이 아니다. 그는 일반인들은 아직 수석을 잘 모르던 1960년대부터 수석을 채집, 1975년엔 빼어난 명석 90여 점을 충북 최초로 수석 개인전시회를 열기도 했다. 그런데 그는 이 많은 3백여 점의 수석을 이 사람 저 사람에게 선사하고 지금은 기념비적인 명석 몇 점만을 가지고 있다. 생각할수록 물욕을 초탈, 물외의 세계에 사는 사람 같다. 만일 그가 가지고 있던 3백여 점의 많은 수석을 돈 받고 팔았다면 적어도 아파트 두어 채는 사고도 남을 돈이다. 그는 이런 사람이며 아직도 구름처럼 흘러 다니는 배거번드다. 그는 원칙을 벗어난 일은 용납되지 않고 얼렁수를 쓰거나 후림대수작으로 사욕을 채우는 일은 생각조차 않는 사람이다. 그래서인지 그는 항상 당당하고 떳떳하다. 그리고 그는 멋을 알고 풍류를 알고 해학을 알고 풍자를 안다. 이 때문인지 그의 글엔 멋과 풍류, 해학과 풍자가 많다. 생각하면 안타깝고 속상하지만 그는 누구보다도 마음이 약하고 다정다감하다. 그러면서도 그는 '인간은 쓸개가 하나지 두 개가 아니다'라고 외치고 있다. 충북 충주에서 강준희를 모르면 간첩일 정도로 그는 유명하다. 기인처럼 괴짜처럼 고고한 선비처럼 살아가고 있는 화제의 인물 강준희 씨를 찾아가 그의 반생기에 포커스를 맞추어 보자.

◇ 충주에서 그를 모르면 간첩
◇ 수십 가지의 직업 거치고도 현재는 무직

세상에 이런 사람이 또 있을까? 한마디로 그를 표현하기란 지극히 힘들다. 어차피 인생이란 세상 무대에 선 배우라지만 그는 철저히 드라마틱하게 살아왔고 지금도 그렇게 살아가고 있다. 화제의 인물 강준희 씨. 그는 현재 충주에 살고 있다. 충주에선 그를 모르면 간첩 소릴 들을 정도다. 그만큼 유별난 인생(다른 사람이 보기엔)을 살아가고 있다.

그는 지금부터 사십여 년 전, 산 첩첩 물 겹겹의 산자수명한 충북 단양에서 부잣집의 귀한 외아들로 태어나 어린 시절을 선망과 동경 속에서 자랐다. 그러던 그의 집은 갑작스런 화재와 대홍수의 전답 유실, 아버지의 남의 빚 보증으로 엄청난 무리꾸럭에 이은 토지개혁에의 전답 앗김.

집안은 몇 년 사이에 거덜이 났고 부친마저 돌아가시는 바람에 그는 어린 가장이 돼 어머니를 모시고 살 수밖에 없었다. 그러느라 중학교 진학은 꿈도 못 꾼 채 굶기를 밥 먹듯 했다. 그는 농사일, 나무장사 등 닥치는 대로 일을 하며 밤이면 호롱불 밑에서 공부를 했다. 독학이었다.

이렇게 형설지공螢雪之功으로 공부를 한 그는 드디어 몇십 년 후 당당한 작가로 세상에 나타났다. 그에겐 정열과 의지와 패기와 근기를 빼놓으면 아무것도 없다. 지금도 그와 매일 만나다시피 하는 원로 시인 박재륜 선생은 그를 이렇게 표현하고 있다.

'정열과 패기와 의지를 빼놓은 강준희는 생각할 수가 없다. 그런데도 그는 마음이 아주 여리고 약하다. 그는 센티멘털리스트요 니힐니스트다. 그런가 하면 그는 또 아이디얼리스트요 로맨티스트요 옵티미스트다. 그는 절망한다. 그는 고뇌한다. 그는 절규한다. 그러

면서도 껄껄거린다. 항상 여유가 있다. 그는 가난하지만 부자요 고통스럽지만 웃는다.'

원로 시인 박재륜 선생의 말이 아니어도 강준희는 너무도 많은 사연과 곡절을 가지고 있는 인물이다. 그는 제2의 고향인 충주에 많은 친지와 선후배가 있다. 그는 얼굴에 온통 시커먼 연탄가루를 묻힌 채 연탄리어카를 끌었고 뼈까지 어는 혹한의 겨울밤 거리에서 새벽까지 참새구이 포장집을 했다. '나는 약해서 글을 쓴다. 억울하고 속상해서 글을 쓴다. 나에게 없는, 나의 힘으로 할 수 없는 것 때문에 글을 쓴다. 작가는 무능하다. 특히 경제력에 무능하다. 그러나 작가는 무능할수록 유능하다. 돈을 벌려면 돈 버는 장사를 해야지 왜 글을 쓰겠는가.'

◇ 수석에 미쳐 집주인에게 쫓겨나기도
◇『신동아』에 논픽션「나는 엿장수외다」당선되고 펑펑 울기도

그는 돌(수석)을 좋아한다. 시간만 나면 단양 충주의 남한강변 어간을 누비며 수석을 채집한다. 집 한 칸 없는 그가 남의 집 단칸 셋방 여기저기에 돌을 쌓아 놓고 심지어는 집주인의 마루까지 침범(?)해 쫓겨나는 촌극도 몇 번 겪었다.

특히 서울에 거주하는 문인들 가운데 수석을 좋아하는 사람이면 강준희를 모르는 이가 없다. 그 중에서도 시인 박두진朴斗鎭 씨와 전봉건全鳳健 씨는 충주 근방으로 탐석하러 올 때면 으레 그를 찾아 안

내를 받곤 했다.

그는 인생의 밑바닥에서 온갖 체험으로 체득한 밑천이 누구보다도 풍부해 평생 동안 글을 써도 소재 빈곤은 없다.

『신동아』에 논픽션 「나는 엿장수외다」가 당선되고 동아일보사에서 시상식을 마친 후 상금을 타가지고 충주로 내려오는 버스 안에서 그는 말없이 울었다. 그는 이렇듯 가난하게 살면서도 누구한테 내색 한번 하질 않았다. 아니 오히려 큰소리 탕탕 치며 껄껄 웃는다. 그는 친구를 좋아해 문득 친구가 보고프면 여행길에 오른다. 그것이 서울이든 광주든 강릉이든 상관이 없다. 『신동아』에 「나는 엿장수외다」가 당선된 이후 유명세를 탄 그는 『서울신문』에 「하 오랜 이 아픔을」이 당선되고 뒤이어 『현대문학』에 본격 소설 「하느님 전 상서」가 추천되자 그를 경시하던 사람들은 그를 외경畏敬스레 대했다. 심지어 친구들과 술집에 가도 아가씨들은 돈 한 푼 없는 그를 좋아했다. 『현대문학』을 통해 오영수吳永壽 선생의 추천으로 작가가 되자 그는 본격적으로 작품 활동을 시작했다. 그는 『신동아』, 『서울신문』, 『현대문학』을 통과한 3관왕의 저력을 과시한 것이다.

◇ 『하느님 전 상서』, 『신굿』 펴내 난생 처음 내 집 마련

그는 앞에서도 말했지만 원칙을 한 치도 벗어날 줄 오르는 사람이다. 흔히들 현대를 살아가려면 양심이나 쓸개는 떼어 버리고 살아야 한다지만 그러나 강준희한테는 결코 용납할 수 없는 말이다.

그는 인생을 히히덕거리며 사는 사람을 경멸한다. 그는 인생을 살줄 아는 사람을 좋아한다. 자기 말에 책임지고 약속을 칼처럼 지키는 사람을 좋아한다. 그리고 대화할 때 맞장구치며 추임새의 조흥사助興詞를 넣을 줄 아는 사람을 좋아한다. 그는 고뇌하지 않는 사람을 보면 식상해 한다.

창작집 『하느님 전 상서』와 『신굿』의 단행본을 내 이게 좀 팔려 조그마한 집을 사 이사할 땐 만감이 교차해 콧날이 시큰하고 명치가 뻐근했다. 단칸 셋방을 삼십 년 만에 모면했으니 왜 안 그렇겠는가. 그러나 그는 현재 직업이 없다. 아니 있다. 전업 작가專業作家가 그것이다.

그는 지금도 몇 년 전 일을 회상하며 싱긋 웃는다. "내 글이 신문에 당선돼 시상식을 마치고 친지들과 차라도 한 잔 하려고 신문사 구내다방엘 갔습니다. 레지 하나가 오늘이 무슨 날이냐고 물었습니다. 축하 꽃다발을 보고 물었겠지요. 곁에 있던 친구가 나를 가리키며 이 친구 글이 당선돼 상을 탄 날이라 하자, 그 레지는, 아녜요. 오늘 가수들 상 타는 날이에요 했습니다."

그는 이 말을 하면서 "언젠가 어느 면소재지에서 강연 요청이 있어 갔더니 초청 강사 자리는 맨 끝이었어요. 앉은 서열을 봤더니 맨 윗자리가 지서장, 그 다음이 면장, 그 다음이 학교장 순이었고 초청 작가는 맨 끝자리였어요."

그는 이 말을 하며 허허롭게 웃었다. 그런 그의 허허로운 웃음이 많은 의미를 내포하고 있는 듯했다. 그리고 또 많은 것을 느끼게 했다.

■ 후 기

 위의 글은 1980년 7월호『아리랑』에 실린 인터뷰 기사다. 당시 잡지『아리랑』은 대중지로 많은 독자를 보유, 국민적 사랑을 받았다. 나는 이때 아리랑지에 인터뷰를 극구 사양했는데 기자가 어찌나 끈질기게 따라붙는지 할 수 없이 응했다. 그런데 이 기사 내용도『로맨스』에 난 인터뷰 기사처럼 내가 누구에게 보이기 위해 일부러 그러기라도 한 듯한 피에로화化로 글을 썼다. 나는 기분이 몹시 불쾌했다. 나는 살기 위해 생활전선에 뛰어들어 죽을 고생을 하는데 기자는 이를 마치 괴짜나 유별난 인생으로 보이기 위해 그러기라도 한 듯 쇼맨십한 뉘앙스로 글을 썼기 때문이다. 지금 생각하면 기자도 나도 용렬맞은 치기稚氣의 소산이 아닌가 한다.

『하늘이여 하늘이여』 펴낸
「엿장수 작가」 강준희 씨

「최대의 고통」을 의미하는 한국판 막심 고리끼와 빈궁문학의 대명사로 유명한 서해曙海 최학송崔鶴松. 그래서 강준희를 한국판 막심 고리끼라 하고 현대판 최학송이라 하는지도 모른다.

최근 『하늘이여 하늘이여』를 출간, 다시 화제의 인물이 된 강준희. 그를 「문학화제」에서 만나보았다.

「나는 엿장수외다」란 당선작 논픽션으로 유명해진 작가 강준희 씨(45)가 그가 살아온 또 다른 인생살이를 엮은 작품집 『하늘이여 하늘이여』를 냈다. 강준희 씨는 지난 1966년 월간 『신동아』가 모집했던 논픽션 공모에서 「나는 엿장수외다」로 당선, 세상 사람들에게 곡절 많은 한 인생을 보여주어 관심을 모았었다. 그는 1975년도에도 『서울신문』 신춘문예 기록문학 「하 오랜 이 아픔을」 응모 당선, 문단과 일반 독자들의 호기심 어린 눈길을 받아왔다. 그는 초등학교만을 졸업한 후 농사, 나무장수, 막품팔이, 엿장수, 연탄 배달, 인분수거부, 포장마차, 경비원, 스케이트 날 갈이 등 숱한 '밑바닥 일'

을 두루 거쳐 왔다.

그러나 그는 초등학교만을 나온 학력이지만 국어 한문 영어 수학을 독학으로 공부해 고교 대입학원에서 고전 현대문 한문 등을 가르친 일도 있었다.

"외람된 말이지만 국어와 한자에는 다소 자신이 있어요. 무슨 일을 하든 시간만 나면 국어사전, 옥편, 영어 콘사이스를 곁에 두고 읽어댔지요. 사전은 하도 많이 뒤지고 손때가 타 나중엔 걸레처럼 너덜거렸지요. 그래서인지 어휘는 좀……."

자신이 있다는 말 같았다. 이런 그는 최근 내놓은 『하늘이여 하늘이여』에서 첫 작품 「나는 엿장수외다」와 「하 오랜 이 아픔을」, 그리고 미발표 신작 「하늘이여 하늘이여」 등 3편의 중편을 묶었다. 세 작품 모두 극한적인 궤도를 달려온 그의 처절했던 삶을 사실 그대로 펼쳤다. 처음 두 작품에서는 어린시절, 소년시절, 엿장수로 시골마을을 떠돌던 무렵의 이야기, 풀빵장수, 날품팔이, 서적외판원으로 일한 시절을 소재로 썼다.

그의 집안은 본래 가산을 가진 집안이었으나, 집에 불이 나는 등 재난이 겹쳐 몇 년 사이 바닥까지 몰락했다.

초등학교를 졸업한 후, 그는 집을 돕기 위해 30리나 떨어진 읍내에 나무를 져다 팔며 나무꾼 소년으로 죽을 고생을 하면서도 공부를 했다. 선생 없는 독학으로였다. 영어는 어렵사리 혼자 할 수 있었으나, 수학은 독학이 어려워 읍내 중학교의 수학 선생님 댁에 수험료 대신 격주로 나무 한 짐씩을 져다 배기며 수학을 배웠다.

"온갖 잡역을 하면서도 열심히 공부해 무극과 충주에서는 이상한 방향으로 많이 알려졌지요. 어떤 동네에서는 "대학까지 나온 이가 엿장수를 한다"고 수군거리기도 했지요. 「나는 엿장수외다」가 당선 됐을 때는 정말 그런 인물인가 확인하려고 먼 동네서 사람들이 많이 찾아왔지요. 지금까지 「나는 엿장수외다」의 독자 편지만 천여 통 가까운 9백 80통을 받았습니다."

그는 「나는 엿장수외다」, 「신굿」, 「하늘이여 하늘이여」 등 자신이 살아온 인생살이를 작품화시킨 자전적인 글이 많고 또 극한적인 고생도 많이 해 그를 문단 일각에서는 '한국판 막심 고리끼니 현대판 최학송'이니 한다. 그는

"내가 막심 고리끼나 최학송처럼 좋은 글을 많이 쓴 훌륭한 작가여서가 아니라 막심 고리끼처럼 고통스러운 인생을 살고 최학송처럼 배고픈 인생을 살았다는 의미에서 붙여진 이명異名"이라 했다.

최근의 신작 『하늘이여 하늘이여』는 그와 아내와의 사이에 엉킨 참담한 사건이 주요 소재를 이룬다. 그러나 그는 그 작품의 마지막 줄에 가서 「바람이 분다, 이젠 살아야지」 하는 폴 발레리의 시를 인용, 절망을 희망으로 바꾸려는 강한 의지를 비친다. 그의 용기 있는 인생과 작품으로 충북문화상을 수상하기도 했다. 현 주소는 충주시 교현동 교현 아파트 12동 210호. 충북 단양 출생.

■ 후 기

위의 글은 1980년 9월 9일 『한국일보』 '문학 화제'란에 실린 인터
뷰 기사다. 이 인터뷰 기사는 문화부 우계숙 기자(여, 소설가)가 썼
고, 이 인터뷰 기사가 나가자 사방에서 수백 통의 팬레터가 날아왔
고 어떤 이는 책 『하늘이여 하늘이여』를 사 가지고 와 사인을 받아
가기도 했다.

그런가 하면 일본 오사카에 거주하는 재일 교포 사업가 김덕구金
德九 씨는 한 달에도 몇 번씩 편지를 보내왔고 나는 그때마다 정성
을 다해 답신을 보냈다.

이런 몇 년 후, 나는 대만에서 열린 한 대만작가회의에 참석했고
그때 일정에 마침 일본 오사카도 들어 있어 우리는 일본에서 극적
으로 해후를 했다. 이러고 몇 년이 지난 어느 해(1988) 내 수상집 『바
람이 분다, 이젠 떠나야지』의 출판기념회 때 그는 나를 축하해 주기
위해 일본에서 현해탄을 건너 일부러 왔다.

여기서 밝히지만 「하늘이여 하늘이여」는 『신동아』 당선작 「나
는 엿장수외다」에 육박하리만큼 독자와 팬레터가 많았고 『서울신
문』에 당선, 한 달간 본지에 연재한 「하 오랜 이 아픔을」보다는 독
자와 팬레터가 오히려 더 많았다.

그때의 그 많은 독자 분들! 지금은 어디서 무엇을 하는지. 문득 문
득 그립고 보고 싶다.

죽순(竹筍) 문학의 밤 강연초

시인들 범신론(汎神論)에 젖어 자기 안주 －구상(具常)

촌사람은 촌사람다울 때 자연스러워 －강준희(姜晙熙)

작가와 작품 세계는 구별되는 것 －이문렬(李文烈)

　죽순시인구락부와 죽순문학사가 주최한 제2회 「죽순문학의 밤」
이 19일 오후 4시 대구 명성예식장에서 열렸다. 이 자리에서 구상
씨(시인)는 「우리 시인의 형이상학적 문제」를, 강준희 씨(소설가)는
「향토문학과 한국문학」을, 이문렬 씨(소설가)는 「작품과 그 인간」
을 각각 강연했으며 대구에서 활동 중인 시인들의 시 낭독이 있었다.
　구상 씨는 강연을 통해 "오늘의 시대는 '하이데거'가 말한 존재 망
각의 밤"이라고 규정하고 자신의 본질을 캐보려는 사람이 드물다고
말했다. 구상 씨는 "존재의 본질을 밝히는 시인들마저도 소재나 본
질을 밝히는 시인들마저도 소재나 제재 자체가 대부분 일상적인 경

험이나 감각에서 벗어나지 못하고 있다"고 강조했다.

구상 씨는 인간의 구원은 윤리에 의해 이루어지며 그런 만큼 시와 같은 진정한 미적 체험에서도 신을 향한 의식과 윤리성을 뺄 수 없다고 역설했다.

한편 강준희 씨는 '오늘날 우리나라는 서울 즉 중앙작가와 지방 즉 향토작가의 차별이 너무 커 큰 문제'라 전제하고 '문학에 있어 중앙과 지방이 어디 있으며 왜 이런 게 존재해야 하냐'고 역설했다. 그는 작가는 작품이 문제지 어디에 살든 문제될 게 전혀 없다면서 구미歐美의 선진제국은 유명한 작가일수록 도시나 중앙을 벗어나 전원이나 향토에서 집필하는 경우가 많은데 우리나라는 작가만 되면 중앙으로 가고 또 중앙에 있는 작가라야 더 훌륭한 작가로 알고 있다며 문단 풍토를 개탄했다. 그는 '촌사람은 촌사람다울 때 가장 아름답고 순수하고 자연스럽다'고 말하고 가장 자기적인 것이 가장 한국적이고 가장 한국적인 것이 가장 세계적이란 말을 예로 들면서 작가는 지방에 살지라도 세계를 상대로 글을 쓰기 때문에 어디에 살든 세계시민 곧 코스모폴리탄이라 강조했다.

한편 이문렬 씨는 작품과 작가의 관계에 대해 언급했다. 그는 많은 사람들이 작가와 그 작품에 대해 동일시하는 경향이 있다고 말하고 '작가와 작품은 반드시 일치되는 것은 아니다'라고 자신의 견해를 밝혔다.

이문렬 씨는 '대개 경향적인 문학과 사회성이 강하게 드러나는 문학을 하는 사람들이 작품과 그 작가의 실제 행동을 부합시키려는 의식이 강하다'고 말하고 이와 반대로 작가의 삶과 작품이 현격한 차이를 보이는 사람도 있다고 밝혔다. 그는 작가의 삶이 그의 작품과 현격한 차이를 보이더라도 그것은 어디까지나 외적인 현상일 뿐 내적으로는 동일하다고 역설했다. 즉 작가가 작품의 사상이나 내용과 다를지라도 실제 그 작가의 내면에는 그 작품에 담긴 내용 이상의 치열한 의지가 내포돼 있다는 것이다. 그래서 그는 작가의 삶이 작품과 맞지 않는다는 이유 때문에 그 작품을 비난할 수는 없다고 말했다.

錫

■ 후 기

위의 글은 대구의 죽순문학이 '문학의 밤'에 구상 씨와 나, 그리고 이문렬 씨를 초청, 강연한 요지를 간추린 것으로, 1981년 12월 22일자 대구 『매일신문』의 기사 내용이다. 그때 문학의 밤 행사에는 대구 문인들이 대거 참석했고 시민들도 상당수 모여 그 큰 예식장이 꽉 차 성황을 이뤘다.

사고(社告) 1

중진 작가 강준희 씨의 야심작
새 연재소설 「개개비들의 사계」
9월 1일부터 5면에 연재

본보는 8월 31일로 1년 6개월 동안에 걸쳐 인기리에 연재되었던
안수길 씨의 역사소설 「청류(清流)에 칼을 씻고」를 5백 28회로 끝
내고 9월 1일부터 강준희 씨의 소설 「개개비들의 사계(四季)」를 5
면에 연재합니다.

기회주의 황금만능주의가 판치는 세태에 늘 피해를 당하면서도
순수하게 살아가는 사람들의 이야기를 그린 것이 이 소설의 내용입
니다.

개개비라는 숙맥 같은 새를 통해 사회상을 조명해 나갈 이 소설
은 현대인에게 잠들어 있던 진실이 무엇인가를 깨닫게 해줄 것입
니다.

상업주의의 색채가 짙은 외설의 섹스 소설이 난무하는 요즘 「개

「개비들의 사계」는 독자의 갈증을 풀어주는 청량제가 될 것입니다.

　이 소설의 삽화는 '청류에 칼을 씻고'를 그린 이시훈 화백이 다시 맡게 되었습니다.

　◇ 작가의 말

　새 중에는 무익조無益鳥 에프테릭스라는 새가 있다. 키위과에 속하는 원시새로서 새는 새로되 날개가 없어 날지 못하는 새다. 그리고 또 바보새와 가시나무새도 있다. 바보새는 이름 그대로 바보요, 가시나무새는 울다가 지치면 제 몸을 스스로 가시에 찔려 자진自盡하는 새를 일컬음이다.

　그런데 이런 새들보다 더 숙맥 같은 새가 있다. 휘파람과에 속하는 철새로 개개비라는 새다. 이놈은 강가나 늪지대의 갈대숲에 둥지를 틀고 사는데 염치없고 뻔뻔한 뻐꾸기가 개개비의 둥지에다 알을 낳아 놓으면 개개비는 이를 품어 까서 기른다. 자기 새끼로 알기 때문이다. 뻐꾸기 새끼는 개개비 새끼보다 힘도 세고 덩치도 커 빨리 자라므로 얼마 후면 산으로 날아간다. 그러면 개개비는 제 새끼인 줄 알고 가지 마라, 가지 마라며 '개개개개' 운다. 개개비는 이렇듯 숙맥, 어리보기, 바보, 머저리, 멍텅구리 같은 새다. 하지만 이놈은 순수 그 자체요 순진 그 자체다. 나는 이를 천의무봉이라 부르고 싶다.

　「개개비들의 사계」는 인간을 개개비와 대칭시켜 대위적對位的 병

립개념立立槪念으로 써볼 것이다. 밀만두처럼 빤지랍고 불모지처럼 척박한 이 누리에서 우리가 구할 것은 무엇인가. 신문소설의 특성은 으레 독자를 의식하고 그래서 독자에게 아부 영합 호소해 간지럽고 달콤한 기어綺語로 선정적 관능적으로 말초신경을 자극하는 섹스나 불륜의 변칙적 애정행각이 많지만 나는 섹스보다 더 급한 게 얼마든지 있다고 본다. 국수 만드는 여자 수제비 못 뜰 리 없듯 나라고 왜 섹스 소설을 못 쓸리 있겠는가. 안 쓰는 것뿐이지.

행여 이 소설에 마구 벗기는 것을 요구하는 독자가 있다면 그런 독자는 안 읽어도 좋다. 한 사람의 독자라도 진정(진실)한 독자라면 그것으로 족하니까.

나는 '개개비' 같은 독자를 원한다.

◇ 화가의 말

지금까지 역사소설의 컷을 그려오다 현대물을 맡게 되어 다소나마 두려움이 앞선다.

소설의 내용을 영상화하는 작업이 바로 삽화의 위치라고 본다. 얼마만큼 소설 내용에 접근할 수 있는가 단언할 수 없지만 새로운 감각으로 터치, 최선을 다하겠다.

■ 후 기

위의 글은 신문연재 장편소설 「개개비들의 사계」를 『충청일보』 사가 1982년 8월 26일자로 내보낸 사고社告 및 작가와 화가의 말이다. 소설 연재는 9월 1일부터 시작됐다. 연재는 181회로 끝났다.

사고(社告) 2

강준희 씨의 새 야심작
새 연재소설 「개개비들의 사계」
9월 13일부터 11면에 연재
현대인의 순수와 진실 그린 역작
강준희 글/ 김철웅 그림

오는 13일부터 새 소설 「개개비들의 사계」를 11면에 연재합니다.
　중진작가 강준희 씨가 펼치는 이 소설은 기만과 이기주의 그리고
기회주의가 만연한 세태 속에서도 순수하고 천진하게 살아가는 사
람들의 감동적인 이야기입니다. 작가는 이렇게 살아가는 사람들을
숙맥 같은 새 '개개비'에 대비시켜 위선과 비순수의 현대생활에 식
상된 독자들에게 생명수와 같은 청량제로 갈증을 풀어줄 것입니다.

◇ 작가의 말

우리가 사는 세상엔 위선과 비순수가 너무도 많다. 위선과 비순수는 순수아純粹我에 반하는 것으로 위악僞惡일 수 있지만 순수는 그것이 순수아 그 자체여서 천진일 수도 있고 천의무봉일 수도 있다. 그러므로 순수는 천진과 천의무봉에 비등된다.

나는 이 소설에서 '개개비'라는 숙맥 같은 새를 소설에 나오는 인물들과 대비시켜 써볼 것이다. 말하자면 인간 개개비들을 그려볼 작정인 것이다.

인도 대설산의 전설적인 새 한고조寒苦鳥는 밤새 추위에 떨며 아이구 추워 아이구 추워, 날이 새면 몸을 녹일 따뜻한 집을 지어야지, 따뜻한 집을 지어야지 하다가도 날이 밝아 해가 뜨면 에이그, 무상한 이내 몸에 집은 지어 무엇하리, 집은 지어 무엇하리 하며 집을 짓지 않는다 한다.

인간이 인간다울 수 있는 것은 '인간적'인 데 있다. 이것은 앞에서 말한 대로 순수아일 수도 있고 또 인간의 체취일 수도 있다. 개개비의 둥지에 알을 낳아 탁란托卵하는 뻐꾸기는 고약한 나쁜 놈이지만 뻐꾸기 알을 제 알인 줄 알고 품어 부화시켜 기르는 개개비는 멍청하고 숙맥 같은 놈이다. 그러나 우리는 이런 개개비를 숙맥불변이라고 깔봐야 할까? 그리고 뻐꾸기는 힘이 세어 만만한 개개비 둥지에다 탁란하니 잘났다 봐야 할까? 뻐꾸기 그 놈, 목소리야 얼마나 근사한가.

나는 그저 개개비 같은 독자를 원할 뿐이다.

◇ 화가의 말

좋은 일은 첫 느낌으로 알 수 있고 좋은 사람은 첫 만남으로 알 수 있고 좋은 글은 첫 몇 구절의 흐름으로 알 수 있다.

지방문단의 발전과 비전을 위하여 인기와 시류에 영합하지 않고 오직 순수문학의 길만을 고집스레 걷고 계시는 강준희 선생의 글은 그의 인품과 함께 많은 독자들의 마음속에 소리 없는 공감을 불러일으킬 것으로 확신한다.

좋은 글에 먹물을 엎지를까 걱정이 되나 항상 최선을 다한다는 것은 많은 부족함을 덜어준다는 생각으로 선생의 글 한 장 한 장을 넘길 것이다.

■ 후 기

신문 연재소설 「개개비들의 사계」는 1982년 9월 1일부터 『충청일보』에 싣기 시작했다. 그런데 연재가 나간 며칠 후 경인京仁일보(수원) 문화부장한테서 연재소설 청탁이 왔다. 나는 며칠 전부터 충청일보에 연재소설을 쓰고 있기 때문에 대단히 죄송하나 쓸 수 없다고 정중히 거절했다. 그러자 문화부장은 "아니 괜찮습니다. 허락만 해 주신다면 지금 『충청일보』에 연재 중인 「개개비들의 사계」
를 받아 저희 신문에 동시 연재를 하고 싶습니다" 했다. 내가 당황
하며 아니 어떻게 연재 중인 소설을 타 신문에 동시에 연재를 하느
냐 했더니 지방신문엔 왕왕 그런 일이 있으니 조금도 염려 마라 했다.
이래서 「개개비들의 사계」는 9월 13일부터 『경인일보』에 연재하기
시작했다.

사고(社告) 3

1월 5일부터 5면에 새 소설 연재
「개개비들의 사계(四季)」
강준희 글/ 김광남 그림

5면에 연재해 오던 이관용 작 「잔 속에 가득한 밤」은 12월 29일
자로 끝나고 새해 1월 5일자(일부 지방 6일자)부터 새 소설 강준희
작 「개개비들의 사계」를 싣습니다. 현대물인 이 소설은 참되게 살
아가는 사람을 숙맥 같은 '개개비'라는 새에 비유, 복잡한 현대생활
속에서 순수가 무엇이고 어떤 것인가를 보여주는 아름다운 소설입
니다. 삽화는 독특한 수채화를 하고 있는 김광남 화백이 맡아 새로
운 화질로 독자 여러분의 시선을 끌게 할 것입니다. 많은 애독을 바
랍니다.

◇ 작가의 말

새 중에 '개개비'라는 새가 있다. 휘파람과에 속하는 철새로서 강

가나 늪지대의 갈대숲에 둥지를 틀고 사는 숙맥 같은 새다. 하지만 나는 이놈을 바보라고 깎아내리거나 업신여기지 않고 되레 순수하고 순진하게 보고 있다. 개개비는 비록 숙맥 같고 바보 같아 뻐꾸기가 낳아 놓은 알을 제가 낳은 알인 양 까서 기르지만 적어도 뻐꾸기처럼 고약하진 않다. 고약한 게 다 뭔가. 너무 순진하고 천진해 오히려 바보가 되어버린 개개비.

나는 이 어리보기 개개비를 순수 그 자체로 보고 이 개개비를 인간과 대위적對位的 관계로 설정, 순수가 무엇이며 아름다움이 무엇인가를 보여줄까 한다.

생각느니 이 누리에 뻐꾸기는 얼마나 많을 것인가. 그리고 개개비는 얼마나 있을 것인가. 키르케고르는 유혹자 요한네스로 하여금 '순수 이상의 절대적인 매력은 없다. 순진처럼 매혹적인 유혹도 없다. 그리고 여성에 비등될 만한 기만欺瞞은 없다' 했다.

개개비!

이 천하의 바보에게 행운 있으라!

◇ 화가의 말

순박한 심성이 때로는 바보 취급을 당한다고 부끄럽게 생각지 않는다. 정직과 진실은 어느 때고 그 빛을 발하는 법. 이번에 연재되는 「개개비들의 사계」는 어떻게 보면 약삭빠르지 못한 사람들, 알면서도 남에게 속아주는 사람들, 교활하지 않고 성실한 사람들의 삶 이

야기를 개개비새에 비견한 작품으로 나의 마음에 공감을 느껴 둔필
이나마 삽화를 맡기로 했다. 수채화의 독특한 분위기와 특징을 최
대로 살리며 사실과 추상을 함께 추구해보려 한다.

■ 후 기

위의 글은 1983년 1월 2일자 『강원일보』의 사고 및 인터뷰 기사
다. 1982년 9월 13일부터 『경인일보』에 「개개비들의 사계」가 연재
되자 이로부터 40여 일 후 생게망게 하게도 『강원일보』(춘천) 문화
부에서 연재소설 청탁이 왔다. 나는 『경인일보』 때와 같이 지금 『충
청일보』에 소설을 연재 중이니 쓸 수가 없어 죄송하다며 완곡하게
사양했다. 그러자 『강원일보』도 『경인일보』와 같은 말을 했다. 현
재 『충청일보』에 연재 중인 소설 「개개비들의 사계」를 받아 실으
면 되니까 승낙만 해 주십사 했다. 나는 엉겁결에 그러마고 대답했
다. 강원일보 측은 고맙다 말하며 인터뷰도 하고 삽화가도 만나야
하니까 곧 한번 다녀가라 했다.

이렇게 해서 나는 한 소설을 동시에 세 신문에 연재했고 이 연재
물은 1984년 4월에 도서출판 '김영사'에서 출간되었다.

이 작가를 말한다

오재욱(吳在旭)

    나는 작가도 아니요 문학평론가도 아니다. 나는 문학(소설)을 공부하다 중도이폐한 사람으로 강준희 작가와는 한 고향의 죽마지우다. 그래 나는 이 작가 강준희에 대해서는 누구보다 잘 안다고 자부한다. 때문에 나는 이 작가의 문학에 대해 말하려는 게 아니라 작가 강준희라는 인간에 대해 말하려는 것이다.

    나는 이 작가를 보면 속이 상해 견딜 수가 없다. 그것은 이 작가가 남다른 역경에서 가혹한 아픔을 겪고 있어서만은 아니다. 문제는 그가 왜 이토록 아프게 살지 않으면 안 되느냐 하는 데 있다.

    그는 신언서판이 출중한 헌거로운 쾌남아다. 그는 달변에 달필이요 노래도 잘 부르는 호쾌한 사나이다. 확실히는 몰라도 그는 가요만 6~7백 곡 부르고 민요도 한꺼번에 몇십 곡을 멋들어지게 메들리로 불러 제친다. 여기다 가곡, 동요, 군가, 잡가까지 합치면 천여 곡을 능히 부를 것이다. 그는 단순하고 꾀가 없고 순진하고 남을 잘 믿는 데다 겉보기와는 달리 아주 섬세하다. 여기에 유머와 풍류가 넉넉한 호연지기의 사나이다. 말하자면 그는 소년 같은 사람이다. 그런데도 그는 여편네 하나 없이 긴 세월을 형벌 받듯 혼자 밥해 먹고, 설거지하고, 빨래하고, 청소하고, 연탄 갈고 그러다 감기 몸살 걸리면 혼자 천장 처다보며 열심히 끙끙 앓는 사나이다.

뱃속에 똥만 그득한 속물들도 근사한 여편네 거느리고 오토바이 씽씽 몰고 자가용 빵빵 굴리며 여봐란 듯 뻐기고 사는데, 왜 어째서 그 헌걸찬 사나이 강준희가 숱한 나날을 뼈저린 고통과 절절한 외로움에 고행하듯 살아야 하는가.

그는 여편네뿐만 아니라 돈도 권세도 명예도(아니 명예는 있다. 작가라는 명예) 쥐뿔도 없는 사나이다. 있다면 도도한 자존과 도저한 실력과 굳건한 의지(정신력)와 높은 긍지와 꺾이지 않는 기개와 타협할 줄 모르는 지절志節뿐이다.

그는 언필칭 학력學歷이라는 것도 없다. 있다면 곤이지지困而知之의 학력學力만 있다. 그런데도 그는 박식하고 해박하다. 그러니 그가 얼마나 많은 노력을 했겠는가.

그는 또 안 해본 일이 없는 사나이다. 농사, 나무장수, 엿장수, 연탄배달, 막노동, 인분수거부, 스케이트 날 갈이, 포장마차, 경비원, 자조근로작업, 서적 외판, 학원 강사, 대학 강의 등등. 이 외에도 그는 숱한 일을 한 사람이다. 그래서 그를 아는 문단 일각에서는 그를 가리켜 한국문단의 막심 고리끼니 현대판 최학송이니 한다.

그는 고생을 너무도 많이 했고 지금도 하고 있다. 이럼에도 그의 얼굴이나 자세엔 고생의 흔적이 조금도 없다.

『맹자(孟子)』라는 책엔 하늘이 장차 어떤 사람에게 큰일을 맡기려 할 때는 반드시 먼저 그 심신을 괴롭히고, 그 근골筋骨을 힘들게 하고, 그 몸과 살갗을 주리게 만들고, 그 몸을 궁핍하게 하여 하는 일마다 어렵게 교란시킨다 했는데, 그렇다면 강준희도 하늘이 큰일을 맡기기 위해 일부러 죽을 고생을 시키는 것일까?

그는 가열한 역경을 의지 하나로 이겨내며 공부한 사람이다. 오로지 독학으로써 말이다. 시대가 영웅(인물)을 낳는 저 중세쯤에 태어났다면 그는 당웅비 대천하當雄飛大天下로 도남圖南의 뜻을 폈을 것이다.

그는 때를 잘못 만나 고생하는지도 모른다. 아마 그럴 것이다. 옛 글에 성인지 능지성인聖人知 能知聖人이란 말이 있듯이 성인이라야 능히 성인을 알아보는 법이다.

그렇다. 백락伯樂이 있어야 천리마千里馬를 알아보고, 종자기鍾子期가 있어야 백아伯牙의 거문고 소리를 알아들을 수 있는 법이다.

그는 완전히 입지전적 인물이다. 그런데 그 학벌이라는 게 없어서, 그 개도 안 물어갈 학력 간판이라는 게 없어서 웅비를 못한 채 불세출의 한을 가슴 깊이 안은 사나이다. 그는 학맥도 인맥도 없는 소위 말하는 백 그라운드 하나 없는 외돌토리로 자신과의 피나는 투쟁만을 벌여온 사나이다. 그래서 지난날 딱 한번 학력 불문의 채용시험에 응시, 대졸 학력자들을 본때 있게 물리치고 당당히 합격한 일이 있다. J평론사의 입사가 그것이다. 그는 그때 국회를 출입하는 저널리스트였다. 그의 앞길은 보장되는 듯했다. 그때 그에게 힘깨나 쓰는 모 국회의원이 장래성 있는 젊은 놈이 학력 없는 게 아까워 대학교 졸업장을 하나 얻어 주겠노라 했다. 그러나 그는 이를 단호히 거절, 그 국회의원에게 분연히 의절을 선언하고 돌아섰다. 그때 그 국회의원은 돌아서는 그의 등에 대고 "저놈은 참으로 멋진 가난한 부자 놈이다"라고 했다.

"모가질 베면 피가 동이동이 쏟아질 젊은 놈에게, 애걸복걸해도 귀싸대기 후려치며 당당히 살라고 소리쳐야 할 국회의원이 한심쿠나! 이런 자가 일국의 국회의원이라니. 나라의 장래가 한심쿠나!"

그는 이 말과 함께 그 국회의원과 의절을 했다. 이는 내가 그 후에 들은 후일담이다. 그때 그 국회의원 왈 "내 육십 평생에 저렇게 멋진 놈은 처음 봤다. 하지만 저놈은 평생 고생할 놈이다!"

1974년도던가 1975년도던가 그가 개인 수석전을 열 때의 이야기 하나. 어느 쇠푼깨나 있는 자가 수석전을 둘러보고 그에게 돌 하나를 팔라 했다. 그는 깨끗한 돌에 깨끗하지 못할 수도 있는 돈을 결부시키지 말라며 일언지하에 거절했다. 그때 문제의 수석은 거금 50만 원을 주마 했다. 당시의 50만 원이면 그가 살고 있는 C시에선 웬만한 집 한 채 값이었다. 그때 그 사람 왈 "저 친구 고생할 사람이군!" 하는 소리를 나는 들었다. 그때도 그는 단칸 사글셋방에 살 때였다. 하지만 그는 그 수석을 평소에 신세진 이에게 아낌없이 선사했다. 그때의 그 많은(3백여 점) 수석을 만약 처분(돈 받고)했더라면 그는 집 몇 채는 샀을 것이다. 방, 마루, 봉당, 부엌 심지어는 화장실까지도 수석 천지였으니까. 여북하면 집 주인이 집 망친다고 나가라고까지 했겠는가. 그 바람에 그는 책과 수석만을 싸서 일 년에 몇 번씩 이사를 다녔다.

이렇듯 한다는 짓이 처처히 물외物外의 바보짓만 골라하는 사나이 강준희. 그러나 나는 이런 강준희를 사랑한다. 아니 존경한다. 이 지랄 같은 세상에, 이 철학 부재의 세상에 어느 누가 이토록 자기를 지키며 의연히 살 자가 있겠는가. 돈이라면 제 밑구멍까지 팔아먹는 세상에.

그는 부잣집의 귀한 외아들로 태어나 어린 시절을 선망과 동경으로 유년기를 보냈다. 그랬는데 갑작스런 가세의 몰락으로 속절없이 허물어져 버린 집안. 뒤따른 부모님의 별세. 그 이후의 생활이야 말해 무엇하랴.

그는 숱한 나날을 절대 가난 절대 고행 속에 살면서도 자세 한 번 흐트러뜨리지 않고 버텨왔다. 웬만한 사람 같았으면 타락을 해도 수십 번 했고 폐인이 되어도 벌써 되었을 것이다. 돈 있고 마누라 있어 고생 모르고 적당히 사는 자들이야 참담무비의 그의 생활 아닌 생존의 피맺힘을 어찌 짐작이나 하겠는가. 하지만 누가 그의 행동에서 비굴함을 느끼랴. 그는 언제 보아도 당당하고, 떳떳하고, 의연하고, 넉넉하다. 그는 모든 것을 초극한 사람이 아니면 지독한 바보다. 그는 바람처럼 불쑥 내 앞에 나타났다 눈발처럼 표표히 사라진다. 내가 보고파, 불알친구인 내가 그리워 후딱 달려오는 그. 왜소하고 못나빠진 이 무지렁이 촌놈을 한 달에 한 번 두 달에 한 번 바람처럼 불쑥 나타나는 그.

그는 13평 아파트 창문에 달빛이 교교하면 혼자 달을 쳐다보며 할 줄 모르는 술을 마신다. 이 무슨 저 이백李白의 월하독작月下獨酌인가. 무릎장단을 툭툭치며 노랫가락과 창부타령을 멋들어지게 불러 제치는 그. 그러다간 고향의 봄과 오빠 생각, 메기의 추억과 클레맨타인을 부르며 눈물짓는 그, 그는 이런 사람이다.

베어도 베어도 달라붙는다는 하이드라의 목처럼 강인한 그에게도 눈물이 있다. 있어도 아주 많이 있다. 그는 정감 많고 감정 풍부한 순정파며 동시에 낭만적 센티멘탈리스트다. 그는 낙엽이 뒹굴거나 귀뚜라미가 애잔하게 우는 밤이면 잠 못 이루는 소녀가 된다. 그는 카알 붓세의 시정에 취해 신데렐라와 베아트리체를 찾는 환상적 이상주의자다. 그의 내면엔 언제나 풀잎이 있고 이슬이 있다. 언젠가 그는 이렇게도 말했다.

"욱아(내 이름 재욱이의 욱자만 딴 것). 풋고추 호박순 넣고 끓인 된장찌개가 먹고 싶다. 풋풋한 열무 겉절이에 보리밥 썩썩 비벼 퍼먹고 싶다."

왜 안 그렇겠는가. 여편네 있고 거리 있는 촌에 사는 나도 그걸 맘대로 못해 먹는데. 그러니 그가 어찌 섭생인들 제대로 취하겠는가. 그만한 건강도 순전히 정신력이지. 온전히 긴장 탓인지. 속 쓰릴 때 마누라 끓여주는 국 먹고 철철이 보약이다 인삼 녹용이다 건강 식품이다를 먹고 몸에 좋고 정력에 좋다면 뱀, 개구리, 지렁이, 굼벵

이, 웅담, 사슴피 심지어는 해구신까지 눈알 까뒤집어 쓰고 아귀아귀 먹어대는 자들이야, 그래서 힘뻗쳐 별의별 해괴한 짓거리를 다 하는 자들이야 허구한 날 라면이나 끓여 먹고 그도 아니면 찬밥 한 술 간장에다 찍어 먹는 그의 아픔을 어찌 짐작이나 하겠는가.

그는 라면을 하도 먹어 이젠 라면만 봐도 욕지기가 난다고 한다. 그는 또 이런 말도 했다.

"욱아! 금잔디 숲속이나 꽃구름 피는 언덕 위에 빨강 양옥 하나 짓고 신데렐라와 함께 십 년만 살고 싶다. 동화처럼 그렇게 십 년만 살고 싶다. 미치도록 열심히 십 년만 살고 싶다!"

나는 안다. 그의 앞에 만일 신데렐라나 베아트리체가 나타난다면 그는 순애純愛로써 순애殉愛할 사람이라는 것을……. 하지만 이 개 코 같은 세상에 그런 여인이 어디 있는가. 있다면 저 조선조 때나 있었지.

"단심가丹心歌를 부른 정몽주보다 하여가何如歌를 부른 이방원이 되게나. 그래야 이놈의 세상 살 수가 있어. 죽어지면 다 소용없느니. 살았을 때 어떻게든 살아야지."

내가 보다 못해 이렇게라도 밀힐라치면 "뭐가 어째? 인생은 일회야. 그리고 난 쓸개가 하나야!" 하며 소리소리 치는 그. 이 얼마나 가당찮은 초현실인가. 이런 멍텅구리가 세상에 또 있는가. 혹자는 이 글을 읽고 이런 병신 쪼다하고 비아냥댈지도 모른다.

그렇다. 적어도 이놈의 세상식 대로 따지면 말이다. 장님이 사는 세상에선 눈뜬 자가 불구이듯.

그러나 나는 안다. 연작燕雀이 홍곡鴻鵠의 뜻을 모르듯 적당히 요령부리며 눈치껏 약게 사는 자들이야 어찌 그의 뜻을 알 것인가를…….

여보게 친구!

그렇다면 자네식 대로 살게나. 누가 뭐래도 자네 철학, 자네 소신, 자네 신념대로 살란 말일세. 그래서 주려 죽을지언정 자네 공화국을 지키게나. 지키다 지키다 정히 못 지킬 지경이면 차라리 자진을 하게나. 등 따시고 배부른 자들이야 뭐라고 하든…….

1983년 4월 단양 사인암에서

망매 고우(茫昧故友)가

■ 후 기

위의 글 "이 작가를 말한다"는 내 고향의 죽마고우 오재욱吳在旭이 쓴 것으로, 이 글은 1983년 5월에 나온 내 중편소설집 『미구꾼』에 실린 발문이다. 그런가 하면 이 글은 또 2008년 11월에 나온 내 문학전집(『강준희 문학전집』 10권) 맨 앞 작가의 말 바로 다음에 실리기도 했다.

오재욱은 발문에서 밝혔듯 소설을 공부하다(상당한 경지에 이르기까지) 중도이폐한 친구로 멋을 알고 풍류를 알아 내가 "얼씨구" 하면 재욱은 "조오타" 하고 추임새를 넣어 장단이 척척 맞는 의기투합의 지기지우다. 그래서 우리는 자주 만났고 만나면 만단설화로 밤이 짧았다. 그랬는데 이런 재욱이가 천만 뜻밖에도 그 몹쓸 놈의 중풍에 걸려 운신이 부자유스러워졌다.

이렇게 되자 내가 재욱이를 일방적으로 찾아가(이는 언제나 그랬다. 재욱이가 건강할 때도) 하루 종일 말동무가 돼 놀다 왔다. 이때는 재욱이가 단양에서 제천으로 이사를 와 있을 때여서 나는 틈만 나면 천등산 박달재를 허위단심 넘어 재욱이한테로 갔다. 문예지에 내 작품(소설)이 발표돼도 나는 문예지를 들고 맨 먼저 재욱이한테로 달려갔고, 출판사에서 내 작품집이 출간돼도 나는 작품집을 가지고 제일 먼저 재욱이한테로 달려갔다. 그러자 재욱은 어느 날 "친구야 고맙다, 고마워" 하며 울먹였다. 그런 재욱은 자기는 강준희라는 지기知己를 만나기 위해 이 세상에 태어났을 지도 모른다 했다. 중풍으로 쓰러져 반신불수가 되자 처음 한두 번은 사람들이 인사차 다녀가더니 그 다음부터는 아무도 찾아오는 이가 없는데 자네만은 십 년을 한결같이 찾아와 예나 다름없이 대해주니 강준희만은 정말 문경지교刎頸之交일세 했다. 나는 "예끼 이사람, 그게 무슨 소린가. 우리 사이에 그런 소리가 어디 있나. 나는 아니 우리는 문경지교까지는 몰라도 수어지교水魚之交니 관포지교管鮑之交쯤은 될지 몰라. 안 그런가?" 내가 재욱의 손을 덥석 잡고 너스레를 할라치면 재욱은 또 눈물을 글썽이며 "그래, 그래" 하며 파안대소를 했다.

이런 재욱이 아들의 직장을 따라 경기도 부천으로 이사를 가고난 후부터 나는 일 년에 두 번 봄, 가을로 재욱을 초청, 삼사일 동안 온전히 재욱이만을 위해 시간을 할애했다. 이때는 글은 물론 쓰지 않고 책도 읽지 않으며 재욱이 하고만 놀았다. 어느 때는 세월없이 걸어가 식당에서 재욱이 좋아하는 조기찜으로 식사하며 즐거운 시간을 보냈고, 어느 때는 목욕탕에 손을 잡고가 재욱의 몸을 씻겨주며 물장난을 치고, 또 어느 때는 내 조그마한 둥지 어초재漁樵齋에서 소주 파티로 춤추고 노래하며 그 티없던 젊은 시절을 회억하기도 했다. 혹자는 내가 부천으로 가 재욱이를 만나면 될 것을 왜 몸이 불편한 재욱이를 굳이 오라할까 하겠지만 부천 그의 집엔 그의 부인이 있어 우리가 마음 편하게 놀 수가 없어서 였다. 재욱이 나한테 올 때는 아들이 승용차로 태워오고 태워가기도 했지만 버스로 올 때도 있는데, 그럴 때면 내가 터미널로 마중을 가 재욱을 택시로 태워왔다.

이런 광경을 본 외우畏友 조민식趙敏植 씨가 요즘 세상에 이런 기막힌 우정이 어디 있느냐며 참으로 보기 드문 아름다운 풍경이라 부러워했다. 조민식 씨는 초등학교 교장으로 퇴임한 이로, 사람됨이 훌륭하고 어질어 사흘이 멀다고 만나는 터였다. 그는 두 분의 정의情誼가 참으로 감격스럽다며 두 분은 성공한 인생이라 했다.

이런 재욱이와 나와의 우정을 그냥 두기 아까워 나는 「우정(友情)」이란 제목으로 소설(단편)을 써서 문학지 『문예운동』 2008년 겨울호 100호 기념호에 발표했다. 그러자 정론직필의 시사평론지 『신문고(申聞鼓)』에서 발행인 김정철 씨가 「우정」이란 소설이 하도 아름다워 자기네 잡지 『신문고』에 재수록하고 싶은데 괜찮겠느냐는 전화가 와 그러라 했더니 고맙다는 인사와 함께 「우정」을 실었다.

오재욱!

누가 뭐래도 나는 재욱과의 우정이 죽는 그날까지 한결같을 것이고 저 세상에 가서도 다시 만난다면 그 곳에서도 우리 우정은 변함없을 것이다.

작가 강준희를 말한다

빼앗긴 자의 한과 해학

권영민

문학평론가, 서울대학교 교수

무엇이 이 작가의 소설에서 그 독특한 풍자와 해학을 빼앗아가 버렸는가. 현실은 상황의 아이러니를 통해 삶의 퇴폐함을 드러내는 방법조차 용납할 수 없었나?

◇ 어두운 그늘이 통곡으로

한 작가의 작품을 논하고자 하면서 그 작가에 대한 사사로운 감정을 미리 말하는 것은 올바른 태도가 아니다. 그러나 스스로 쓸데없는 선입견을 떨쳐버리기 위해 나는 그를 처음 만났던 이야기를 먼저 쓸 수밖에 없다. 그는 이미 자기 세계를 건실하게 가꾸어 놓고 있는 중년의 작가이고, 나는 아직도 내 발꿈치에 닿는 돌부리의 아픔을 참아내지 못하는 문학도이기 때문이다.

작가 강준희를 처음 만났을 때, 그의 눈가에 서려 있는 물기가 이상하게도 마음에 걸렸다. 첫 대면에 그는 마치 오랫동안 서로 떨어져 있던 고향의 친척 형님쯤 되는 모습으로 여겨지기도 하였다. 중편소설 『미구꾼』(한국문학, 83.2)을 읽고 나서, 나는 그의 주소를 확인하였고, 한 번 만나보고 싶다는 간단한 엽서를 띄웠다. 그리고는 그를 찾아갔다. 소설에 대한 나의 개인적인 취향이 그런 엉뚱한 짓까지 벌여 놓게 되었는데, 그가 나보다 10여 년이 연상이라는 사실을 알고서야 내 당돌함을 속으로 책망하였다. 그는 얼굴에 깊이 파여 있는 주름처럼 상당한 시름을 안고 있는 것 같이 보이기도 하였으나, 자신의 생활에 관한 이야기는 꺼내지도 않았다. 문학에 관한 이야기도 거의 입에 올리지 않고 과묵했기 때문에, 그의 겸손을 충분히 읽어내면서도 그가 나의 이런 가벼운 행동을 어떻게 생각할 것인지 걱정스럽기만 하였다.

그는 '일류 작가도 못 되고 인기 작가도 아니다'라고 애써 웃음을 지으며 자신을 소개하였는데, 나는 그 말에 대꾸도 제대로 하지 못하고 나의 무작정한 여행에 대한 변명조차 내어 놓을 수 없었다. 추위를 별로 느끼지 못하고 겨울을 보내면서 정월의 달력장을 넘길 무렵에 소설 『미구꾼』을 읽었다. 처음에는 야담의 한 토막에서 소재를 찾아낸 것이 아닌가 하는 생각이었지만, 소설에서 작가가 보여 주어야 할 것과 감추어야 할 것 사이의 긴장에 직면하는 순간, 나는 작가를 만나고 싶었다.

소설 『미구꾼』의 작가를 나는 그렇게 어색한 장면처럼 만났다. 그러나 『미구꾼』의 내용을 한 마디도 이야기하지 못하고 어린 시절 고향 이야기만 늘어놓았다. 그는 고향의 흙 냄새를 갖고 다니는 것 같았고, 그런 잡담이 문학 이야기보다 한없이 마음을 편하게 하였다.

나는 그 앞에서 문학을 보는 나의 엄정하지 못한 눈과 숱하게 배반해 온 언어의 논리를 부끄러워할 수밖에 없었다. 그저 '작품을 잘 읽었습니다'라는 말만을 몇 번이나 되풀이했을 뿐이었다. 그리고 그와 헤어졌다. 작별하는 기차 정거장에서 그는 자신의 창작집 『하느님 전 상서』(현대문학사, 1976)와 『신(神)굿』(금자당, 1980)을 내게 선물로 건네주었다. 열차 안에서 『하느님 전 상서』를 다 읽었고, 집에 와서 밤 늦게까지 『신굿』을 읽었다. 그리고 그가 자신의 살아 온 과정을 이야기로 엮은 『하늘이여 하늘이여』라는 체험기를 쓴 적이 있음도 알게 되었다. 작가로서 자신의 삶을 다시 풀어헤쳐 밝혀 써보자 했던 까닭이 무엇인지 알고 싶었기 때문에, 나는 몇 곳의 책방을 뒤져 『하늘이여 하늘이여』를 구할 수 있었다. 그리고 참담한 그의 과거를 의지 하나로 초극한 인간 승리에 고개가 숙여졌다. 불혹의 나이를 훨씬 넘어선 그의 얼굴에 간간히 내비치던 어두운 그늘이 통곡으로 펼쳐 있음을 나는 그 책에서 보았다.

◇ 나는 엿장수외다

강준희의 창작 활동은 이제 10년의 고비를 넘기고 있다. 1974년
『서울신문』신춘문예에「하 오랜 이 아픔을」이 당선되고, 그해『현대
문학』지에「하느님 전 상서」가 다시 추천되면서 그는 작가가 되었
다. 충북 단양의 산골에서 태어나 정상적인 학교 교육은 국민학교
밖에 받아보지 못한 그는 혼자의 힘으로 글을 익혔고 삶의 어려움
을 견디면서 문장을 가다듬었다. 그가 자신의 젊은 시절의 암울했
던 고행담을 솔직하게 그려 놓은「나는 엿장수외다」라는 논픽션은
이미 1966년『신동아』지에 당선 발표된 적이 있었다는 사실을 기
억하고 있는 이는 아직도 많이 있다.

첫 창작집『하느님 전 상서』를 간행하면서 그는 이렇게 후기에
적고 있다.

글을 쓴다는 건 외롭고 괴롭고 고달프고 배고픈 길이다. 그럼에
도 나는 글을 쓴다. 어제도 썼고 오늘도 쓰고 내일도 쓸 것이다. 그
런데 겁나고 두렵다. 외롭고 괴롭고 고달프고 배고파서 두려운 게
아니라 너무 힘들고 어렵기 때문에 두렵다. 그런데 나는 이 어려운
글을 쉽게 써서 두렵게 세상에 내놓는다. 뻔뻔스럽다. 이런 따위 소
설을 소설이랍시고 세상에 내놓는 내가 짜장 뻔뻔스럽다. 하지만
어쩌랴. 재주가 없는 것을. 실력이 없는 것을……

그러나 이것은 작가 강준회의 몸에 밴 겸손일 뿐이다. 그는 이미 데뷔작인 「하느님 전 상서」에서부터 '이야기꾼'으로서의 기발한 상상력을 평가받았으며, 「지하실로 가라」, 「알 수가 없습디더」 등을 통해 그 독특한 풍자와 해학과 비판 정신을 발휘했던 것이다.

강준회의 작품 세계는 두 번째 작품집 『신굿』에 이르기까지 대체로 세 가지 계열로 나누어 볼 수 있다. 첫째는 자신의 삶의 체험에 바탕을 두고 있는 자전적 소설로서 「어머니」, 「남도기려(南道羈旅)」 등이 그것이고, 둘째는 사회적 현실에 대한 풍자와 비판적인 인식에 바탕을 둔 것으로 「하느님 전 상서」, 「지하실로 가라」, 「하늘텬 따지」, 「이런 세상」, 「허무주(虛無主)의 경우」가 그것이다. 그리고 또 다른 하나는 과거의 역사로 소설적 무대를 옮겨 놓고 있는 「천마산 옥녀」, 「용냇마을 이야기」, 「채표(採票)」, 「미구꾼」 등이 있다. 중편소설 「신굿」은 둘째 계열의 작품 정신과 마지막 계열의 수법이 이루어진 것이다.

이러한 세 가지 부류의 작품 중에서 강준회의 작가적 특징을 뚜렷하게 보여주는 것은 풍자와 위트로 짜여진 두 번째 계열의 작품들이다. 「하느님 전 상서」, 「지하실로 가라」, 「이런 세상」 등에서의 현실 인식의 태도는 '있어야 할 것'과 '있는 것' 사이의 엄청난 간격에 대한 해학적인 접근을 통해 분명히 나타난다. 그는 현실의 부조리와 불합리를 말하면서도, 그것을 차디찬 냉소로 대하지 않는

다. 해학의 비전이라고 말할 수 있는 관점의 포용성이 언제나 어처구니없는 웃음을 자아내게 하면서도 짙은 페이소스까지 나타낼 수 있게 하고 있는 것이다. 「하느님 전 상서」에서 '그'가 하느님에게 보내는 편지 이야기는 실소를 금치 못하게 하는 행위임에 틀림없다. 그러나 그 결말의 처리는 더욱 독자들의 기대를 완전히 배반하고 있다. 인간의 순박함과 교활함이라는 두 가지 이율배반적인 얼굴이 교차되는 순간을 우리는 거기서 발견할 수 있는 것이다.

물론 「과부 구함」이나 「알 수가 없습디더」 등의 작품에서는 비판의 정도가 강화되고 있는 면도 없지 않다. 물질에 대한 인간의 허망한 욕구가 인간의 존재와 가치를 어떻게 무너뜨릴 수 있는가는 이들 작품 속에 등장하는 속물적인 인간들의 행동을 통해 웅변으로 보여주고 있다. 바로 그러한 인간들에 의해 짓밟히고 있는 삶의 진실을 작가는 시니컬하게 부각시키고 있는 셈이다. 「알 수가 없습디더」에서는 서술의 이중성이 스토리 자체의 실제성을 약화시키고 있는 것처럼 보이지만, 바로 그러한 스토리의 전개 방식 자체가 현실을 측면적으로 공략할 수 있는 풍자의 수법에 속한다는 사실을 간과할 수는 없다. 전형적인 속물로 그려지고 있는 '국장'을 말하고자 하면서, 작가는 직접적으로 서술하지 않고 있다. '미친년'처럼 밖에 알몸으로 뛰쳐나와 날뛰는 그 아내의 주절거림을 무식한 리어카꾼이 듣고 그대로 옮겨 놓고 있는 것이다. 그렇기 때문에 전체적인 스토리의 내용은 이중의 전달자를 통해 독자에게 제시된다. 그리고 스토리의 내용 자체보다 '미친년' 같은 아내의 말과 무식한 리어카꾼의 말 사이에서 확인할 수 있는 감정적 반응의 차이에 풍자의 의미가 곁들여지고 있는 것이다.

◇ 비판과 풍자 속에서도 넘치는 해학

그런데 이러한 작품 속에서 우리는 작가의 지적인 냉철함보다 인간적인 따스함을 느끼게 된다. 인간의 삶의 근본적인 목표와 현실적인 상황 사이에 놓일 수밖에 없는 모순의 간격을 들춰내고 있으면서, 작가는 삶에 대한 깊이 있는 애정을 보여주고 있다. 그것이 이 작가의 고통스런 삶의 체험에서 기인한 것인지는 알 수 없지만, 비판과 풍자 속에서도 해학을 살릴 수 있다는 것은 이 작가만이 지닐 수 있는 작가적 능력일 수 있을 것이다. 다시 말하면 강준희의 작품에서는 냉철한 현실 감각이나 이지적인 비판보다 풍자적이면서도 해학을 겸비하고 있는 회화성이 강조될 수 있다는 뜻이다. 등장인물의 간교함을 말하기 위해 그에 병치시켜 놓고 있는 우직스런 인물이 벌이는 의외의 행동이 바로 해학성을 살리고 있는 방법이라고 한다면, 때때로 현실적 감각이 이완되어 있는 것처럼 느껴지기까지 하는 육담肉談이 전혀 식상하지 않고 인물과 조화되고 있는 것이다.

강준희의 소설적 상상력이 이야기의 재미와 주제 의식의 공간으로 옮겨놓고 있는 소설은 「천마산 옥녀」, 「채표」, 「미구꾼」 등이다. 물론 이들 작품은 과거의 무대가 역사적인 특정 시간이나 공간에 고정되어 있다고 말하기는 어렵다. 지나간 시대의 언젠가에 해당된다고 할 정도로 분명한 배경 설정이 이루어지지 못하고 있기 때문이다. 그러나 이것은 작가의 역사적 안목이나 관점이 결여되어 있어서가 아니라, 소설 공간의 상상적 이동을 자유롭게 하기 위한 방편인 것처럼 보인다. 이들 작품은 역사 소설을 쓰기 위한 것이 아니라, 역사적인 무대를 빌어 인간의 내면적 갈등과 그 관계의 미묘함을 보여주고 있는 것이다. 이미 사라져 버린 것으로 알려져 있는 "채표"라는 도박의 내용과 거기에 얽힌 이야기를 그려내고 있는 중편소설 「채표」도 무대는 과거의 역사적 공간을 빌고 있지만, 실제로는 인간의 심리를 꿰뚫고 있는 작품이라고 할 것이다. 자신이 꾼 꿈에 행운을 걸어보는 인간의 심리는 옛날이나 지금이나 다름이 없는 일이다. 홀로 된 며느리를 데리고 살아가고 있는 주인공 '최영감'이 '채표'놀음에 미쳐버리자, 며느리는 하는 수 없이 시아버지인 '최영감'에게 거짓 꿈을 팔게 된다. 시아버지와 며느리 자신이 동침했다는 꿈 '쌍합동雙合同'의 이야기가 바로 며느리의 거짓 꿈이었던 것이다. 소재의 특이성과 그 소재의 소설적 재현이라는 측면에서 볼 때, 이 소설 '채표'는 분명 소설적 흥미에 성공하고 있는 작품이다. 특히 이 작품에서 활동하고 있는 소설의 언어는 다른 작가의 경우보다 다양하다. 그 언어의 토착적인 채취와 함께 정확한 용어의 자유 자재한 구사는 작가가 자신의 소재를 살리기 위해 얼마나 고심

하고 있는지를 잘 말해 주는 것이다. 일반적인 언어 표현의 서술적 한계성을 과감하게 깨쳐버리고 있는 육담과 속어에 대한 감각을 강준희는 이미 체득하고 있는지도 모를 일이다. 언어란 체질화되지 않을 때 그 표현에 성공하기 어렵기 때문이다.

◇ 빼앗긴 자의 한과 그 복수심

소설 『미구꾼』은 강준희의 소설 세계가 긴장을 유지하면서 삶의 포괄성을 보여주고 있음을 확인할 수 있는 작품이다. 이 소설의 무대는 현대가 아니다. 소설의 무대를 당대적 현실에서 역사적 과거로 옮겨놓는다는 것은 단순한 소설적 장치의 전환만을 뜻한다고 말하기 어렵다. 거기에는 실로 흥미 이상의 다른 이유가 있어야 한다. 이 작품이 소재의 특이성과 그것이 불러일으킬 수 있는 흥미에만 착안했다면, 한 개의 야담류로 떨어지고 말았을 것이다. 이 소설에서 그려지고 있는 이야기의 줄거리는 과거의 역사 속에 파묻혀 있던 하나의 사건이다. 그리고 바로 그것이 오늘을 살고 있는 우리 모두의 삶의 모습과 연결될 수 있다는 유기적 관계를 상정할 수 있기 때문에, 작가는 역사적 현실을 빌어 그의 소설을 구성한 것이다. 그러므로 삽화의 다양함에도 불구하고, 『미구꾼』은 중편소설로서의 장르적 속성을 살려낼 수 있었던 것이다.

이 소설은 두 가지 내용의 삽화가 엇갈리며 반복되는 이중적인 구성법을 지켜나가고 있다. 하나는 여러 고을에서 잇달아 무덤 속의 시체를 훔쳐 가는 사건이 발생한다는 내용이다. 부잣집 양반 댁에 초상이 나고 장례를 치른 후 삼우제도 지내기 전에 누군가가 시체를 파내어 시신의 머리를 잘라가 버리는 것이다. 그리고 상당액의 돈을 요구한다. 이야기가 이런 내용으로 거듭된다면 소재의 신기성에 호소하는 흥미 위주의 야담이 될 것이 뻔하다. 그런데 이에 병치되는 또 다른 삽화가 끼어 있다. 여러 고을을 전전하는 남사당의 패거리들에 대한 이야기가 바로 그것이다. 삶의 터전을 잃어버린 채, 재주놀음으로 웃음을 사면서 구경꾼을 모으는 사당패의 애환이 그 속에 담겨 있다. 스토리의 결말은 사당패의 우두머리가 바로 미구꾼임을 암시하는 대목으로 끝나지만 짓밟히고 빼앗긴 자의 한과 그 복수심이 함께 드러나 있는 것이다.

소설 『미구꾼』은 소재의 특이성 못지않게 풍속의 재현에 애쓴 흔적이 역력하다. 이것은 작가의 견문에서 비롯된 것이라고 할 수도 있으나, 작품에 대한 성실성으로 평가할 수 있다. 이미 「천마산 옥녀」라는 작품을 발표했을 때에도 그는 소설이 당대적 현실 공간을 그리지 않더라도 얼마든지 역사적 현실의 구체성을 드러내고, 그 실재성의 감흥을 살려낼 수 있음을 보여준바 있다. 앞에서도 언급한 바 있듯이 중편소설 「채표」에서도 풍속의 재현에 상당한 관심을 기울였기 때문에, 이미 사라져 버린 이야기 속에 오늘을 살고 있는 인간들의 심리극을 다시 헤쳐볼 수 있게 했던 것이다.

『미구꾼』의 문체가 지니고 있는 감응력도 결코 단순한 것이 아니다. 자신에게 주어진 소재를 가장 적극적으로 구사하고 그것을 하나의 작품 세계로 형상화하기 위해서는 언어와 문체의 힘을 빌지 않을 수 없다. 작가 강준희가 이미 사라져 버렸거나 일상생활에서 흔히 쓰지 않고 있는 어휘들을 찾아내어 정확하게 자신의 언어 표현에 활용하고 있다는 것도 다행스런 일이다. 그의 문체는 그러한 어휘의 다양성에 힘입어 더욱 살아 있는 표현을 가능하게 하고 있는 것이다.

'관은 예상 외로 무거웠다. 사내는 관을 흙무더기 위로 추슬러 올려놓고는 손으로 힘껏 내리밀었다. 관은 제절바닥으로 뚤뚤 둔중하게 굴러 내렸다. 사내는 관이 구르는 것을 확인하고서야 삽을 집어들고 제절로 나왔다. 관은 용미 앞 제절 위에 한일자로 누워 있었다. 사내는 다시 한 번 크게 숨을 들이쉬고는 도끼를 집어 들었다. 그리고 관 위쪽으로 짐작되는 모서리 틈새로 도끼날을 끼워 놓고 옆으로 힘껏 비틀었다.

삐그덕 삐익

관은 은정隱釘 빠지는 소리로 요란했다.'

◇ 인간 삶에 대한 포용을……

이러한 표현은 『미구꾼』에서 얼마든지 볼 수 있다. 그리고 비정하리 만큼 간격을 유지하고 있는 작자의 시선을 느낄 수도 있는 것이다.

하지만 관점에 따라서는 소설 『미구꾼』이 반드시 성공적이라고 말하기 어려운 점도 없지 않다. 작가가 문단에 나선 직후에 많은 작품에서 보여주었던 해학과 풍자와 기지가 이 작품 속에서는 거의 살아남아 있지 않다. 신분적 갈등과 그 대립에서 연유된 원한을 풀기 위해 벌이는 복수극이라는 단선적 주제로 작품의 의미가 한정될 수도 있다. 특히 인간을 바라보는 작가의 비정한 시선이 군데군데 섬뜩하게 느껴지기도 한다.

그렇다면 무엇이 이 작가의 소설에서 그 독특한 풍자와 해학을 앗아가 버렸는가 하는 질문을 작가 자신에게 던져야 할 것이 아니다. 그가 상황의 아이러니를 통해 삶의 퇴폐함을 드러냈던 방법조차도 용납할 수 없을 정도로 우리의 현실의 벽이 두꺼웠는지 알 수 없기 때문이다. 그러나 풍자와 해학을 제거한 자리에 비정한 시선만이 남아 있게 된다면 그것도 우리는 부담으로 받아들일 수밖에 없다. 그가 『미구꾼』과 같은 작품에서 역사적인 연대의 절박성과는 별로 관계없이 소설적 무대를 설정하는 것이 방법적인 우회인가에 대해서도 단언할 단계는 아니다. 소설이란 그것이 어떤 시간과 공간을 취한다 하더라도 그 속에 등장하는 인물들의 경험에 미학적 형태를 부여함으로써 가능해지는 것이다. 필자의 욕심으로는 『신굿』과 같은 작품에서 볼 수 있었던 인간의 심리에 대한 폭넓은 접근이 이 작가에게는 하나의 새로운 영역일 것이 아닌가 하는 생각이 들기도 한다. 소설이란 인간이 걸린 병―'자신의 의식만으로 충족되지 않으며 타인의 의식을 침해하고 그들의 삶을 살고 싶어 하는 유혹을 제공해 주어야만 하는 그런 병'이라고 누군가가 말했던 적이 있다. 자기 자신의 체험을 끊임없이 왜곡시키는 작가 강준희의 고통이 다시 인간의 삶에 대한 포용의 시선을 낳을 수 있길 기대할 뿐이다.

■ 후 기

위의 글은 문학평론가 권영민 교수(서울대학교)가 1984년 4월에 출간된 내 장편소설, 「개개비들의 사계」에 쓴 작품평이다. 작품평에서도 밝혔듯 권영민 교수는 『한국문학』에 발표된 내 중편소설 『미구꾼』을 읽고 먼 길 충주까지 나를 찾아왔다. 그리고 그는 내 작품에 관심을 가졌고 여러 지지紙誌에 작품평을 쓰기도 했다.

이후 나는 서울에 가면 그의 집에서 자기도 했고 또 가끔은 술자리를 함께 하기도 했다. 그는 귀공자 같은 얼굴에 인상이 좋은 사람이다.

純粹志向의 構造

姜畯熙論

조동민(趙東珉)
문학평론가

(1)

지금부터 십팔 년 전 「나는 엿장수외다」란 감동적인 고백 논픽션으로 우리 앞에 처음 모습을 드러낸 체험의 작가 姜畯熙는 그 뒤 「하늘이여 하늘이여」란 처절한 통곡으로써 또 한 번 독자를 울렸던 작가다.

그러나, 현실 속에서 남보다 멋있고 행복하게 사는 사람들은 그의 문학을 궁상맞다 외면할 것이고, 슬픔을 모르는 사람들은 그의 문학을 청승맞다고 덮어버린 채, 일요 낚시나 주말 등산 또는 골프를 즐길 것이다. 그렇다 할지라도 헤어날 길 없는 삶의 절망에 떨어져 본 사람이라거나 뼈저린 배고픔을 겪어 본 사람은 姜畯熙 문학을 붙들고 놓질 못할 것이다. 그의 문학은 결코 삶이 권태로운 사람들에게 필요한 고급 오락물이 아니며, 값싼 눈물이나 짜내는 감상

물은 결코 아니다. 그렇다고 절망에 빠져 허덕이는 사람을 구원할 주술성을 지닌 것도 아니다. 그의 문학은 오히려 그런 것을 초월한 뼈아픈 삶의 체험을 기록한 것이다. 실로 그의 앞에 놓인 끝없는 악몽의 늪, 한 번도 보상 받지 못한 그의 진실, 그리고 언제나 외면만 하는 가혹한 운명, 그런 불운의 연속이 그의 삶이었다. 그런 운명 앞에서도 한 번도 그것을 회피해 보지 않은 우직스런 삶을 송두리째 기록한 것이 그의 문학이었다. 이런 기록문학이 비록 향락주의자들에게 위안물은 될 수 없다 할지라도, 절망에 빠진 사람에게는 더없이 소중한 위안이 될 수 있다는 것은 부인할 수 없다.

나는 그의 문학을 단순한 상상력의 산물로 보지 않는다. 그의 문학이 소중하며, 절망적 인간에게 위안이 될 수 있는 것은, 발랄한 상상력에 의한 것이 아니라, 그 진실된 삶의 모습을 보여 주고 있기 때문이다. 다시 말해서 그의 문학은 철저히 그의 체험에서 출발하고 있으며, 그 삶의 진지성에서 높은 감동을 유발하고 있다고 할 수 있다. 다 알고 있듯이 「나는 엿장수외다」나 「하 오랜 이 아픔을」 그리고 「하늘이여 하늘이여」 등은 허구성이 가미되지 않은 논픽션이다. 말하자면 한 오라기 실도 걸치지 않은 적나라한 그의 모습을 드러내 보여준 작품이다. 이런 작품들을 통해서 그의 체험이 얼마나 잊기 어려운 것이었는가를 짐작할 수 있다. 엿판 하나에 젊음과 야망을 걸고서 음성 무극無極 땅을 중심으로 충북 땅 고을고을을 땀내로 적시면서 주유하였다. 그러나, 엿장수 생활은 그에게 야망의 주유천하는커녕 몇 되박 보리쌀을 마련하기에도 힘겨운 것이었다. 다만 그는 엿장수 생활을 통해서 보다 깊은 인생의 체험을 쌓은 동시에 야망에 들뜬 자신을 차가운 현실 속에 냉각시킬 수 있는 지혜를 얻게 되었다고 할 수 있을 것이다.

그는 「나는 엿장수외다」에 이어 다시 「하 오랜 이 아픔을」을 통해서 또 한 번 자신을 벌거벗기고 있다. 10개월의 엿장수 도부생활을 실의와 절망으로 끝낸 그는, 곧 충주로 옮겨 계명산鷄鳴山 기슭에 흙벽돌과 띠풀로써 단간방 어초재漁樵齋를 짓고 5천여 평의 버려진 황무지를 개간하기 시작했다. 엿장수에 실패한 그는 자신의 젊음을 흙의 진실 속에 묻으려 결심한 것이었다. 그러나, 그 작은 소망마저도 그에겐 허락되지 않았다. 워낙 맨주먹으로 돈 한 푼 없이 의욕만 가지고 시작한데다가, 끝없는 역경과 불운으로 하여, 흙을 통해 그의 젊음을 보상 받아 보려던 욕망을 단념하지 않으면 안 되게 되었다. 그리하여 결국 5천여 평의 넓은 땅을(아무리 버려진 땅이지만) 단돈 3천 원에 팔아넘기고 다시 방황하지 않으면 안 되었다. 그래서 그간의 생활은 이루 말할 수 없이 참담한 것이었다. 5천여 평의 땅을 개간, 사과나무를 심어 과수원을 만들어보려던 꿈은(충주는 사과가 유명하고 계명산 일대는 모두 과수원이다) 무참히 깨어져 하루 4.3kg의 밀가루를 받고 일하는 자조근로사업장自助勤勞事業場에 나가 월여에 걸쳐 바지게에 흙짐을 수천 짐 져 날랐다. 그러는 한편 연초건조장에 나가 하루 3교대로 90원짜리 노동을 하기도 했고 남의 집 똥을 푸는 인분수거부人糞收去夫와 5원짜리 국수로 허기를 달래며 하루 150원 품값에 뼈가 휘는 무거운 자갈 질통짐을 3층 건물로 져 올리다 떨어져 두사람은 죽고 姜晙熙 혼자서만 기적적으로 살아남아 코에서 단내나고 오줌을 누면 버얼건 피오줌의 혈뇨가 나오는 생활 아닌 생존을 수없이 겪으며 현실과 맞섰다. 또한 팔자에 없는 남의 사생아를 맡아 애를 먹었는가 하면, 설상가상으로 사생모의 배은과 사기극을 당하기도 하여 참담한 절망을 더 한층 맛보기도 했다.

그러나, 그런 역경을 겪을 때마다 인간은 폭넓게 이해하려 애썼으며, 그런 아픔 속에서는 따뜻한 햇볕처럼 값진 인정의 미덕을 그리는데 소홀하지 않았다. 곧 무극에서의 엿장수 시절 사귀었던 고물상 주인 송인준宋仁俊과 무극 중학교 교사 은성수殷聖洙 등의 도움이다. 특히 작가 오영수吳永壽 선생의 도움에 감사하는 마음이 그것이다. 그는 너무도 가난했고 불운했기 때문에 상대적으로 감사하는 정이 순수했다. 그것은 오히려 타고난 기질 때문이라고 하는 것이 적절할는지 모른다. 어떻든 그는 누구보다도 감정이 순수했고 깨끗했다. 그랬기 때문에 남에게는 하찮은 인정도 그에게는 눈물 흘릴 만큼 소중했고, 남에겐 하찮은 행운도 그에게만은 더 없이 소중한 활력소로 받아들여졌던 것이다. 이런 감정의 순수성은 삶의 방법에서도 그대로 반영되어, 운명의 악순환을 결코 회피하는 일이 없었다.

분명, 그는 문학 자체보다도 인생 자체를 중시했고, 작가이기 전에 진실된 인간을 목표로 삼았다. 작가로서 아픔을 얻는 것도 중요했지만 그보다 포의한사布衣寒士의 삶을 높이 샀다. 그가 언제나 입버릇처럼 강조한 당족이비우堂足以庇雨하고 식족이충장食足以充腸하며 의족이폐신衣足以蔽身한다는 삶의 신조는 바로 이러한 점을 입증하는 것이다. 그는 의식주를 위해서 결코 혼을 팔아본 적이 없고 또 팔수도 없는 사람이었다. 「하 오랜 이 아픔을」 속에 한 토막의 일화가 삽입돼 있다. 그가 자유당 말기 정경평론사 기자생활을 하고 있을 때의 일이다. 그때 그는 약관의 나이로 국회를 출입하면서 알게 된 모의원이 그를 아낀 나머지, 하루는 대학졸업장을 하나 얻어 주겠다고 자청했던 모양이다. 그러자 그는 분연히 거절함과 동시에 그 의원과 결별하고 말았다는 것이다. 세상 사람들 같으면, 아니 대개의 사람들은 이 좋은 호재를 웬 떡이냐며 저두 굴신 대학졸업장을 얻었을 것이다. 학력이 없어 출세할 수 없던 시절에 대학졸업장은 곧 출세의 보증수표나 다름없었기 때문이다. 한데도 그는 분연히 거절했다. 이는 올곧은 선비정신이 아니고는 어림도 없는 일이다. 요즘 세상에 이런 정신을 가진 사람이 이 땅에 몇 명이나 있을까.

이처럼 그는 탁한 사회에서도 탁하게 살기를 거부한 탓으로 지금껏 '전 학력 국졸'이란 이력서를 지게귀신처럼 지고 다닌다. 이처럼 그는 매사에 외도나 지름길을 인정치 않았다. 주어진 운명 앞에 정면으로 대결하는 떳떳한 삶을 지표로 삼고 있다. 그것이 姜晙熙 인생이고 문학이다.

그에게는 문학과 인생이 별개의 것이 아니다. 인생 속에 문학이 있고, 문학 속에 인생이 있다. 그래서 그의 문학은 체험과 창작이 분리된 게 아니고, 서로 혼연일체로 융해되어 있다. 곧 체험의 기록이

문학이며 문학대로 사는 것이 그의 인생이다. 여기에 그 체험 문학의 특색이 있다. 물론, 이것은 조연현趙演鉉 선생이 지적했듯 장점만은 아니다. 그렇지만 그의 인생과 문학이, 온갖 고난 속에서도 타락하지 않고 있다는 점은 높이 평가하지 않을 수 없다.

그의 일생이 가난과 불운의 연속이란 점은 이미 강조해 온 바이지만, 「하늘이여 하늘이여」가 보여 주는 세계는 너무도 한스러운 절망의 탄원이다. 그는 「하 오랜 이 아픔을」 중의 한 대목에서 공사장에서 같이 추락해 사망한 두 서 씨의 죽음을 보고서 신을 저주했다. 저주하기보다는 신의 부재를 확인해 버렸다는 표현이 더 적절할 것이다. 이유는 그처럼 착하고 불쌍한 그들에게 어찌해서 신은 바늘만한 은총도 베풀어주지 않느냐는 것이다. 은총은 그만두고라도 무엇 때문에 그처럼 비참하게 데려가느냐는 것이다. 신이 있다면 대답해 보라고 절규한다. 신에 대한 이러한 항변은 바로 자신의 운명을 두고 한 말이기도 한 것이었다. 누구보다 성실하게 살아보려는 그에게 밀어닥친 숙명적 비극은 결코 신의 섭리라곤 믿기 어려웠던 것이다. 가장 절실한 내조자도 가정도 송두리째 잃어버리고 혼자 고독히 살지 않으면 안 될 절망스러운 상태에 빠진 저간의 상황을 적어낸 것이 「하늘이여 하늘이여」다. 따라서, 이것은 그의 가장 진한 목소리며 절망의 몸부림이었다. 그것은 허무로운 하늘의 섭리에 대한 인간적 탄원이고 무자비한 운명에 항거하는 인간적 절규다. 그것은 뒷날 「神굿」이란 작품으로 나타나기도 했지만 분명히 「神굿」 이상의 것이요 순수 창작에서 맛볼 수 없는 박진감 넘치는 기록이었다.

이처럼 姜曉熙 문학은 실로 그의 인생에서 출발하고 있으며, 그 삶의 아픔이 문학의 본질로 되어 있다. 따라서, 그 인생을 모를 때 그의 문학에 대한 참다운 이해는 기대하기 어렵다. 그의 문학 정신을 고찰함에 있어 체험기적 작품을 먼저 살펴보는 이유는 여기에 있다.

(2)

이미 「하느님 전 상서」, 「生鎭死龍(생진사룡)」, 「장미다방 현마담」, 「지하실로 가라」, 「恨無大鰌(한무대추)」 등의 재기 발랄한 작품을 통해서 그는 작가로서 갖추어야 할 창작적 능력을 충분히 과시해 주고 있다. 하지만 그의 문학에는 여전히 체험적 요소가 진하게 남아 있음을 부인할 수 없다. 곧 「어머니」, 「그해 여름」, 「과부 구함」, 「南道羈旅(남도기려)」, 「신굿」, 「끓는 빙점」, 「顔施(안시)」 등의 작품은 철저히 작가의 체험에 기반을 두고 있다. 그 밖의 작품들도 직·간접으로 자신의 삶을 진하게 투영하고 있음을 부인할 수 없다. 그렇다면 그 체험기적 작품이 보여 주고 있는 그 문학의 본질은 무엇인가?

이러한 점을 규명하기에 앞서 그의 자전적 소설 「어머니」를 살펴보는 것이 중요하다. 「어머니」는 그의 작품 가운데 가장 감동적인 작품의 하나일 뿐 아니라, 그의 눈물겨운 생장기를 적은 것이기 때문이다. 그런 생장기를 살펴봄으로써 그의 성격 형성에 직·간접으로 영향을 미쳤던 여러 요인들을 살펴볼 수가 있다. 「어머니」는 작가의 출생부터 어머니의 작고까지의 세월을 담고 있으며, 그동안에 호화로웠던 유소년기, 고난의 청년기, 발돋움하는 청년기가 내용으로 담겨 있다. 이런 성장기를 거쳐 오면서 작가의 성격 형성에 가장 크게 영향을 미친 것은 역시 아버지와 어머니의 성격적 특성이었다.

먼저 작가는 1935년 충북 단양군 대강면 장정리에서 부호 강규원姜奎元 씨의 만득자로 태어난다. 그 때 강 씨의 나이 지명을 눈앞에 둔 49세였다. 이때의 일화로는 오래도록 아들이 없자 어머니 박악이朴岳伊 씨는 아들을 얻기 위해 매년 칠석을 기해 백일 치성을 올린 지 삼 년 만에 학이 해를 향해 날아가는 태몽을 꾸고 아들을 가졌다고 한다. 박 씨는 아들을 얻게 된 데 감동되어 작고할 때까지 꼬박 삼십 년간에 걸쳐 치성을 드렸다고 한다. 작가는 이런 치성에 대해 세상의 어느 어머니도 따를 수 없는 지극한 정성이라고 술회하였다. 어떻든 강규원 씨와 박악이 씨 사이에 만득의 외아들로 태어난 그는 이 두 분의 성격적 영향을 직·간접으로 크게 받으면서 자랐다. 특히 어머니는 칠성단에 공을 들여 얻은 아들이었던 만큼 그에 대한 기대와 헌신은 거의 종교적인 것이었다. 그러한 어머니의 사랑과 교육과 인정은 작가의 성격 형성에 절대적인 영향을 끼쳤던 것이다. 그가 「어머니」란 작품을 쓰지 않고는 견디지 못한 것도 그 사랑의 절대함 때문이다.

그러나, 아버지는 달랐다. 어머니에 대한 감정이 긍정적이고 순

응적이었다면, 아버지에 대한 감정은 부정적이고 갈등적인 것이었다. 왜냐하면, 한마디로 아버지의 생활을 한량생활과 호기생활 바로 그것이었고 성격은 올곧고 강직했으나 가랑잎의 불이었다. 여기다 술과 노름 여자 등 주색 잡기에 탐닉, 낭비벽이 심했고 마음이 늡늡하고 헙헙해 남의 재산보증 서 줘 무리꾸럭한 돈이 얼마인지 몰랐다. 예를 들면 경성(서울)이나 평양에서 단양까지 하이어를 전세 내 타고 와 그날 저녁 일꾼(머슴)을 시켜 돼지를 잡게 해 동네 잔치를 벌이기도 했다.

뿐만이 아니었다. 하이어를 타고 올 때마다 젊은 계집을 옆자리에 태우고 와 몇 날 또는 몇 달씩 들여앉혀 놓고 살았다. 그리고 사랑방에선 밤낮으로 놀음판을 벌이고 술상을 항시 대령시켰다. 그런가 하면 가랑잎에 불같은 그의 성격은 곧잘 부인에 대한 구박으로 돌변했다. 그 박대는 때에 따라서는 눈으로 볼 수 없는 모멸스러운 것이었다. 이에 견디다 못한 박 씨가 음독한 사실 하나만 봐도 박대의 정도를 능히 짐작할 수 있다(다행히 박 씨는 생명에는 지장이 없었다). 이런 현상을 목격하면서 자란 그에게는 겉으로 보이지 않는 콤플렉스가 형성되어 부성 기피증과 금전 혐오증 같은 것이 형성되었을지 모른다. 이러한 심리적 요인은 그의 작품 구성에 중요한 모티브로 작용하고 있다는 사실을 또한 능히 짐작할 수 있다. 이러한 점은 뒤에 구체적으로 분석하려는 「하늘턴 짜지」의 구조와 밀접한 관계를 맺고 있는 것인데, 어떻든 아버지에 대한 갈등은 다음과 같이 깊은 것이었다.

어머니는 원과 한이 골수 깊이 사무친 분이었다. 얼마나 한이 골수 깊이 맺혔으면 그 어린 나에게 언눔아!(이는 작가의 어릴 때 애칭) 너는 술과 노름과 여자는 절대로 멀리해야 한다. 하고 무시로 말씀하셨을까. (중략) 어머니는 숨을 거두시던 마지막 순간에도 술과 노름과 여자를……하고 뇌이셨다.

나는 지금도 술과 노름과 여자를……하시던 어머니의 마지막 유언을 잊을 수가 없다.

－「어머니」 중에서

작가는 이렇게 어머니의 한을 적고 있는가 하면 또 다음과 같이 적고도 있다.

술과 노름과 여자!

이것은 아버지의 인생이었다. 아버지는 이 세 가지를 위해 나셨고 이 세 가지를 만끽하시다가 돌아가신 분인지도 모른다. 하지만 이 세 가지는 아버지를 아니 우리 집을 몰락시킨 가장 큰 요인이라면 요인이었다.

－「어머니」 중에서

다시 말해서 아버지에 대한 이런 감정은 그 반작용으로서 술, 노름, 여자를 기피하게 되었고, 나아가 아버지를 몰락시켰던 금전에까지 혐오감을 품게 되었던 것으로 짐작된다. 지금도 그가 노름은 물론 술과 계집을 멀리한 채 고독한 독신생활을 고수하고 있는 것이라든지, 뼈를 깎는 가난 속에서도 돈을 벌고자 마음을 고쳐먹지 않은 것은, 그런 콤플렉스가 요인이라 할 수 있을지 모른다. 그러기 때문에 그는 돈보다는 오히려 가난을 사랑하고 가난에 매혹당해 있는 작가라 해야 할는지 모른다. 그의 가난은 바로 인간적 순수이자 문학적 순수이며, 반대로 돈은 인간적 타락인 동시에 문학적 타락에 직결되어 있다고 생각하기 때문이다. 따라서, 이 세상의 어떤 유혹도 그의 궁핍을 떨어낼 수는 없을 것이다. 여기서 그런 가난 속에서도 현실에 물들지 않는 강직한 姜暎熙의 인생을 볼 수 있다. 실로 그에게서 궁핍이 사라지는 날엔 그의 문학도 애정도 달라질 것이다.

이처럼 그는 아버지에 대해 화해될 수 없는 일면을 지니고 있었지만, 또 한편으로는 긍정적인 면도 기록해 놓고 있다. 아버지는 불칼 같은 성질만이 아니라 누구에게도 굽힐 줄 모르는 대쪽 같은 성격과 함께 누구보다도 경위에 밝은 사람이었다. 또 지주라 해서 없는 사람 등이나 쳐 먹는 악덕 지주가 아니라 없는 사람을 후히 대접할 줄 아는 인간미도 넉넉했다. 또 화가 나면 일본 지서 주임이나 순사를 때려 분풀이를 하거나 남몰래 독립 자금도 대는 숨은 애국심도 가지고 있었다. 뿐만 아니라 의리가 두텁고 호탕한 남성적 기질을 지녔다. 좋게 평해서 도량이 넓고 그릇이 큰 사람이라 할 수 있다. 이러한 성격의 일면은, 작가 姜暎熙에게도 이어진 점을 발견할 수 있다. 예컨대, 소신을 굽힐 줄 모르는 강직함이라든지 겉으로 보이지 않는 우울감이나 자신감 그리고 신의가 두텁고 인정미 있으며, 다혈질적인 면은 바로 아버지와 유사한 점이다.

이에 비해서 어머니에 대한 감정은 절대적이었고 긍정적이었기 때문에, 그가 일생을 살아가는데, 착한 삶, 깨끗한 삶, 인정 있는 삶을 살아갈 수 있게 되는 데 절대적인 힘을 입었다고 할 수 있다. 다시 말해서, 어떤 역경에 처했을 때라도 어머니의 한이 자극제가 되어 자신을 올바로 유지할 수 있었다고 볼 수 있다.

작품 「어머니」를 통해서 또 하나 우리가 기억해야 될 일은 집안이 완전히 영락한 이후 그 어려운 생활 속에서 단련된 투지다. 호화롭던 그 집안은 아버지 친지들의 사기로부터 시작되어 해방 후 경자유전耕者有田 원칙에 의한 토지 개혁으로 마지막 손을 털게 된다. 그 후 곧 아버지까지 작고하자 그는 중학교 문턱도 밟아 보지 못한 채, 집안일을 꾸려가는 일에 조력하지 않으면 안 되었다. 몇 차례 이사를 한 후 다시 단양으로 돌아와 하늘 밑 첫 동네라는 금수산 밑 상학동上鶴洞에 정착하면서부터 그의 피나는 사투는 시작되었다. 지게질과 쟁기질을 배우면서 밤으로 강의록으로 공부를 했고 삼십 리밖 읍내까지 나무를 져다 팔면서 영어와 수학과 한문을 공부했다. 이엉을 만들기 위해 큰 산에 가 새를 베어 날라 지붕을 이었고(논이 없어 화전을 일궈 먹는 산중이었으므로 개초용蓋草用으로 짚 대신 새를 베다 이엉을 엮어 집을 해 이었다) 인분을 져 나르고 화전을 일구면서 법학통론과 경제원론을 읽었다. 주경야독 치고는 어린 그에겐 너무도 가혹했다. 그러나 그는 그 어려움을 의지로 극복하며 진심갈력 책을 읽어나갔다. 목표는 고등고시(사법)에 합격, 법관이 되는 것이었다. 당시의 고시 제도는 보통고시와 고등고시가 있었는데 보통고시는 고졸로도 응시할 수 있었지만 고등고시는 대졸이라야 응시할 수 있었다. 그러나 대졸이 아니어도 보통고시에 합격한 자는 고등고시에 응시할 자격을 주었다. 그래 그는 우선 보통고시부터 합격해 놓고 고등고시에 응시할 작정이었다. 그러나, 그는 역시 현실적 목표보다는 이상적 목표를 택해 문학으로 길을 바꾸게 된다. 자신의 한 많은 사연을 법조문 따위로는 도저히 풀 수 없어 문학의 길을 택한 것이다. 문학 중에서도 소설 문학이 아니고는 결코 자신의 이야기를 풀어낼 수 없음을 깨달았던 것이다.

이럴 즈음 그는 독학으로 공부한 실력이 회자돼 예상치 않은 한 사법서사(요즘의 법무사)의 사무원으로 취직이 되고 결혼도 하게 되지만 그때까지의 고생이야말로 범인은 상상하기 어렵고 감당하기 어려운 초인적인 것이었다.

이런 사실을 두고 생각해 볼 때, 그의 성장은 바로 어머니의 절대한 애정의 덕택이라 아니할 수 없다. 다시 말해서 그가 그 초인적인 인내로 고통을 극복하고 독학할 수 있었던 것은 본인의 의지도 의지지만 어머니의 혼과 정성이 뒷받침되었기 때문이다. 그가 평생 어머니를 잊지 못하는 이유가 바로 여기에 있다.

어머니와 함께 살아오는 동안에 등에 붙은 가난과 고난은 그 뒤 숙명적인 것이 되어 지금도 그 굴레를 벗어나지 못하지만 그러한 고난 속에서 그의 감동적인 문학이 나왔음을 생각해 볼 때 그의 가난은 결코 헛된 것만은 아님을 알 수 있다. 그가 가난과 더불어 살아온 길을 「신굿」에서는 다음과 같이 소개하고 있다.

충북 단양에서 태어남. 전 학력 국졸. 농사, 관공서, 막노동, 회사, 엿장수, 인분수거부, 스케이트 날 갈이, 연탄배달부, 자조근로 작업, 포장마차, 경비원, 서적외판, 중고 및 고입 대입학원 강사 등으로 전전.

—「神굿」 저자 약력

우리는 그의 이러한 한 맺힌 이력서를 알지 못하고서는 결코 그의 문학을 제대로 이해할 수 없다.

(3)

그의 삶이 아무리 중요하다 할지라도 우리가 궁극적인 목표로 삼는 것은 역시 작품이 아닐 수 없다. 따라서, 앞에서 던져두었던 문제를 정작 추구해 나가지 않으면 안 될 단계에 이르렀다. 그 궁핍스러웠고 고통스러웠던 삶을 작품으로 승화시켜 낸 지향점은 무엇인가? 이러한 문제를 규명하기 위해선 먼저 낱낱의 작품을 정독할 필요가 있다. 그의 작품을 정독해 보면 작품 간의 간격이 밀착돼 있는 것도 있지만, 더러는 상당한 간격을 지닌 것도 많다. 대체로 크게 간격이 지는 작품 경향을 일별해 보면, 「악동시절(惡童時節)」이나 「神굿」처럼 철저한 체험을 작품화 한 것, 「용냇마을 이야기」처럼 전설적인 이야기를 꾸며낸 것, 「정자관(程子冠)」이나 「불씨」처럼 윤리 의식을 강조한 것, 「한무대추(限無大鰍)」나 「하느님 전 상서」처럼 현실을 풍자한 것, 「끓는 빙점」처럼 휴머니즘을 강조한 것, 그리고 「하늘턴 짜지」처럼 원초적 순수지향적인 것 등으로 대별해 볼 수 있지만, 그 지향점 역시 인간의 순수성 옹호라는 데 초점이 맞춰져 있음을 알 수 있다.

먼저 체험을 바탕으로 한 작품을 살펴보면, 「어머니」 외에도 「악동시절」, 「석향기(石鄕記)」, 「그 해 여름」, 「신굿」, 「남도기려(南道羈旅)」 같은 작품이 있다. 이들 작품은 어디까지나 체험에 의존하고 있는 만큼 창작으로서의 극적인 매력보다는 사실감과 진지성에 특징이 있다. 특히 문제작의 하나로 꼽히는 「神굿」은 가정의 불행이 소재로 되어 있다. 한 인간에 나타난 영적 현상 앞에 맞서는 인간적 고뇌가 적나라하게 그려져 있다. 그 영적 현상 앞에 과학과 모든 종교의 힘이 무력해지며 그 구원이 다시금 샤먼의 세계로 기울어짐으로써, 인간적 본질을 그 원초적인 지점으로 되돌려 놓고 있다. 그 원초적 지점에 돌아간 인간을 통해서 우리는 가장 깊숙이 잠재해 있을 인간의 원시 감정과 만날 수 있는 통로를 보게 된다. 이 작품은 전통적인 샤먼의 세계를 다루었다는 점에서 그 토착성이 두드러지게 나타나 있기도 한다. 그런가 하면, 10년 전 어느 술자리서 한 약속을 지키기 위해 폭풍우 속을 무릅쓰고 남도 천리를 찾아가는 「남도기려」를 통해서 작가의 남다른 신의와 성실성을 보게 된다. 이처럼 그의 체험기적 작품을 통해서 인간의 원초적 감정이나 순수 감정에 기울고 있는 작가의 시각을 발견할 수 있다.

이들과는 달리 「용냇마을 이야기」, 「미구꾼」, 「금계포란형(金鷄抱卵形)」 같은 작품에서는 향토적이고 전설적인 이야기를 들려주고 있다. 그렇다고 이들 작품이 동화나 전설적 세계에만 머물러 있는 건 아니다. 「미구꾼」은 천민의 분노를 짙게 깔고 있다는 점에서 휴머니즘이 강한 작품이며, 인간에 대한 애정과 선지향의 순수 감정이 강하게 드러난 작품이다. 이에 비해 「용냇마을 이야기」는 향토적 인간성에 대한 애정의 눈길을 보이고 있다. 그것은 대립된 두 씨족 간의 화해를 통해서 선명하게 보여주고 있는데, 극한적 대립을 보여 오던 전주 이 씨와 광산 김 씨들이 지니고 있는 유교적 권위주의의 허구성을 측면으로 벗겨내면서, 그 속에 잠재하고 있는 순수한 향토적 인간성을 끌어내 보여준다. 다시 말해서, 그들이 권위의식이나 명분론을 버리고 화해의 손을 잡게 된 것은 인간의 원초적 순수 감정에 대한 신뢰를 표현한 것이다. 이런 점은 이 작가가 지니고 있는 남다른 특성의 하나다. 그가 「정자관」, 「불씨」 등을 통해서 강조하고 있는 윤리관도 따지고 보면 인간의 성선의 이념을 강조한 것이다. 이런 시각에서 바라보는 인간은, 가식적이고 왜곡된 외면적 인간이 아니라, 속에 갇혀 있는 순수 감정으로서의 인간이다. 그가 「지하실로 가라」, 「하느님 전 상서」, 「과부 구함」, 「이런 세상」, 「풍경 A」, 「알 수가 없입디더」, 「개구리」, 「쟈니의 독백」, 「한무대추」, 「베로니카의 수건」, 「달평 씨의 하루」에 이르는 수많은 풍자적 작품을 썼던 것도 따지고 보면 착한 본성 위에 덮여 있는 비인간적 추악성을 풍자한 데 있다. 다시 말해서, 인간의 순수 감정이 현실적인 욕구 충족 때문에 왜곡돼 있는 인간성을 매질하여, 내면에 잠재해 있는 순수 감정을 불러일으키고자 하는 공리성이 내포돼 있는 것이다. 「풍경 A」와 「달평 씨의 하루」는 우리 주변에서 만나게 되는 숱한 비리를 보여 주고 있는데 그것이 사회에 대한 애정의 표현이며 정화 의지가 내포돼 있다고 보아야 한다. 이러한 공리성은 「끓는 빙점」과 같이 휴머니티가 강한 작품에서 더욱 두드러지게 나타나는데, 그는 이 작품에서 사회악에 정면으로 맞서는 인간의 선의지를 보여 주고 있는데, 이는 가식 없는 순수 감정이 선명하게 나타난 작품이기도 하다. 다시 말해서 생명의 위협을 받는 극한 상황에서 한 사람의 쫓기는 생명을 구출해 내기 위해 악과 맞서는 용기는 바로 인간 속에 깊이 잠재해 있는 선의지의 발로가 아닐 수 없다. 그가 이런 작품을 쓰고 있다는 것은, 현 사회가 비록 타락했긴 하였으되, 영원한 구제 불능의 상태가 아니라 아직도 인간성 회복이 가능하다는 인간 신뢰의 이념을 표명한 것이다. 요컨대, 그가 휴머니즘을 강조하고 있는 것은 철저히 사회 몇 인간에 대한 애정의 표명인 동시에, 인간의 순수성에 대한 신념의 표명인데, 이러한 관념이 매우 자연스럽게 나타나 있는 작품이 「아니디아」다. 작중 인물인 '나'와 '동표'는 승객과 운전기사이다. 그들은 추석 성묘 가는 길에 우연히 만나게 되는데 '동표'의 성묘도 못 가는 딱한 처지, 더 정확히 말해서 성묘를 갈 곳도 없는 딱한 처지를 듣고 진심에서 우러나온 위로를 '나'는 보내게 된다. 그 오가는 대화를 통해서 두 사람은 가식 없는 순수 감정의 세계로 들어가게 되는데 '동표'가 택시 요금을 받지 않는 사태로 발전하게 된다. 곧 그들은 현실적인 모든 가식을 벗고 본연의 인간으로 돌아간다. 그들에게는 물질을 초월한 순수 정의 세계로 몰입하게 된다. 이처럼 그들이 현실적인 인간관계에서 본연적인 인간관계로 들어갈 수 있는 것은, 그들 내부에 잠재해 있는 순수 감정 곧 성선의 감정 때문이다. 그런 관계로, 그들의 만남에는 비인간적인 매커니즘이나 이기적인 배금주의가 끼어들

수 없으며, 오직 가식 없는 순수한 감정 그대로를 만나게 된다. 인간은 서로가 개인적인 이해利害를 초월할 때 순수해질 수 있으며, 남의 처지를 순수하게 이해理解하게 될 때 감정은 따뜻해진다. 그런 상황 속에서는 인간과 인간의 만남에 어떤 피해의식이나 남과 남의 사이에 격의가 없는 동료감정이 싹트게 된다. 「남도기려」의 '백하인'과 '윤우하'의 감정도 바로 그런 것이다. 이처럼 피해의식에 젖어 있지 않고 상대방을 적의로 대하지 않고 순수 감정으로 대하는 사람, 다시 말해서 백만인에 대한 백만인의 우애의 감정으로 살아가는 사람들이 바로 姜晙熙가 찾고 있는 인간이다. 「許無主(허무주)의 境遇(경우)」에서도 '허무주' 주변의 인물들은 그러한 만남이 많다. '허무주'가 가장 믿었던 아들마저 불에 타 죽고 절망에 빠졌을 때, 그는 자기를 진심으로 위로해 주는 따뜻한 인정을 만나게 된다. 그 '허무주' 주변에서 보여 주는 인정은 가장 기본적이고 순수한 것이다. 따라서, '허무주'가 아무리 절망적 상황에 처해 있다 할지라도 그는 결코 소외당한 인간은 아니다. 자기의 가슴에 와 닿는 진정한 이해의 손길이 있기 때문이다. 여기서도 '허무주'가 만나고 있는 주변의 인물들이 무엇을 의미하는지는 자명하다.

작품 「끓는 빙점」에서처럼 성선의 감정이 대기의 마찰을 극복하고 선명하게 드러날 때 그것을 인도적이라 한다면, 그런 감정이 가장 평화적으로 표현될 때 그것을 자비라 할 수 있다. 그런 애정을 가장 잘 나타낸 것이 「안시(顏施)」이다. 거기에는 인간에 대한 인간의 감정이 가장 고귀하게 나타나 있다. 자기 집에 찾아오는 일체의 사람을 빈객으로 맞이하는 태도, 그러기에 얻어먹는 사람까지도(거지나 문둥이, 또는 각설이꾼) 빈객으로 맞아 정성을 다해 대접하는 태도 그것은 이기적 감정이나 기계주의적 사고와는 거리가 먼 세계다. 절망적 가난 속에서 냉수 한 그릇도 제대로 대접해 보낼 처지가 못 되었을 때, 마음으로 괴로워하는 심정, 그래서 따뜻한 미소로나마 정을 표해 마음으로 대접하는 태도, 그것은 인간이 할 수 있는 지고지선의 인정미다. 아니 어쩌면 그것은 부처나 할 수 있는 자비慈悲의 극치일지도 모른다. 「안시」를 통하여 그는 인간이 발휘할 수 있는 가장 소중한 순순 감정의 세계를 보여준 셈이다. 여기서 격조 높은 인정미가 아름다운 소설 미학으로 승화돼 있음을 보게 된다.

　이렇게 인간이 지니고 있는 순수 감정의 세계를 추구하고 있는 경향을 순수 지향적 세계관이라 할 수 있다. 이런 순수 지향적 세계관이, 다소 과장되긴 했지만 비교적 잘 나타나 있는 작품이 「천마산 옥녀(天摩山 玉女)」다. 작품에 등장한 '김 판사'와 '옥녀'의 결혼은 억지스러운 데가 없지 않다. 즉, 현실적으로 절대적인 지위를 갖고 있는 유능한 판사와 산에서만 자라 무지하고 무식한 '옥녀'와의 결혼은 현실적 논리로서는 성립될 수 없는 일이다. 그러므로 무리한 설계 속으로 작중 인물을 끌어들인 느낌도 없지 않다. 이처럼 이 작품은 약점을 지니고 있음에도 불구하고 이 작가의 문학적 특성을 고찰하는 데 있어 중요한 자료가 되고 있다. 작가는 우선 현실적 논리를 초월해서 '김 판사'가 '옥녀'를 택한 이유의 설명에서 이 작품의 성격을 볼 수 있게 한다. '김 판사'는 '옥녀'의 순수한 눈빛을 들어

'옥녀'를 택하게 된 이유를 설명한다. '옥녀'의 눈동자는 아직 한 번도 현실의 탁한 대기에 오염되지 않은 순수한 눈이어서 대기 오염에 찌들은 도시 여인과는 다르다는 것이다. 여기서 '옥녀'는 순수 여인의 화신으로서 상징성을 지니게 되는데 이는 아마도 작가가 원형적 인간의 참모습을 발견, 현실성 없는 일을 현실성 있게 의도한 하나의 실험 작품일지도 모른다 싶다. '김 판사'가 한다한 명문 집안의 딸들을 다 물리치고, 배운 것 없고 본 것 없는 무지한 산중 여자 '옥녀'를 택한 유일하고도 절대한 이유는 바로 원형적 인간의 순수성에 있을 것이다. 이렇게 볼 때 이 작품은 바로 현실적 인간이 지니고 있는 순수 동경의 본능을 표현한 것으로 볼 수 있다. 말하자면 순수 지향적 본성을 상징화하고 구조화한 것이라 볼 수 있다.

이런 순수 지향적 구조가 가장 완벽하게 드러난 작품이 「하늘텃 싸지」다. 이 작품은 주인공 '관우'가 현실을 탈피하고 순수 세계로 몰입하는 과정을 그려낸 작품이다. 작품은 사건 전개에 있어서 '관우'의 현실 생활, 가출과 잠적, 금수산錦繡山의 생활의 세 단계로 나눠진다.

'관우'의 현실적 생활은 대재벌인 한일그룹 총수 외아들로서 그리울 게 없는 생활이다. 황금만능주의 현실 속에서 그는 바라는 바 어떤 것이든 할 수 있는 힘의 소유자다. 그러나, 그는 그러한 자신의 위치와 환경을 혐오한다. 그것은 아버지는 가장 타락된 방법으로 돈을 벌었을 뿐만 아니라, 가장 타락된 방법으로 그 돈을 쓰고 있기 때문이다. 그러기 때문에, 그런 돈으로 살아가고 있는 호화주택이

악취 나는 부패 덩어리로 의식하게 된다. 그는 더 이상 그 피고름 냄새 속에 자신을 묻혀 두지 못하고 탈출하게 된다. 그는 가족에게 한마디 연락도 없이 잠적해 버리게 되는데, 그것이 잠적기다. 그런데, 이 잠적기는 작품에서 매우 상징적 의미를 띠게 된다. 그것은 마치 우화羽化를 위한 벌레의 흑면기와 같은 의미를 지님과 동시에 탈태를 위한 통과제의적 성격을 갖는다. 그러기 때문에 이 부분은 매우 암담한 분위기를 자아내고 있다. 그러다가 단양丹陽 장거리에서 그가 발견된 것은 새로이 탄생한 '관우'를 의미하게 된다. 곧 금수산 속에서 생활하고 있는 '관우'는 이미 고름 냄새 속에 젖어 살던 '관우'가 아니고, 그런 삶을 깨끗이 허물 벗듯 벗어 버린 새로운 '관우'다. 그것은 징그러운 모습으로 풀잎을 갉아 먹던 애벌레가 찬란하게 날개를 가진 나비가 된 것과 같은 새로운 존재로 탄생한 것을 의미한다. 그는 타락되고 왜곡된 현실을 벗어나 순수 세계에 몰입하여 자아를 찾고 내면의 빛깔을 찾아낸 인간이 된 것이다. 말하자면 세속적인 탈을 벗어버린 원초적 순수 인간으로 환생한 것이다. 그래서 그 순수 세계를 '관우'는 다음과 같이 예찬하고 있다.

> 산은 정직한 곳이야. 여긴 거짓이 없고, 음모가 없고, 술수가 없고, 가짜가 없는 곳이지. 뿐만이 아니야. 위선도 없고 중상도 없고 모략도 없고 사기 협잡도 없어. 폭력, 유괴, 강도, 강간, 살인 같은 끔찍한 일은 상상도 못해. 아니 있는 것조차 몰라. 그러니 못된 짓이란 못된 짓은 다 판을 치는 인간 세상이 어찌 두렵지 않겠니!
>
> ─「하늘턴 짜지」 중에서

이러한 '관우'의 순수 경지에 대한 매료는 바로 작가의 의지를 그대로 반영한 것이라 볼 수 있다. 앞에서도 지적했듯이 이 작품은, 어렸을 때의 체험이 하나의 콤플렉스로 작용한 흔적을 찾을 수 있거니와, 타락한 현실을 탈피해서 순수 세계로 지향하고 있는 행동 구조를 선명하게 보여 주고 있다. 이것은 그의 오랜 삶의 체험을 예술적 세계관으로 상징화한 작품이다. 곧 인간에 대한 신뢰와 이상을 '관우'의 행동으로써 상징화한 것이다. 그런 만큼 이것은 현실적 인간의 행동 구조는 아니다. 그런 점에서 이 작가는 리얼리스트 작가라기보다는 이상주의 작가다. 따라서, 인간에 대한 애정과 이상이 바뀌지 않는 한 이러한 현상은 쉽사리 바뀌질 것 같지 않다. 지금까지 그가 발표한 모든 작품은 직접 간접으로 순수 지향적 구조와 관련을 맺고 있으며, 앞으로도 그러리라 짐작된다.

다만 姜畯熙論을 마무리 지음에 있어서, 그의 문학은 지나치게 이상적 진실만을 추구한 나머지 윤리성 내지 순수 일변으로 기울어진 작품 세계를 보다 부드러운 예술 감각으로 육화시켜 새로운 차원으로 승화시켜야 할 단계에 놓여 있음을 말해 두고 싶다.

■ 후 기

위의 글「순수 지향의 구조」-강준희론-은 1984년 6월호『월간문학』에 게재된 문학평론가 조동민 교수(당시 건국대 국문과 교수, 1990년 타계)의 평론임을 밝힌다.

자전적 세계의 감동

조동민
문학평론가, 건국대 교수

    강준희의 장편 「아아, 어머니」는 작가의 소년기에서 청년기에 이르는 성장 과정을 그린 자전적 소설이다. 작가는 이 장편을 쓰기 전에 이미 「어머니」, 「악동시절」, 「안시(顔施)」 등의 자전적 중, 단편을 발표하였다. 이들은 모두 자신의 성장과정을 그리면서 그 배후에 그림자처럼 따라다니는 어머니의 영상과 그리움을 그려냈던 것이다.

    이 작품의 골격은 "어머니"라고도 할 수 있다. 실로 작가의 어머니 박악이(朴岳伊) 씨는 오늘의 강준희를 있게 한 절대적인 인물이다. 그가 이미 여러 편의 전기적 작품을 썼음에도 불구하고 다시 장편 소설 「아아, 어머니」를 쓴 것은 어머니의 영상이 그처럼 잊을 수 없는 것이었을 뿐만 아니라, 몇 번을 그려내도 그 마음속에 자리 잡고 있는 어머니의 영상에는 미치지 못했기 때문이다. 여기에 「아아, 어머니」를 쓰게 된 이유가 있다.

작가 강준희를 한마디로 말하면 그의 삶 자체는 너무도 기구하고 절망적이었다. 이를 바꿔 말한다면, 그의 생애는 너무도 소설적이었다는 것이다. 이 작품은 바로 그 소설적인 삶을 기술해 놓고 있는 것이지만, 어쨌든 그가 다른 데서 소재를 구하기보다는 자신의 생생한 체험을 생생하게 그려냄으로써 소설 이상의 소설적 스토리와 감동을 제공할 수가 있었던 것이다. 「나는 엿장수외다」, 「하 오랜 이 아픔을」, 그리고 「하늘이여 하늘이여」, 「신굿」 등의 작품에서도 우리는 똑같이 논픽션이면서도 픽션 세계 이상의 기구한 삶을 살아온 작가를 만나게 된다. 이렇게 볼 때, 그의 체험은 너무도 소중하고 값진 것이었으며, 한편으론 눈물겹고 쓰라린 것이었다. 「아아, 어머니」도 그런 각도에서 이해되어야 할 작품이다. 더 설명할 것도 없이 그의 성장기의 삶은 완전한 소설적 구성을 갖추고 있다. 토호라 불릴 만큼 잘살던 한량 집안의 만득자 외아들, 학이 태양을 향해 날아간 태몽과, 3년간의 100일 치성 끝에 얻은 귀동, 그래서 모든 사람의 환대와 아낌을 받고 부러움의 대상이던 소년은 어느 날 갑자기 몰아닥친 한파로 국민학교만 간신히 나온 채, 비참한 땔나무꾼으로 전락하고 만다. 이런 극단적인 반전 속에서 우리는 소설 이상의 소설을 읽게 된다. 그러나 이 작품을 통해서 무엇보다 중요하게 느껴지는 것은, 그 험한 역경에서도 좌절하거나 타락하지 않고 운명과 맞서 꿋꿋하게 살아가는 작가의 삶과 그 삶을 뒷바라지해 준 어머니의 정성이다. 참으로 그의 전락은 눈물겨운 것이고, 그의 어머니의 지성은 인간적 한계를 넘어선 화불적 존재라 할만한 것이었다. 이 작품의 감동은 바로 이 역경을 극복해가는 두 모자의 한스런 삶에 있다.

「아아, 어머니」는 이러한 작가의 한이 서린 세월을 그린 작품이다. 학문을 닦아 고고한 학처럼 깨끗한 선비로 살고자 했던 그가 선비론으로서 「강준희 선비론－지식인들이여 잠을 깨라」를 낸 것도 그러한 연유이지만, 어떻든 그의 운명적 좌초는 그에겐 한으로 남는 세월이었고, 그의 이상이었던 꿈은 슬프게 사라져 버렸던 것이다. 그렇지만 그는 비록 화려하게 이상의 세계를 성취하진 못했다 할지라도 최소한 마른 학으로서 선비적 기질을 누구보다 많이 가지고 있다. 그는 아무리 궁핍하고 고독하다 할지라도 결코 혼을 팔아 돈을 사지 않으며, 안일을 위해서 인간을 더럽히지 않았다. 그의 문학은 바로 이러한 삶의 반영인 점에서 높이 평가될 수 있다. 물론 이런 점은 어머니의 감화가 절대적이었던 것이다. 어머니는 술과 노름과 계집을 유언으로까지 남길 정도로 간곡히 당부했을 뿐 아니라, 아들이나 남편을 위한 치성과 순종, 남에게 보여준 인정에 있어선 인간적 한계를 초월한 것이었다. 동냥을 줄 게 없으면 따뜻한 웃음이라도 선사해야 한다는 심정의 여인이 어머니의 상이었던 것이다. 실로 강준희는 이러한 자비로움과 순종과 인정의 인물이었던 어머니와, 호탕하고 남성적 한량 기질의 아버지 사이에서 갈등을 느끼며 성장해 왔던 것이다. 물론, 가정의 비극은 아버지의 주색과 잡기에 의한 것도 조금은 있지만 집안이 몰락한 가장 주된 원인은 집의 화재, 홍수에 의한 전답의 유실, 아버지의 남의 빚보증, 토지개혁에 의한 전답 잃음 등등이 가세 몰락의 주된 원인이었다. 하지만 아버지의 행적은 부정적인 면보다는 긍정적인 면이 훨씬 더 컸다. 예컨대, 의리가 두텁고 비굴하지 않으며 대의를 분명히 하고 없는 사람을 도와주며 성격이 다혈질이면서도 단순한 사람. 이것이 아버지였던 것이다. 이런 기질은 작가 강준희에게서도 많아 아버지의 성격과 기질을 그대로 이어받았다 할 수 있다.

이렇듯 작가 강준희는 어머니의 영향 말고도 부계의 기질적 유전을 많이 받았다고 볼 수 있다. 그러나 그가 비록 부계를 닮은 기질을 지녔으면서도 술, 계집, 노름에 금기적 태도를 가지고 있는 것은 어머니의 영향이 컸고 금전에 대해서나 또 치부에 대해서 혐오적 콤플렉스를 가지고 있는 것은 아버지에게 영향 받은 후천적 또는 선천적으로 형성된 기질이 아닌가 한다.

이런 선천적 또는 후천적으로 형성된 기질은 그를 윤리적 타락에서 막아 주었고, 윤리적 문학관을 수립하는 데 공헌하게 되었던 것이다.

그의 삶이 윤리적이듯 그의 문학도 윤리적이다. 그것은 「아아, 어머니」가 보여준 성장기의 삶을 통해서 형성된 문학관이고 인생관이었다. 인생과 문학이 혼연일체가 된 세계 그것이 「아아, 어머니」인 것이다. 따라서 그의 문학은 단순한 예술이 아니라, 한의 발자취가 절망을 딛고 일어선 눈물겨운 삶의 기록일 수밖에 없다.

■ 후 기

위의 글 '자전적 세계의 감동'은 1986년에 나온 내 장편소설 「아아, 어머니」에 대한 작품론으로, 문학평론가 조동민 교수(건국대)가 쓴 비평문이다. 이 작품론이자 비평문은 「아아, 어머니」란 책 끝에 실렸는데 그때 그는 건국대 국문과 교수이자 문학평론가로 왕성한 활동을 했다. 그는 누구보다도 내 문학과 작품을 깊이 이해했고 작가와 함께 자연인 강준희도 깊이 이해했다. 그와 나는 연대도 같고 또 다 같이 문학을 하는 사이여서(나는 소설이고 그는 평론이지만) 뜻이 곧잘 맞아 준론峻論도 불사했다. 나는 적극적이고 외향적인데다 술 한 잔 마시면 신명이 나는데, 그는 소극적이고 내향적인 데다가 술도 안 마시고(나도 술을 못하지만 때와 장소에 따라 마신다) 얌전해 샌님 같은 사람이다.

그랬어도 우리는 의기투합 하는바 있어 가끔 만나 서로의 심회를 토로하며 문학담 인생담 때로는 정치담도 나누었다. 그러다 다시 만날 것을 약속하고 헤어지곤 했다.

작가의 양심[*]

조동민
문학평론가

언제는 안 그랬을까만 요즘 들어 작가 강준희는 부쩍 고발성 짙은 작품을 많이 쓰고 있다.

물론 이 작가는 그동안 풍자와 해학이 담긴 고발 작품들을 간단없이 써 왔다. 그 대표적인 것이 「강준희 출사표─언 귀 닫은 귀 막힌 귀」(이후 『강준희 선비론─지식인들이여 잠을 깨라』로 개칭 출간됨)라는 에세이 형식의 고발성 짙은 직설 직필의 장편이었고 이번에 새로 내놓은 장편 고발소설 『쌍놈열전』이다.

이 작가가 그동안 발표해 온 작품들 가운데는 자기 체험에서 우러난 것을 소재로 쓴 글이 상당수 있는데, 그 대표적인 것이 「악동시절」, 「석향기(石鄕記)」, 「그 해 여름」, 「남도기려(南道羈旅)」, 「신굿」, 「끓는 빙점」, 「안시(顔施)」, 「비추기(悲秋記)」, 「아아, 어머니」 등이다.

이 작품들은 한결같이 작가의 체험을 바탕으로 한 내용으로써, 작품의 감동과 향기를 높여 주고 있다. 이런 일련의 자전적 자기 고백 작품으로 가장 심혈을 기울인 작품은 장편 「아아, 어머니」이다. 이 작품은 강준희의 작가적 생애를 중간 결산하는 대작으로, 이 작품 속엔 이때까지의 그의 작품 세계를 총괄할 수 있는 모든 것이 한자리에 압축되어 있다. 그런데 이 작품을 출간하기 얼마 전 작가는 사회에 대한 본격적인 관심과 직선적인 분노를 터뜨리기 시작했는데, 그게 바로 그가 세상에 출사표로써 던진 「언 귀 닫은 귀 막힌 귀」(『강준희 선비론-지식인들이여 잠을 깨라』)이고 이번에 다시 내놓게 된 장편 『쌍놈열전』이다.

쌍놈열전이라니.

들을수록 해괴한 말이다. 과연 쌍놈도 열전으로 전해질 수 있는 것인가.

작가는 이 책에서 '종교쌍놈', '재벌쌍놈', '교육쌍놈', '정치쌍놈'을 풍자와 해학과 직설과 호통과 질타로써 준엄하게 논고하고 있다. 이것은 「언 귀 닫은 귀 막힌 귀」(강준희 선비론-지식인들이여 잠을 깨라)와 마찬가지로 그가 사회에 대한 시각을 첨예하게 응축시킨 하나의 질문서인 동시에 고발장이다. 그는 마치 독일의 휘테가 된 심정으로, 또한 어부사漁父辭로써, 세상을 일갈했던 굴원屈原의 심정으로, 나아가선 난세에 고고한 지조로써 우뚝 섰던 지훈芝薰의 심정으로 세상을 바라보고 또 가슴을 앓고 있는 것이 분명하다. 그 가슴앓이를 견디다 못해 붓을 든 것이 이번에 내놓는 장편 『쌍놈열전』이다.

이런 글을 쓰지 않고는 견딜 수 없는 그의 심경을 누구보다도 잘 알고 있는 나는 보다 더 겸허한 마음으로 그를 이해하려고 노력한다. 그가 이번 『쌍놈열전』에서 보여준 종교, 재벌, 교육, 정치의 준열한 고발은, 우리 사회의 가장 중추적 역할을 담당하고 있는 분야라는 점에서 큰 의의가 있다. 우리 사회의 존폐에 절대한 영향력을 미치고 있는 이 분야야말로 어떤 일이 있더라도 바로 서지 않고는 안 되겠다는 그의 뜨거운 충정이 담겨 있음을 나는 간과할 수 없다. 여기서 그가 '쌍놈'이라 칭하면서도 굳이 열전을 붙인 이유도 짐작할 수 있게 된다.

그는 이 땅의 문사 중에서 가장 춥고 배고픈 작가의 한 사람이다. 이런 처지임에도 불구하고 그가 인기와는 상관없는 글을 쓴다는 것은 더 없는 출혈일 것이다. 그런데도 그는 여전히 이런 글을 쓰고만 있다. 하지만 나는 그의 이런 행위를 '작가적 양심'이라 말하고 싶다. 그것이 아니고서는 돈도 명예도 안 생기는 이런 글을 애써 쓸 이유가 없기 때문이다.

언제나 세상을 바른 눈으로 지켜보는 작가는 춥고 배고프기 마련이다. 이런 점을 생각할 때 작가 강준희에게선 심사고거深思高擧로 자령방위自令放爲한 면이 없지 않다. 어떻든 하루 속히 우리 사회가 바로 잡혀 춥고 가난한 강준희 같은 작가가 다시는 『쌍놈열전』 같은 작품을 쓰지 않는 사회가 되기를 바라는 마음 간절하다.

■ 후 기

위의 글 '작가의 양심'은 문학평론가이자 교수이던 조동민 씨가 1986년 12월에 출간된 내 장편소설 『쌍놈열전』이란 책 끝에 쓴 작품평이다. 그는 어느 평론가보다 내 작품평을 많이 했고 문예지에 '강준희론'까지 쓴 사람이다. 그와 나는 나이도 비슷했고 사상이나 사관史觀도 일치하는 점이 많았다.

그런 그가 그만 한창 살 나이 50대 중반에 불귀의 객이 되고 말았다. 그는 본시 약골이어서 걱정을 했는데 그예 유명을 달리했다. 생각하면 아까운 사람 하나를 잃었구나 싶어 안타깝기 그지없다. 지금도 나는 가끔 그를 생각하면 그립고 보고 싶어 콧날이 시큰해진다. 저 세상에선 아프지 않고 건강하게 사는지 원……

뜨거운 삶의 기록

강준희 형의 『하늘이여 하늘이여』를 읽고

강우진
방송극작가

강준희 형의 자전적 논픽션집 『하늘이여 하늘이여』를 읽었다. 한마디로 뜨거운 책이었다.

그에 대해서는 비교적 잘 안다고 자부해온 나로서도 여태 모르던 그의 또다른 일면을 발견할 수 있었다는 점에서 자못 충격적이었다.

이 책의 내용이 말해주듯 줄곧 극한적인 삶을 누벼온 터이니 더 말해 무엇하랴만, 내가 아는 그의 인간됨 또한 여간 모질고 뜨거운 게 아니다. 누구든 그와 진지한 대화를 5분간만 나눠보면 뜨거운 무엇이 솟구쳐 오름을 느낄 수 있다. 그것은 기개氣槪라 해도 좋고 열정이라 해도 좋고 의분義憤이라 해도 좋고 시퍼런 선비정신이라 해도 좋을 것이다. 그의 말을 잘못 들으면 자칫 현실부정론이 돼 안티 Anti쪽으로 오해될 소지도 적지 않다. 그러나 그의 비분강개적悲憤慷慨的 현실부정은 결코 허튼 입발림의 공소空疏한 외침이 아니다.

그의 주장은, 그리고 포효는 구조적 현실 모순에 대한 징치懲治요 고발이다. 그러므로 그의 가열한 현실부정적 외침은 기실 인생의 부정에까지 미치지 않는다는 얘기다. 이것은 오히려 그가 누구 못지않게 인생을 깊이 사랑하고 또 아무나 함부로 접할 수 없는 어떤 경지에 올라섰다는 소이연이다.

그와 내가 안 지도 어느덧 15~16년이 된 것 같다. 이런 지면에서 할 얘기가 아닐지 모르지만 10년도 훨씬 전에 한번은 이런 일도 있었다.

그가 국민은행(충주) 앞 노변에서 참새구이 포장집을 하고 있을 때였다. 그때 나는 무슨 볼일인가로 충주에 갔었는데 날이 저물어 그곳에서 쉬게 되었다. 그런데 그가 여관으로 가겠다는 나를 한사코 이끌어 굳이 자기 집으로 가자는 것이었다. 이는 그의 부인도 마찬가지여서 누추하지만 함께 가시자 했다. 과시 부창부수로구나!

나는 그가 단칸 셋방에 살고 있음을 뻔히 아는지라 손사래를 쳐 사양했지만 그는 인간의 도리가 그게 아니라면서 마땅히 자기 집으로 가야 한다 했다. 더욱이 친구지간이니 고생스러워도 한방에서 같이 자야 하고 이는 여대껏 지켜온 철칙이어서 한 번도 친구를 밖에서 재운 일이 없다 했다.

아하, 이 친구는 이런 사람이구나!

나는 그가 따로 잘 방을 마련해 주겠다는 꾐에 빠져 그의 집으로 갔지만 막상 그의 집에 가보니 따로 잘 방이 있다던 그의 말은 모두 거짓이었고 벽면은 온통 책으로 빼곡히 채워진 단칸 셋방이었다.

셋방엔 밤늦은 시각인데도 어린 세 자녀가 그때까지 자지 않고 고개를 타라맨 채 엄마 아빠를 기다리다 지쳐 저희끼리 얼마나 부둥켜안고 울었는지 얼굴이 눈물범벅이었다. 나는 그 모습을 보자 그만 울컥 눈물이 났다.

아, 이 친구는 이렇게 살면서도 항상 당당하구나!

그때서야 나는 아차 하고 뉘우쳤지만 이미 되돌아서기는 더 어려운 입장이었다.

결국 그날 밤 나는 그의 가족들과 함께 한방에서 자지 않으면 안 되었다. 그래도 손님이랍시고 맨 아랫목에 자리를 마련해주어 내가 눕고, 내 바로 옆에 그가 눕고 그 다음엔 그의 아내와 세 자녀들이 나란히 누운 좁은 단칸방에서 그날 밤 나는 자못 뜨거운 충격에 사로잡혔었다.

말이 쉽지 난리가 난 것도 아닌 터에 선뜻 친구를 아내와 자녀들이 있는 단칸 셋방에 끌어들일 수 있는 그의 구김 없는 우정에 거듭 신선한 감동을 불러 일으켰던 때문이다.

그런 이런 사람이다.

그는 자신과의 싸움에서 승산이 없다고 판단이 서면 언제든지 스스로를 마감할 수 있다는 초의지超意志의 사나이다.

이 책에 수록된 3편의 논픽션 「나는 엿장수외다」와 「하 오랜 이 아픔을」, 그리고 「하늘이여 하늘이여」에는 온통 의지 하나로 초극한 너무나 기막힌 극한적 삶의 기록과 통고痛苦의 강하江河가 활화산처럼 활활 타오르고 있다. 눈물과 페이소스, 통한과 열정, 좌절과

실의, 절망과 희망, 집념과 끈기, 고통과 희열, 모멸과 인내, 순수와 낭만, 허무와 감격, 사랑과 증오, 인고와 천의무봉!

이 모든 것이 이 책『하늘이여 하늘이여』에는 들어 있고 이를 강준희는 의지로 승화시켰다. 그러므로 이 책은 방향타를 잃고 절망하는 사람들에겐 아주 좋은 지침서가 될 것이다. 웬만한 추리소설보다 더 긴박한 이 글은 종횡무진의 해학과 풍자와 해박한 지식과 처절한 고통의 뜨거운 삶의 기록이어서 절망을 과제로 둔 모든 이에게 커다란 힘이 될 것이다.

■ 후 기

위의 글「뜨거운 삶의 기록」

강준희의『하늘이여 하늘이여』를 읽고는 방송국작가 K형이 1980년 7월 29일자『충청일보』에 쓴 서평이다.

K형은 나와 동갑으로 동인활동도 같이 했고 젊은 시절 한때 열정의 문학담을 나누며 밤을 도와 통음을 한 문우다. 지금 그는 청주에 살고 나는 충주에 살다보니 자주 못 만나는 게 아쉽다.

아, 그때 그 시절 그리운 시절!

엽신(葉信)

홍경식
수필가

마음이 지척이면 천리도 지척이라더니 그 말의 속뜻을 이제야 알
듯합니다. 벗님의 곡진한 글월 읽고 명치가 치받혀서 한 동안 바장
이다가 작정 없이 나선 발길이 무심천無心川이었습니다. 계절의 여
왕답게 개나리가 난만하고 누나의 치맛자락처럼 실실이 늘어뜨린
수사류垂絲柳엔 무르녹은 녹생의 잔치. 무심천처럼 무심하게, 시절
은 바야흐로 만화방창이었습니다.

석양이 만들어 주는 긴긴 그림자를 매달고 걸었습니다.

황량한 만추의 외진 들녘에서나 어울릴 그런 같잖은 몸짓으로.
담배꽁초를 찾듯 자꾸만 호주머니를 뒤적이면서. 바람처럼 불꽃처
럼 삶을 엮어 가는 벗님 생각에 이따금 옆구리가 쿡쿡 결려 옵니다.
그것은 아마도 아픔과 가난을 함께 나누지 못한 내 인생의 회한이
거나 아니면, 그것을 함께하며 체온을 녹이던 정한의 병증 같은 것

인지도 모릅니다.

허허벌판 같은 네모종이와 대치하여 생명의 재고를 몽땅 털어 넣으며 바작바작 생피를 말리는 혹독한 고투를 결행하고 있을 벗님! 글에 대하여 쓴다는 일에 판무식 손방이지만 그것은 아마도 현실에서의 참패를 그 곪아터지는 응어리를 허구 속에서 보상 받으려는 가당찮은 몸짓이며 속절없는 앙심 같은 것이 아닌가 합니다. 요새 아이들에게 두시杜詩를 가르치며 어불경인 사불휴語不驚人 死不休라고 절규하던 그의 육성을 바로 눈물겨운 앙심이 아닌가 합니다. 누구에게랄 것도 없는 아니 어쩌면 제 자신의 영혼의 무게와 이름에 멀미가 난 사람들의 서슬퍼런 응어리, 그것을 푸는 원색의 굿판이 곧 쓰는 일이 아닌가 헤아려집니다.

　　이제 밤이 하얗게 재가 되고 형광등이 희미하게 사위어가면 저 구
　　천에 계신 어머니의 모습이 보이겠지요. 그럼 당신은 '내 새끼 언눔
　　이' 하시며 꺼이꺼이 우실 테지요.

이 대목을 읽으며 '에이, 몹쓸 친구' 하며 목줄기를 늘려야 했습니다. 산다는 건 어쩌면 고통 속에서 의미와 보람을 낚아내는 일이 아닌가 합니다. 상처 받지 않은 영혼이 어디 있을까만 뼈끝 시린 생채기를 핥고 계실 벗님이여! 밝은 긍정의 세계에 눈 돌리는 부단한 자기암시는 삶의 갈피갈피에 서린 것이 꼭 이 피명만은 아니라는 대답으로 인도할지도 모릅니다. 며칠 전 책방에 들러 『현대문학』에서 벗님의 작품을 발견하고 떨 듯이 반가웠습니다.

그것은 아마도 벗님의 건재와 생존(?)을 확인하는 기쁨일 겝니다. 저는 요즈음 어처구니없는 일에 휘말려 전전긍긍하면서 노상 손해나 보며 허둥대는 얼뜨기 짝이 없는 제 몰골에 미소를 금치 못하고 있습니다. 무엇보다도 똑똑하고 헌걸차고 튼튼한 사내가 되고 볼 일입니다. 대문 활짝 열어젖히고 불역락호不亦樂乎하며 맞을 테니 아무 때고 오시오. 용사비등龍蛇飛騰하고 평사낙안平沙落雁하는 그 도도한 글씨처럼 근사하게 사시길. 횡설수설로 지면이 찼습니다. 예서 안녕.

충북고등학교 교사

■ 후 기

위의 글을 1981년 5월 19일 『충청일보』 칼럼 「무심천(無心川)」에 실린 외우畏友 홍경식 형의 글이다.

이 글은 내가 홍경식 형한테 보낸 편지를 답신으로, 글 중의 '벗님'은 나를 지칭함이다.

홍경식 형은 훤칠한 키에 미남이고 글 솜씨 또한 절등하다. 당시 홍형은 청주의 한 고등학교에서 국어를 가르쳤고 그 얼마 후 충주의 한 중학교에서 교장으로 퇴임했다. 부賦와 함께 육서六書를 아는 친구로 소년 같은 데가 있는 사람이다. 지금은 수필가로 활동하고 있다.

이 작가 이 작품을 말한다

펠레의 황홀한 개인기
강준희 장편소설 「누가 하늘이 있다하는가」

김병총
소설가

　강준희의 장편소설 「누가 하늘이 있다하는가」를 나는 단숨에 읽어 제꼈다. 마치 탈춤의 흥겨운 가락 속에 빠져든 내가 영혼의 춤을 추고 있는 듯한 환상에 사로잡힌 채였다.

　인간은 누구나 그 개인만이 가지는 특출한 장기를 한두 가지씩은 가지고 있다. 소설가에게는 자신에게 딱 들어맞는 소재가 손에 잡혔을 때 그에 걸맞은 문장으로 그 소재를 훨씬 위대하게 표현하는 경우가 종종 있을 수가 있다는 얘기다.

　바로 이 소설이 강준희에게 잠재되었던 재능을 십분 발휘하는 작품으로 세상에 등장했다. 더구나 이 작품에서 특출나게 사용되고 있는 문장은 브라질 축구팀의 에이스 펠레가 노닐던 황홀한 개인기를 보고 있는 듯한 느낌을 갖게 한다.

······비역이란 다른 말로 하면 남색男色 또는 계간鷄姦이고, 점잖은 말로 하면 단수斷袖나 면수面首를 일컬음인데, 같은 사내가 같은 사내의 항문에 성기를 박고 하는 행위가 비역이다. 이는 여자가 없거나 여자 맛을 못 봐 육허기肉虛飢가 진 머슴이나 노복들이 항용 벌이는 짓거리로 일종의 성욕 해결책이다.

······그러나 이런 짓이 머슴이나 노복들뿐이던가. 자녀姿女나 논다니 또는 색줏집의 계명워리가 아닌 한 성숙한 상노床奴나 과년한 요강담살이, 그리고 책비册婢의 계집종들도 밤이 늦으면 으레 저희끼리 는실난실 자위질을 하고 밴대질을 했다. 여염의 과부나 소박데기, 심지어는 정혼한 남자가 혼인 전에 죽어 망문과부望門寡婦가 된 여인도 열녀가 아닌 이상 밴대질을 했다(소설 본문 25쪽).

여기서 작가는 짧은 문장 속에서도 남색, 계간, 단수, 면수, 육허기, 자녀, 논다니, 계명워리, 상노, 요강담살이, 책비, 는실난실, 밴대질, 망문과부 등 무려 열네 개의 순 우리 토박이말을 구사하고 있다. 그리고 친절한 어휘풀이까지 했는데 이는 어휘 실력이 여간 해박하지 않고는 꿈도 못 꿀 일이다. 게다가 또 강준희는 이 소설 「누가 하늘이 있다하는가」에서 사라져가는 아름다운 우리 어휘만 물경 560개나 적재적소에 구사해 권말에 그 뜻풀이를 해 놓고 있다.

깊은 밤을 택하여 젊은 사내 하나가 계곡을 지나 등성이 쪽으로 오르고 있다. 봉분 정수리에다 삽을 꽂은 사내는 무덤을 부지런히 파헤치기 시작한다. 관에서 시체를 꺼낸 사내는 도끼로 시체의 목을 쳐서 자른다. 그런 후 허리춤에 차고 온 보자기에다 목을 싸기 시

작한다. 잠시 후 사내는 잠든 산을 표표히 내려 어디론가로 연기처럼 사라진다. 이튿날

"동네 양반들, 미구 났어요 미이구!"

동네는 삽시에 벌집을 쑤셔놓은 듯 발칵 뒤집힌다. 그럴 만도 했다. 세와 부를 겸비한 김 진사 댁에 묘구墓寇가 났기 때문이었다. 김 진사는 아버님 두상을 찾을 때까지 우선 두상 없는 시신을 앞마당에 토롱土壟으로 모실 수밖에 없었다.

"놈은 곧 흥정을 해올 것이다. 그때 흥정에 응하는 척하다 놈을 생포하는 거야. 물론 아버님 두상은 그때 찾아 뫼셔야지. 천참만륙을 해도 설분이 안 될 놈 같으니라고!"

결국 두상 없는 김 정승의 시신을 앞마당에 토롱으로 모신 다음 날 밤이었다. 머슴 억쇠가 두루마리 한 개를 주워가지고 온다.

―명일 축시 초 감악산 당재 서낭 앞으로 돈 천 냥 가지고 와서 니 애비 대가리를 찾아가라. 혹여 관가에 발고해 포졸들을 매복시키거나 왈짜패를 데리고 나타나면 니 애비 대가린 영영 못 찾을 줄 알아라. 아니 똥통에 처넣거나 까막까치 밥이 될 줄 알아라. 그러니 섣부른 수작질일랑 아예 하지 말기 바란다. 알겠느냐?―

김 진사는 현감과 의논해 포졸 몇을 미행하라 한 뒤, 힘깨나 쓰는 떠꺼머리 총각 용이 하나만 단출하게 데리고 감악산으로 향했다. 그런데 흉도는 어둠 속에서 외쳤다.

"야, 이 진사놈아, 니 놈 혼자 오면 맞아 뒈질까봐 종놈과 포졸놈

들을 데려왔냐? 내가 그렇게 호락호락 붙잡힐 것 같으면 애당초 니 애비 모가질 잘라오지도 않았다, 이놈아!"

그래서 김 진사가 혼자 나섰을 때에야 흥도는 썩은 부친의 두상과 돈 천 냥을 맞바꾸어 올 수가 있었다. 그런데 미구가 난 것은 김 진사네 뿐만 아니었다. 최 참판네와 황 부잣집도 묘구를 당한 것이다. 그러니까 명문거족의 세도가 양반집이 아니면 대단한 토호의 만석지기 부잣집만 미구를 당한다는 사실이었다.

─봉창 가득히 달빛이 비추고 있었으므로 어린 상도는 거의 알몸이 된 엄마가 나리마님의 배 밑에 깔려 요동치고 있는 것을 보았다.

"나리마님, 안 됩니다요. 쉰네는 천한 종년인데다 지아비가 있는 몸입니다요!"

엄마가 자살한 것은 다음날 새벽이었다. 상도가 아버지한테, 나리마님의 비행을 알렸고 아버지는 나리마님에게 대들다 노복들에 의해 매 맞아 죽은 것이다.

어린 상도는 아버지 어머니 무덤에 성묘를 한 뒤 정처 없이 길을 떠났다. 아홉 살의 상도가 머문 것은 안 노마님의 윗방 아기로서였다. 그런데 같은 집에는 갓난아기 때 업둥이로 들어온 꽃님이란 여자 아이가 바깥 노마님의 윗방 아기로 있었는데, 둘은 남매처럼 친해졌다. 그러나 둘은 열세 살이 되자 나이가 차 윗방 아기 노릇을 그만 둘 수밖에 없었다.

"우리, 내일 이곳을 떠나자!"

그들이 길을 떠난 후 6년이란 세월이 흘렀을 때는 남사당패의 중요 멤버가 돼 있었고, 어느새 상도는 어엿한 열아홉 청년으로 성장해 있었고, 꽃님이 역시 꽃다운 열아홉 처녀로 성장해 있었다. 이때 황 부자는 꽃님이가 눈에 들어 살수청을 들어주면 남사당패의 행하를 푸짐하게 얹어 주겠다는 약속을 한다. 그러나 이를 단호히 거절한 꽃님이와 이의 부당함을 항의하며 대들던 상도는 엉덩이에 살점이 떨어져 나가도록 얻어맞고, 아흐렛 동안 연희한 행하까지도 한 푼 못 받고 마을을 쫓겨난다.

이들의 고난은 계속된다. 최참판 댁의 소실로 꽃님이를 지명한 것이다. 이를 거부한 꽃님이는 맞아죽고 상도는 북촌을 쫓겨났다.

상도의 이들에 대한 복수 행각은 그 때부터이다. 상도의 절치부심이 전혀 이상하지 않다. 오히려 상도의 양반들과 부자들에 대한 복수극이 참혹하면 참혹할수록 독자들은 쾌재를 부르지 않을 수 없게 된다. 이것은 강준희가 이 소설에서 발휘하는 문장력 때문이다.

어떤 권선징악 소설도 징악에 설득력을 잃으면 그 소설은 실패다. 그러나 이 소설은 징악에 대한 설득력을 충분히 복선으로 깔아 놓고 있어 독자가 마지막 책을 덮을 때까지 긍정의 고개를 끄덕이게 한다. 『누가 하늘이 있다하는가』는 엄청나게 애를 써서 집필한 흔적이 여실히 보이지만, 어차피 소설 독자는 이 같은 작가의 열정을 사랑하도록 돼 있는 것이다. 강준희 작가의 또 다른 역작을 이를 통해 기대해본다.

■ 후 기

이상의 글은 동료 작가 김병총 씨가 2007년 3월호 소설 전문 문
예지『한국소설』에 쓴 서평이자 독후감임을 밝혀둔다.

고난의 세월, 가난한 작가의 철학

강준희 자전소설 「땔나무꾼 이야기」

안장환
소설가

성장소설, 자전적 소설, 이는 모두가 작가 자신의 성장 과정이나 소설가가 되기까지의 어려웠던 자신의 이야기를 엮은 소설이다. 강준희의 자전소설 「땔나무꾼 이야기」 역시 누구보다도 어려웠던 자신의 성장 과정과 작가가 되기까지의 암울했던 시절의 이야기를 감동 깊게 엮은 소설이다.

작가는 '땔나무꾼 이야기는 온전히 팩션이다'라고 말하고 있다.

나는 1996년 「이카로스의 날개는 녹지 않았다」라는 자전적 소설을 상, 중, 하 3권으로 묶어 출간한 바 있다. 이 두 책은 다 팩션인 동시에 자전적 소설이다. 지난번의 것 「이카로스…」는 소년기, 청년기, 장년기로 나누어 썼기 때문에 비교적 자세하게 쓰인 만연체였고, 이번의 「땔나무꾼 이야기」는 소년기, 청년기, 장년기를 한 권으로 압축해 썼으므로 간결체라 할 수 있다.

이렇게 작가는 서문에서 설명하고 있다. 사람이 한 세상을 살다 보면 무슨 일을 안 겪고, 어떤 일을 당하지 않겠는가. 그 사연의 차이와 정도의 크고 작음이 다를 뿐 누구라도 책 몇 권을 쓸 만한 인생사는 모두 가지고 있을 것이다. 그러나 작가는 이 세상을 떠나기 전에 자기의 인생이 너무도 절절하여 작가를 지망하는 많은 사람들에게 전하고 싶을 것이다.

이 책 속에서도 말해 주듯이 강준희는 태어나면서부터 너무나 많은 것들을 체험하고 있다. 부유한 집안에서의 출생과 일제 강점기와 해방, 그리고 6·25 동란을 겪었고, 갑작스러운 집안의 몰락은 그를 고난의 거리로 내몰게 된다.

이 세대 사람이라면 누구나 그런 어려운 시절을 겪었을 것이다. 그러나 작가 강준희는 유독 역경의 물결 속에서 헤매야 했다. 어려운 성장기를 거친 그는 소설가가 되기로 결심했지만 환경이 여의치 않아 농사, 나무꾼, 엿장수, 포장마차, 연탄리어카 등을 끌며 밑바닥 인생 공부를 했다. 그리고 그 경험을 바탕으로 교양 월간지 『신동아』에 살아 있는 체험 논픽션 「나는 엿장수외다」를 응모, 당선돼 작가가 되기 위한 기반을 닦았다.

이 책 「땔나무꾼 이야기」에서 작가는 특히 자라나는 청소년들에게 알려주고 싶다고 강조하는 우리의 어려웠던 시절 '보릿고개' 이야기를 쓰고 있다.

부모, 조부모는 겪고 아들 손자는 겪지 않아 전혀 모르는 우리 민족의 태산준령 보릿고개. 배고파 쓰러지고, 피토하며 절규하고, 땅 치며 하늘 우러러 통곡하던 단말마적 처절무비!

보릿고개는 누가 뭐래도, 그리고 아무리 외면해도 우리 민족 통한의 역사요 아픈 강하江河의 피맺힌 발자취다. 그러므로 보릿고개는 우리 한민족의 한이 가닥가닥 서린 터전이요 어머니 품 같은 모향母鄉이다. 먹을 게 없어 몇 끼를 굶은 사람들은 산매 들린 듯 산천을 헤매며 메와 무릇을 캐 먹다가 죽사리를 친 사람도 있었다.

그 시절의 어려움을 보며 자란 작가였다. 일제 치하에서는 한일 감정이 철두철미한 아버지 밑에서 엄한 교육을 받았고, 해방과 더불어 6 · 25 동란의 수난을 겪고 가세는 기울어 간다. 이렇게 고난의 길을 걸어가면서도 그는 가난을 벗어나기 위하여 몸부림을 치며 고시공부를 하기 시작했다. 보다 나은 삶을 위해서였다. 그러던 그는 고시공부를 때려치우고 소설 공부로 전환했다. 여기엔 그만한 이유가 있었는데 이는 「아큐정전(阿Q正傳)」과 「광인일기」로 유명한 루쉰魯迅의 영향이 컸다고 한다. 루쉰은 일찍이 일본에 유학을 가 의학 공부를 하다 어느 날 자기네 민족 중국인이 일본인에게 개 끌리듯 질질 끌려가는 영화를 보고 작가가 되기를 결심하고 그 길로 작가 수업을 해 소설가가 되었다. 그것이 강준희에게 크게 결심을 하게 했다고 한다.

그렇게 소설가의 꿈을 키워가던 그는 「갯마을」이란 작품으로 유명한 오영수 선생을 알게 되었다. 당시 오영수 선생은 『현대문학』의 편집장으로 있을 때였다. 그 무렵 강준희는 엿가위를 두들기며 이 마을 저 마을로 도부행각을 하고 있었다. 그런데 이 때 그가 읽은 작품이 바로 오영수 선생의 「남이와 엿장수」였다. 그는 이 작품을 읽고 반해 버렸다고 한다. 농촌의 순박한 인정 풍속도를 서정적으로 그린 소설이 너무도 아름다웠기 때문이다. 그는 크게 감명 받아 오영수 선생한테 편지를 썼다.

저는 소설을 공부하는 문학도인데, 지금 음성 땅 무극이라는 곳에서 엿장수를 하고 있습니다. 그런데 선생님의 작품 「남이와 엿장수」를 읽고 크게 감명을 받았습니다…….

그런데 생각지도 않게 오영수 선생이 답장을 보내왔다.

나는 엿을 무척 좋아하기 때문에 어쩌면 하얀 박이 돌담장에 얹힌 그런 동네 어구나 또는 빨간 고추가 지붕에 널린 그런 마을 입구에서 강준희 씨의 엿을 사 먹었을지도 모른다…….

강준희는 오영수 선생으로부터 이런 수채화같이 아름다운 편지를 받아 그 편지를 신주단지처럼 모셔놓고 하루에도 몇 번씩 꺼내 읽었다.

이런 사연들은 강준희가 소설을 쓰는 데 크게 힘이 되었던 것이다. 그 때부터 그는 가끔 서울에 올라가 오영수 선생을 만나는 기회를 만들었다. 그러나 그는 생활이 너무나도 어려웠다. 그래서 소설 공부에만 매달릴 수가 없었다.

그는 엿장수를 집어치우고 헌 리어카 한 대를 구해 참외와 수박

등 과일 장사를 시작했다. 이런 사실도 오영수 선생한테 알렸다. 선생의 조언이 크게 힘이 되었기 때문이다. 그 때 오영수 선생은 그에게 이런 편지도 보냈다.

> 과일 장사라도 해 보겠다는 강군의 뜻을 높이 산다. 작은 액수지만 얼마의 보탬이라도 됐으면 좋겠다. 군은 청과물 장사보다 더 어려운 엿장수도 했으니 청과물 장사쯤은 훌륭히 잘 해낼 것이다. 건투를 빈다…….

오영수 선생은 이렇게 편지를 쓰고 돈 만 원을 보내왔다. 이 돈이 그에게는 너무도 큰 힘이 되었다고 한다. 당시 쌀 한 말에 3백 원이었으니 만 원이면 쌀이 세 가마니하고도 서 말 이상을 살 큰돈이었다.

그 이후 그의 기록문학 「하 오랜 이 아픔을」이 『서울신문』 신춘문예에 당선되었고, 드디어 오영수 선생에 의해서 단편소설 「하느님 전 상서」가 『현대문학』에 추천 발표되었던 것이다. 이처럼 그는 어려운 속에서도 작가의 길을 탄탄하게 걸어왔다.

필자는 이 책을 읽으면서 강준희를 다시 한 번 생각하게 되었다.

가난해야 글을 쓴다. 작가들은 대개가 어렵게 산다. 이런 말은 흔히 들어오는 이야기지만, 작가 강준희는 너무도 힘든 생을 살아왔다는 느낌이다. 그는 안 해 본 것이 없는 인생을 살아왔던 것이다.

> 나는 하루 연탄 한 리어카를 배달하기도 하고, 운이 좋은 날은 단골 없이 주문이 들어오는 연탄 이백 장을 배달하기도 했다. 그런데 살

을 에듯 추운 날 꽁꽁 언 오르막 빙판길을 버둥버둥 오르다 그만 연탄
리어카가 미끄러져 언덕 아래로 처박혀 연탄이 박살이 나기도 했다.

강준희는 어려운 생활을 하면서도 그 누구보다도 올곧게 살아온
사람이다. 그의 좌우명은 「깨끗한 이름 청명(淸明)」이라고 한다. 불
의를 보고는 참지 못하는 성격, 바른 말 잘하기로 유명한 작가다. 우
리 한국문단에서 강준희만큼 가열한 돌닛길을 치열하게 걸어온 사
람도 드물 것이다. 그는 보통 사람은 상상도 할 수 없는 수많은 역경
을 겪으면서도 굴하거나 절하지 않은 채 당당하고 떳떳하게 오늘에
이른 강직한 작가다. 지방에서 작품 활동을 하고 있는 그는 허정虛靜
하게 세상을 사는 것이라 했다.

> '세상 돌아가는 꼴이 하 괴이쩍어 눈비움과 고양이소가 판을 치니
> 더욱 그러하다. 여기에 잘코사니 하는 위인들이며 간사위질 하는 위
> 인들, 그리고 노랑소리로 언죽번죽 얼렁수 쓰고 앵두장수와 청기와
> 장수를 하고서도 어연번듯 잘도 사는 위인들을 보면 더욱 그러하다.'
> ―「땔나무꾼 이야기」 중에서―

강준희는 어휘(토박이말까지)도 해박해 위의 짧은 문장에서만 괴
이쩍어, 눈비움, 고양이소, 잘코사니, 간사위질, 노랑소리, 언죽번죽,
얼렁수, 앵두장수, 청기와장수, 어연번듯 등 열한 개의 토박이말을
구사하고 있다.

세상 돌아가는 것과 이런 사람들을 보면 가슴에서 돌 구르는 소

리가 난다는 소설가 강준희다. 아무튼 이 소설 「땔나무꾼 이야기」
는 이 소설가의 인생 역정과 왜 소설가가 되었는가 하는 그 내면을
깊이 들여다 볼 수가 있을 것이다.

■ 후 기

위의 글 「고난의 세월, 가난한 작가의 철학」 강준희 자전소설 「땔
나무꾼 이야기」는 동료 소설가 안장환 씨가 2009년 8월호 『한국소
설』에 '소설가가 쓴 북 리뷰'란에 쓴 작품평이자 독후감임을 밝혀
둔다.

소설가의 삶과 일화의 연철

강준희 자전소설 「땔나무꾼 이야기」

이동희
소설가

(1)

소설가 강준희의 파란만장한 삶을 일인칭 '나'로 서술해 나가고 있는 이야기는 그 자체가 소설이었다. 많은 일화와 사연을 담고 있는 「땔나무꾼 이야기」는 우선 재미가 있고 흥미가 있다. 이 책엔 우리가 모르고 있던 강준희의 다른 세계가 펼쳐지고 있다. 말하자면 베일에 쌓인 그의 내밀內密이랄까 고백이랄까가 바로 그것이다. 그러므로 나는 여기서 이 책에 대한 서평이나 평설이라기보다는 동료 작가 입장에서 그것들을 간추려 소개해 보려 한다.

(2)

강준희는 일제가 한창 발호하던 1935년 단양에서 부잣집 외아들로 태어나 유복한 어린 시절을 보냈다. 아버지의 존재는 집안에서 뿐만 아니라 온 마을에서 절대적이었다. 본시 미남인데다 시대에 비춰 파격이라 할 만한 복장을 갖추었고, 그런 모습으로 자주 출타를 했다. 그리고 출타에서 돌아올 때는 언제나 하이어(폴크스바겐)에 예쁜 신식 여성을 태워 오곤 했다. 그런 날이면 아버지는 닭 잡고 돼지 잡고 술도가에서 몇 초롱의 술까지 받아와 잔치를 벌였는데, 그러면 초근목피로 명줄만 이어 가던 보릿고개 때의 마을 사람들은 백차일 치듯 모여들어 포식을 했다. 이때는 고급 담배 아사히朝日도 한 갑씩 나눠 주고 잔치가 끝나면 광의 쌀을 풀어 식구 수에 따라 나눠주기도 했다. 그러니 아버지의 존재가 얼마나 대단했겠는가. 뿐만이 아니라 낟알(곡식)이라곤 한 톨도 없어 초근목피에 목숨을 건 사람들은 술에 고기에 배불리 먹고 고급 담배 아사히까지 한 갑씩 선물 받은 데다가 금쪽보다 귀하다는 쌀을 몇 말씩 얻었으니 너무 고맙고 황공해 은혜가 백골난망이었다.

이렇듯 어렵게 살아 참혹한 배고픔 속에 살아갈 때 강준희는 학생복에 운동화 신고 쌀밥 먹으며 호의호식 자랐다. 게다가 하모니카에 눈깔사탕까지 가지고 다니니 모든 아이들의 선망의 대상일 수밖에 없었다. 그래서인지 강준희는 장난이 심해 어머니한테 회초리로 종아리를 안 맞는 날이 없었고 남의 호박에 말뚝질과 남의 참외밭이나 수박밭을 못 쓰게 만들어 어머니를 따라 피해자네 집에 가 무릎 꿇고 용서를 빈 게 한두 번이 아니었다. 그럴 때마다 어머니는 돈과 쌀을 가지고 가 배상을 해 주었고 그러면 피해자네가 되레 미안해 몸 둘 바를 몰라 했다.

그날도 강준희는 장난을 심하게 쳐(옹기장수가 바지게에 옹기를 잔뜩 지고 오다 동구에서 지게를 받쳐 놓고 쉬고 있을 때 발로 지겟작대기를 차 옹기를 박살냈다) 아버지가 옹기 값을 후히 물어주고 어머니는 아들을 데리고 할아버지 산소에 가 성묘하고 꿇어 엎드려 자식 잘못 가르친 어미 죄를 할아버지께 빌었다. 그런 다음 아들에게 너를 잘못 가르친 에미 죄가 크니 이 회초리로 어미 종아리를 때리라 했다. 일종의 조상매인 것이다. 강준희가 다시는 안 그러겠다고 빌자 어머니는 회초리를 빼앗아 당신 종아리를 피가 나도록 쳤다. 아들은 이런 어머니한테 다시는 안 그러겠다며 손이 발이 되도록 빌었다. 이 조상매가 유효해 아들은 그날부터 개과천선으로 환골탈태했다.

그날 밤 어머니는 잠 못 이루는 아들 머리맡에 앉아 바느질을 했다. 피멍이 들게 맞은 종아리가 걱정돼 바느질을 핑계로 삼은 것이다. 그러다 아련히 잠에 빠져드는데, 어느 순간 종아리에 이상한 느낌이 들어 실눈을 뜨고 보니 어머니가 아들의 장딴지에 고약을 바르며 연해 한숨을 토해냈다.

작가의 어머니는 거지가 밥을 빌러 와도 절대 그냥 보내는 일이 없었다. 동냥아치들이 손사래를 치며 사양해도 어머니는 굳이 걸인들을 방에서 대접을 했다. 사람의 집에 사람이 오면 손님이고, 손님은 반가운 법인데 어찌 주인 되어 반가운 손님을 밖에서 대접하느냐였다. 심지어는 집안이 몰락해 아무 것도 없는 춘궁기의 보릿고개 때는 장독에서 간장 한 종지를 떠 물에 타 거지에게 주며 자꾸 웃음을 보냈다. 이 웃음은 주인 되어 손님한테 이것 밖에 대접할 수 없어 미안하다며 보내는 웃음 보시 안시顔施였다.

안시! 작가의 어머니는 이런 분이었다. 이런 부모 밑에서 자라 강준희 같은 사람이 됐는지도 모른다. 칠석이 가까워 오자 작가의 집 대문에는 금줄이 쳐졌다. 어머니는 칠석날만 되면 뒤란의 칠성단 앞에서 백일치성을 시작했다. 어머니는 금줄을 목숨처럼 위했으므로 이를 아는 사람들은 금줄이 걷힐 때까지 대문을 넘어서는 법이 없었다. 만약 누가 이를 무시하고 대문을 넘어서면 그 사람은 어머니의 추상 같은 불호령에 물리침을 당했다.

그날은 일본 순사가 불시에 나타나 대문을 넘어섰다. 어머니는 일본 순사에게 당장 물러나라며 호통을 쳤다. 그러나 일경은 어머니의 말을 무시하고 안으로 들어섰다. 어머니가 금줄이 안 보이느냐며 소리쳤지만 일경은 물신 숭배의 미신이라며 군도를 뽑아 금줄을 끊어 버렸다. 어머니는 분함을 참지 못해 "네 이노옴!" 소리치며 일경의 따귀를 올려붙였다. 화가 난 일경이 군도를 쳐들자 동행한 면서기가 말렸다. 그래도 일경은 분을 참지 못하고 어머니의 정강이를 군홧발로 걸어찼다. 어머니는 그 자리에 폭삭 주저앉았다. 작가는 아버지가 있는 곳으로 뛰어가 상황을 알렸다. 아버지는 이때 옆집 친구 분 댁에서 바둑을 두고 있었다. 아버지는 비호같이 몸을 날려 집에 닿자마자 일경을 매다 꽂고는 마당가 느티나무 밑 낭떠러지로 굴려 버렸다.

다음 날 주재소 주임과 면장이 찾아와 용서를 구했으나 아버지는 호통을 쳐 그들을 쫓아 버렸다. 이날 밤 아버지는 작가를 불러 우리나라의 존재를 알려 주고 애국가를 들려주고 태극기를 보여주었다. 그러며 애국가와 태극기에 대해서는 아무에게도 얘기해서는 안 된다고 당부하셨다. 이러고 사흘 후 아버지는 일경에 의해 읍내 경찰서로 연행되었다. 조선인이 감히 신성한 대일본제국의 관헌을 구타했다는 죄목으로였다. 그러나 며칠 후 소작인을 비롯한 마을 사람 40여 명이 읍내 경찰서장 관사로 쳐들어가 아버지를 석방하라고 시위를 했다. 그 바람에 아버지는 풀려났지만 비국민非國民이니 적자賊子니 불령선인不逞鮮人이니 하는 꼬리표가 붙었다.

해방 다음 해 가을, 천사처럼 예쁘고 착한 짝꿍 유미가 가족을 따라 서울로 이사를 갔다. 어린 작가는 슬픔에 잠겨 허구한 날 유미만 생각했다. 유미가 그립고 보고 싶어 견딜 수가 없었다. 그래 일주일이 멀다고 편지를 주고받았고 방학 때는 부모님 몰래 가만히 서울 유미한테 달려갔다. 그러던 어느 해, 서울 유미한테 다녀오는 사이 집은 시커먼 잿더미로 변해 있었다.

집이 화재로 다 타 버리자 기다리기라도 한 듯 가세는 걷잡을 수 없이 기울어져 갔다. 아버지는 헙헙하고 늠늠한 성격 탓에 여러 의제義弟들의 빚보증을 섰는데 이게 다 사고가 나는 바람에 무리꾸럭으로 빚 잔치를 해 두 손을 탁탁 털었다. 이 바람에 작가는 국민학교(요즘의 초등학교)만 간신히 졸업했고 6·25 동란을 거치며 유미와의 연락마저 끊어졌다.

이후 작가는 어려운 환경 속에서도 공부(독학)를 하며 30여 리 밖 읍내장에 나무를 쪄다 팔며 암울한 소년기를 보냈다. 그러던 중 아버지가 돌아가셨는데, 아버지가 돌아가시자 생활은 더 어려워졌다. 그래도 작가는 공부를 포기하지 않고 밤을 새다시피 공부를 했다. 이 바람(덕택)에 서울의 어느 언론사 시험에 합격을 해(여기는 학력 제한이 없어 응시할 수 있었다) 고생을 좀 면하는가 싶었는데 뜻하지 않게 3·15 부정선거가 도화선이 돼 4·19 의거가 일어나고 자유당 정권의 붕괴와 함께 언론사도 문을 닫고 말았다.

작가는 다시 어머니가 계시는 고향 집으로 돌아와 어머니를 도우며 공부를 했고 어머니를 위해 장가를 가기로 결심했다. 어머니는 이때 벌써 환갑이 다 되셨는데 손수 조석을 끓이며 농사일을 했다. 그리고 한 달 육 장 장날마다 광주리에 앵두, 자두, 산딸기, 오이, 애호박, 옥수수 등속을 무겁게 이고 삼십 리 먼 읍내까지 가 난전에 쪼그리고 앉아 팔고 점심도 굶은 채 먼 삼십 리 길을 되짚어 오곤 했다. 작가는 이런 어머니가 불쌍하고 가여워 도무지 더는 볼 수가 없어 스물네 살에 장가를 들었고, 어머니는 세상에서 당신 혼자만 며느리를 보신 듯 "아가 아가" 하며 며느리를 사랑했다. 아내도 이런 어머니를 "어머님 어머님" 하며 극진히 섬겼다. 이러는 사이 예쁜 딸아이도 생겼다.

이후로도 작가는 이사를 자주 다녔고 이사를 다니면서도 공부를 계속 했다. 작가도 작가지만 어머니와 아내의 고생이 이만저만이 아니었다. 그렇게 고생만 하시던 어머니가 손자 한 번 안아 보지 못하고 남의 집 단칸 셋방에서 뇌일혈로 갑자기 돌아가시자 하도 기막혀 눈물도 안 나왔다.

작가는 어머니를 장례 모시자 음성 땅 무극으로 가 엿장수를 하기 시작했다. 그리고 이 엿장수 한 얘기를 『신동아』에서 공모한 논픽션에 응모해 당선되었다. 그때는 교양잡지가 『신동아』 하나뿐이었고 이 『신동아』는 동남아 미주지역까지 지사가 있어 그 반향은 대단했다. 하루 독자 편지가 수십 통씩 날아오고 작가는 월여간 들어앉아 답장만 써 붙였다. 직장을 주겠다는 사람, 집을 세 한 푼 안 받고 거저 주겠다는 사람, 평생을 형님이나 멘토로 모시고 싶다는 사람, 독자 중 오사카에 사는 재일동포 한 분은 왕복 항공권을 보내드릴 테니 이곳에 와 몇 달 쉬라 하기도 했고, 미국의 어떤 독자는 또 자기 집 근방은 경치가 좋으니 이곳에 와 몇 달 글을 쓰라 하기도 했다. 그러나 작가는 이 모든 분들에게 감사하다는 편지만 보내고 어느 것 하나 응하질 않았다. 독자는 독자로 지내는 게 가장 아름답다 생각했기 때문이다.

『신동아』에 논픽션 「나는 엿장수외다」가 당선되자 작가는 하루아침에 유명해져 사방에서 찾아오는 사람이 많았다. 이때 북한(그때는 이북) 중앙(평양) 방송 라디오에서는 작가에 대한 방송이 연일 보도됐다. 내용은 '남조선의 강준희 선생은 최고의 지식인임에도 엿장수를 하지 않으면 안 되는 생지옥 남조선에 살고 있다. 강준희 선생이시여! 지옥 같은 괴뢰 남조선을 버리시고 위대한 조선 인민공화국의 품에 안기시라. 그러면 선생은 공화국의 영웅이 되시리니……' 뭐 어쩌고 하는 그런 내용이었다. 그때 작가는 아직 라디오가 없을 때여서 듣지 못했고 설령 라디오가 있다 해도 이북(북한) 방송 청취는 불가했으므로 못 들었을 것이다. 그런데 작가가 살고 있던 곳의 검찰청 조趙모 검사가 몇 달이 지난 후에야 이제는 불문에 붙여 말한다며 작가에게 말해 알았다 한다. 그때 중앙 검찰에서 조 검사에게 평양 방송에서 이만저만한 방송이 매일 나오니 강준희를 예의 주시해보라 했고 아무리 예의 주시해도 수상하거나 이상한 기미가 전혀 없어 불문에 부친다 했다.

아무튼 이런 웃지 못 할 사연을 겪으면서도 작가는 연탄 배달, 막노동, 포장마차, 사법서사 사무원, 대입 고입 학원 강사 등을 하며 문학 공부를 했다. 아내가 건강이 나빠 장기 입원하는 바람에 상금도 거의 바닥이 났다. 호사에는 다마라더니 과연 그런 모양이었다. 이렇게 또 몇 년이 지난 후 작가는『서울신문』신춘문예에 기록문학「하 오랜 이 아픔을」응모해 당선했고 이어『현대문학』에 소설(단편)「하느님 전 상서」가 추천돼 문단에 데뷔했다.

유미에게서 편지를 받은 것은 이때였다. 유미는 편지에서 자기는 지금 프랑스 파리에 사는데 한국 내사관에 볼일이 있어 갔다가 거기서『서울신문』에 난 내 사진과 이름, 그리고 당선 소감을 보고 득달같이 편지를 한다면서 어떡하든 빠른 시일 내로 꼭 좀 만나자 했다. 하지만 어떻게 만날 수 있는가. 이때만 해도 특권층이나 특수층이 아닌 일반인은 해외여행 자유화가 없을 때여서 작가가 프랑스 파리로 가 유미를 만나기란 불가능했다. 그래 작가는 편지만 애타게 주고받으며 해후의 날만을 학수고대했다.

　『서울신문』 신춘문예에 기록문학 「하 오랜 이 아픔을」이 당선되고 뒤이어 『현대문학』에 단편 「하느님 전 상서」가 추천 발표되자 기다렸다는 듯 지방의 여러 일간지로부터 연재 청탁이 와 장편 「촌놈」, 「아, 어머니」 그리고 「개개비들의 사계」 등을 연재했다. 그러는 한편 단편 열네 편을 묶어 창작집 「하느님 전 상서」를 출간하기도 했다. 다행하게 이 창작집이 좀 팔려 조그마한 집을 하나 사 이사를 하기도 했다. 그러나 이때 함께 기뻐해야 할 아내는 곁에 없었다. 어처구니없게도 아내는 신이 지펴 집을 나갔던 것이다. 작가는 불고가사 하다시피 몇 년 동안 아내를 찾아 다녔지만 허사였다. 그러나 큰 딸아이로부터 아내의 소식을 듣고 딸아이를 앞세워 아내가 있는 곳으로 갔다. 그러나 아내는 예전의 순하고 여린 아내가 아니었다. 신이 완전히 내려 첫눈에 봐도 신딸임을 알 수 있었다. 작가는 온갖 방법을 동원해 아내를 돌려놓으려 했으나 전부 허사였다. 결국 아내는 자신도 자신을 제어할 수 없어 작가 몰래 내림굿을 받고 신병神病에서 해방이 됐다. 그런 아내는 작가를 위해서인지 끊임없이 이혼을 요구해 왔다. 견디다 못한 작가는 하늘을 우러르며 아내의 뜻에 따랐다. 아내가 모든 올가미에서 해방돼야 자유로울 수 있을 것 같기 때문이다.

　이러고 세월이 한참 흐른 어느 해, 드디어 꿈에 그리던 유미를 만날 수 있게 되었다. 네덜란드에서 개최되는 제53차 국제펜클럽대회에 프랑스 파리도 여행 계획에 들어 있었던 것이다. 작가는 네덜란드에 도착해 회의가 끝날 때까지 내내 유미 생각뿐이었다. 작가는 회의가 끝나고 프랑스 파리로 와 호텔에 여장을 풀자마자 유미한테 전화를 걸어 오페라 하우스 앞에서 극적으로 만났다.

6·25 동란으로 소식이 끊긴 지 실로 38년 만이었다. 두 사람은 너무 반가워 눈물을 찔끔거리며 부둥켜안다가 폴짝폴짝 뛰다가 그 유명한 샹젤리제 거리를 손잡은 채 걷고 그 유명한 카페 푸케에서 차를 마시고 미라보 다리를 건너 유람선을 타고 에펠탑에 올라 파리 시가를 내려다보곤 했다.

다음 날 작가는 유미를 다시 만났고 유미는 남편이 어린 날의 소꿉친구인 작가를 보고 싶다며 집으로 초청을 했다. 그래서 만나보니 남편은 프랑스인이었다. 한국인이 아닌 프랑스인과 결혼했다는 사실에 왠지 분하고 아까운 생각이 들어 가슴속에 간직하고 있던 이마고의 꿈이 산산이 깨졌다.

다음은 작가가 유미와 헤어져 귀국하는 기내에서 생각한 바를 자전소설 「이카로스의 날개는 녹지 않았다」에서 쓴 프롤로그 한 장면을 소개한다.

'……그래, 잘 살아라 유미야. 부디 행복하게. 기왕에 한 결혼이니 여봐란 듯 살아야지. 후회 없이 살아야지.'

나는 입술을 깨물며 유미의 행복을 빌었다. 그러며 속으로 이렇게 뇌었다. '그래도 유미야, 우리의 어린 시절, 그 가식 없이 아름답던, 그래서 눈물겹던 그 시절의 이야기만은 절대로, 절대로 잊지 말자'고.

그런데도 왜 그런지 자꾸 눈물이 나려 했다. 이는 아마도 지난날의 그 아름답고 눈물겹던 많은 사연들이 내 기억의 회랑을 돌아 파노라마처럼 나라타즈 되었기 때문일 것이다.

'그래, 그때는 참으로 아름다웠지. 너무나 아름다워 눈물겨웠어.'

나는 중병 앓듯 마음을 앓으며 파리의 하늘 아래 외로운 에뜨랑제가 돼 배거번드처럼 떠돌다 문득 정신을 차렸다. 그리고는 다시 옛날의 소년으로 돌아가 귀국하는 기내에서 지중해 푸른 바다를 하염없이 내려다 봤다. 그러면서 다른 의미의 유미를 생각하고 단테와 「신곡(神曲)」을 떠올렸다. 아니 베아트리체를 떠올렸다.

그래 그렇다.

단테는 신곡에서 베아트리체를 영원한 여인으로 묘사했다. 단테는 그녀를 위해 그녀에게 바치기 위해 불후의 명작 「신곡」을 썼다. 그녀가 피렌체의 귀부인으로 바르디의 아내였음에도 불구하고…….

그렇다면 나도 유미를 위해 무엇인가를 할 수 있지 않겠는가. 그녀가 비록 눈 파랗고 머리 노오란 이방인 파리장과 결혼해 남의 아내가 됐을지라도…….

그래 그렇다.

그렇다면 나는 유미를 위해 무엇을 할 것인가? 내 마음의 영원한 이마고 유미를 위해 무엇을 할 것인가?

유미야!

우리 그만 이카로스와 다이달로스처럼 백랍으로 만든 날개를 달

169

고 이 미궁을 탈출 태양을 향해 날아오를까? 그러다 태양열에 날개가 녹아 이카리아 바다에 떨어져 죽더라도…….

아니다.

우리는, 그렇다. 우리는 큐우핏의 화살을, 아킬레스건腱을 피한 큐우핏의 화살을 베누스의 가슴에다 쏴야 한다. 애정의 심장으로 대표되는 하아트에다 정조준해 쏴야 한다.

아, 그러나 유미야!

내 마음의 영원한 이마고인 유미야! 내 가슴의 영원한 베아트리체인 유미야!

이제 우리는 눈앞에 물이 있어도 마시지 못하고, 머리 위에 과일이 있어도 따 먹지 못하는 탄탈로스처럼 영원한 기갈飢渴 속에서 살 수밖에 없구나.

유미야!

뭐라고, 뭐라고 말 좀 해다오 유미야!

이러고 또 얼마 후 작가는 한 신문사로부터 논설위원(상임)자리를 제의받았고 제의받은 며칠 후 수락을 해 사설과 칼럼을 쓰기 시작했다. 정론 직필의 서릿발 같은 필봉을 휘둘러 많은 이의 박수갈채를 받았다. 그러자 여기저기서 강의 청탁이 들어왔고 글은 밤을 새다시피 썼다.

이렇게 또 십수 년이 흘러서 작품집 26권을 출간했고 몇 년 후 이를 집대성해 강준희 문학전집 10권을 펴냈다. 작가는 이 전집 10권을 안고 어머니 산소로 가 봉분을 쓸어안고 한없이 울었다. 그리고 자애로운 어머니의 목소리를 들었다. 그런데 강준희 문학전집 10권이 얼마 후 미국 하버드대학 도서관에 소장된 사실이 밝혀져 화제가 되기도 했다. 가장 한국적인 글을 쓰는 게 소장을 하게 된 동기라 했다.

(3)

이 글(땔나무꾼 이야기) 속에는 작가의 인생사 외에도 작가의 사상, 신념, 가치관, 철학 등이 오롯이 담겨 있다. 필자는 이 책을 읽으며 세상에 이렇게 살아온 사람도 있나 하는 생각이 들 정도였다. 그 어려운 삶 속에서도 단 한번 세상의 어두운 면에 빠져들지 않고 유혹에 이끌리지 않고 이처럼 당당하게 올곧은 길만을 걸어왔다. 그리고 작품 속에서 작가의 이러한 모습은 아버지와 어머니의 영향에 의한 것임을 고스란히 알 수 있다.

오늘날 이와 같은 부모가 얼마나 되는가. 세상이 변하고 살기가 편해지니 사람들 모두가 자신밖에 모르는 이기적 인간이 되어 버렸다. 오로지 자신만의 일에만 매달리며, 남이 불행하든지 행복하든지에는 아주 약간의 관심만 보일 뿐이다.

요즘의 부모들은 자기 자식이 잘못을 저질러도 그것을 혼내 바로 잡아 주기는커녕 도리어 보호하려 드는 판이다. 누군가 자기 자식을 훈계라도 할라치면 당신이 무슨 상관이냐며 목소리를 높인다. 상대가 자식을 직접 가르치고 있는 교사라 해도 말이다. 이러니 자식 교육이 제대로 될 리 없고, 그 자식은 자라 부모와 같은 자식이 되는 것이다.

자신만의 사상과 신념을 바로 세우고 유혹에 흔들리지 않으며 올 곧게 나아가는 모습은 오늘을 사는 사람들에게 갖추어야 할 덕목이 아닌가 생각된다. 현대사회는 생활이 풍요로워진 만큼 우리를 순식 간에 함정에 빠뜨릴 유혹 또한 많아졌다. 수많은 유혹에 휩쓸리며 정신은 약해져만 가고 있다. 스스로 강해질 필요가 있다.

작가는 어휘 사용에 특히 한자어들이 많다. 작가가 책에 쓴 대로 한자어를 몇 번씩 익히고 고전에 대한 지식도 상당한 경지에 이르 고 있다. 좀 과다한 느낌이 드는 대로 단어를 찾아가며 작품을 읽는 다면 많은 한문과 한자 어휘도 함께 공부할 수 있을 것이다.

■ 후 기

위의 서평이자 평설인 「소설가의 삶과 일화의 연철」―강준희 자 전소설 「땔나무꾼 이야기」는 동료 소설가 이동희 씨가 2009년 여 름호『농민문학』에 발표한 것이다. 잘 아는바 대로 이동희 소설가 는 단국대학교 국문과 교수로 퇴직, 지금은 전업 작가로 작품만 쓰 고 계간『농민문학』발행인으로 있다.

강준희 자전소설

「땔나무꾼 이야기」를 읽고

오하룡

시인

소설가 강준희 형이 자전소설 「땔나무꾼 이야기」를 보내왔다. 참한참 되었다. 그를 만난 지가 말이다. 1960년대 중반 그가 월간 『신동아』에 논픽션 「나는 엿장수외다」가 당선되어 화제의 인물로 뜨기 시작했을 때 만났으니 어언 40년도 넘은 세월이 흐른 것 같다.

그때 나는 서울의 한 종묘회사에서 그 회사의 농업 전문 기관지 만드는 일을 하고 있었다. 지금 생각하니 너무 아득해서 기억이 선명치 않으나 하여튼 어찌 어찌 그를 만나게 되었고 그는 서울에 가끔 왔었고 어떻게 죽이 맞았던지 상경하면 나를 찾았고, 어떤 때는 좁은 내 집에서 새우잠을 자고 내려가기도 하였다.

나를 처음 만난 몇 년 후 『서울신문』 신춘문예에 「하 오랜 이 아픔을」이란 실화 소설이 당선되었고 그리고 이어서 『현대문학』을 통해 정식으로 추천받아 소설가로서의 입신의 과정을 밟았다.

신춘문예 당선 축하 회식 자리에서 그의 가족과 만난바 있고, 그 이후에도 강 형과 동반해 몇 번인가 상경해 얼굴을 익힌바 있는 요조해 보이던 부인이 어느 날 영문 모르게 가출했다는 얘기를 들었던 때도 그때였고 교육계에서 은퇴하여 칩거하며 시만 쓰시던 원로 시인 박재륜 선생을 모시고 나타나 충주에서 가장 존경하는 어른이라며 소개하기도 하였다.

1970년대 중반 첫 창작집 『하느님 전 상서』를 펴낼 때 장정이며 체제 등 진행 실무를 내가 출판에 좀 경험이 있다는 그 이유 하나만으로 상의하여 펴낼 때의 그의 모습이 어제이듯 선명하다. 내가 마산으로 내려오고 난 후 한 번인가 그가 나를 찾아내려 왔었다. 그때가 마침 봄철이어서 그와 나는 진해와 마산 앞바다 돝섬을 함께 둘러봤고 그는 이튿날 바람처럼 표표히 올라갔다. 그것도 어언 20년이 훨씬 넘은 옛 이야기다.

그때도 그랬지만 만난다고 그의 현재의 실상을 다 알게 되는 것은 아니다. 그는 선천적으로 다정다감한 성격이어서 대화 중에 언뜻언뜻 현실의 단면을 드러내 느낌으로만 아슴푸레 짐작할 뿐 그 이상의 것은 알 수가 없었다. 부인과는 그 이후 영영 합류하지 못한 것 같고 계속 혼자 살고 있다는 그것만 알 뿐이었다.

이번에 책에서 약력을 보니 전 10권짜리 방대한 문학전집이 나온 걸로 되어 있다. 참 대단한 일이다. 아니 엄청난 일을 해냈다. 한두 권도 아니고 10권짜리 방대한 전집을 펴내다니. 우리 문단에 만 명이 넘는 문인이 있지만 사후가 아닌 생전에 문학전집이 나온 건 손가락으로 꼽을 정도다.

그동안 책이 나올 때면 간간이 보내 주었기에 짐작은 했지만 그가 남다르게 어려운 환경 속에서도 얼마나 열정적으로, 그리고 초인적으로 글을 썼으면 이런 대단한 일을 해냈을까 싶자 명치가 콱 막혔다.

나는 그가 보내온 「땔나무꾼 이야기」를 단숨에 읽어 내려갔다. 돋보기 신세를 져야 하니 읽는 것이 옛 같지 않아 속도감이 없다. 그러나 술술 읽혔다. 거기에는 그로부터 듣지 못했던 그가 살아온 이야기가 송두리째 담겨 있어 나도 모르게 그 내용에 빨려 들게 하였다. 책을 읽는 도중 내내 아내의 소식이 궁금했는데 이 소설에는 그 후일담이 적나라하게 제시 되어 있는 것이다. 그녀는 죽지 않고 살아 있었다. 그러나 그녀는 전에 그가 사랑하던 그런 아내는 이미 아니었다.

"양처럼 순하고 사슴처럼 해맑던 그런 아내는 아니었다. 아내는 신이 지펴 있었다." (본문 중에서)

그는 아내의 무병巫病을 고치기 위해 혼신의 노력을 다 한다. 그래서 안 해본 일이 없고 안 가본 데가 없다. 거의 퇴마사의 경지에까지 간다. 그러나 이렇듯 애썼음에도 옛날의 아내로 되돌리지 못한다. 그런 내용이 소상하게 그려져 있으니 어찌 술술 읽히지 않겠는가. 어떻게 그가 살아온 질곡은 그 만의 이야기가 아니다. 일제 말기부터 근·현대에 이르는 우리 모두의 농촌과 도시의 아픈 시대상이 그대로 반영되어 있는 것이다. 몰락한 양반 후예인 그는 집안이 어려워 초등학교를 마치고는 독학의 길에 들어선다. 한문으로부터 국어, 영어, 수학을 공부하고 중·고등학교의 과정을 강의록으로 단기간에 떼고 국어사전을 통째로 몇 번 읽고 옥편을 '가' 자에서 '힐' 자까지 6만여 자를 세 번이나 베껴 국어사전과 옥편이 너덜거릴 정도가 된다. 이로써 그는 한문이건 한글이건 언어 활용에는 자신감을 갖는다.

그의 소설이나 산문 문장에서 다소 생경한 토속어나 한문 문장이 자연스럽게 많이 나타나는 것은 다 여기서 온 것이다. 특히 그가 살아온 충북 지방 가운데 단양 제천 충주 지역 토속어의 감칠맛 나는 능숙한 언어 구사는 강준희 산문만이 갖는 백미라 하여도 과언이 아닐 것이다.

그가 써온 글의 대부분은 생생한 체험의 산물이나 이번 「땔나무꾼 이야기」는 그 중에서도 가장 잘 갈무리된 정수만 집약한 글이 아닌가 하는 생각이 든다. 내가 알고 싶어 했던 그의 개인적인 것은 물론이고 그가 살아온 시대의 모든 궁금한 것을 이 책이 다 담고 있다. 좋은 소설을 쓴 그에게 감사한다.

■ 후기

위의 글—강준희 자전소설 「땔나무꾼 이야기」는 오하룡 시인의 독후감이자 평설이다. 오하룡 시인은 젊어 서울에 있을 때 내 첫 창작집 『하느님 전 상서』를 장정 체제 교정까지 봐 책을 나오게 해 준 고마운 문우다. 지금은 마산에서 조용히 시작에 열중하고 있다.

장편 『그리운 보릿고개』 펴낸
소설가 강준희 씨

조동권
기자

굶주려도 인정 넘치던 그 시절 못 잊어

'이제 좀 먹고 살게 됐다고 먹을 만한 음식을 마구 버리고 입을 만한 옷가지를 함부로 버리며 그것도 모자라 돈을 물 쓰듯 펑펑 써대는 현실이 너무 안타까워 『그리운 보릿고개』를 쓰게 됐다'는 소설가 강준희 씨.

중진 소설가 강준희 씨(60. 충북 충주시 연수동 세원아파트 103동 1010호)가 암울했던 보릿고개를 배경으로 한 장편소설 『그리운 보릿고개』(현대문예사)를 상·하권으로 펴내 화제가 되고 있다.
'1960년대까지 계속됐던 보릿고개는 민족사적 통한이자 절체절명의 애통사哀痛史이지만 작고 소설가 이무영의 「맥령(麥嶺)」 등 부분적인 단편을 제외하고는 아직까지 누구 한 사람 이 기막힌 보릿고개 이야기를 장편으로 엮어낸 이가 없었습니다.'

보릿고개 시절 먹을 게 없어 피죽 한 그릇도 제대로 못 먹고 덮을 게 없어 새우처럼 오그려 등걸잠을 자던 사람들이 이제 좀 먹고 살게 됐다고 먹을 만한 음식을 마구 버리고 입을 만한 옷가지를 함부로 버리며 그것도 모자라 돈을 물 쓰듯 펑펑 써대는 현실이 너무 안타까워 이 글을 쓰게 됐다는 강 씨는 등장인물은 실제가 아니지만 상황은 결코 거짓이 아니라고 강조한다. 그가 보릿고개를 '부모는 겪고 자식은 모르는 우리 민족의 준령으로 피 토하고 절규하고 땅 치고 하늘 우러러 통곡하던 단말마적 처절무비'라고 말하는 것도 이 같은 이유 때문.

그의 『그리운 보릿고개』에는 그리운 보릿고개라는 암울한 정서 못지않게 민초들의 끈끈한 삶의 흔적이 짙게 묻어 있다.

"배가 고파 허기지던 보릿고개가 차라리 그리울 때가 많습니다. 그 때는 적어도 사람 간에 인정이 있었고 눈물이 있었으며 훈훈함이 있었지요. 그러나 그때와 비교가 안 될 정도로 풍요롭게 변한 지금은 인정도 없어졌고 눈물도 메말랐으며 훈훈함은 더더욱 찾을 수가 없습니다. 요컨대 "인간"이 없어졌다는 얘기지요. 제가 소설의 제목을 「그리운 보릿고개」라 붙인 것도 가난했지만 인정이 넘쳤던 시절이 그리워져서였지요."

정말 그의 말대로 불과 30여 년이 지난 지금 사람들은 보릿고개를 아득히 잊은 채 아무도 돌아보려 하지 않고 있다. 이는 작가들도 마찬가지다. 1960년대 이후 보릿고개를 소재로 한 소설 한 편이 안 나오고 있는 것이 그 증거. 물론 이 같은 배경에는 "이런 글을 쓰면 책이 안 팔린다"는 작가들의 상업주의와 "정작 쓰고 싶어도 보릿고개를 제대로 경험한 작가가 적어 보릿고개의 절실한 참상을 모르는 소설계의 풍토"도 크게 작용했다.

따라서 강 씨가 최근 펴낸 「그리운 보릿고개」는 보릿고개를 경험한 세대에게는 어려웠던 지난 시절을 다시 한 번 떠올리며 지금까지의 생활을 되짚어볼 수 있는 거울로, 보릿고개를 경험하지 못한 신세대에게는 오늘 날의 풍요가 그냥 이뤄진 게 아님을 일깨우는 교과서로서의 역할이 기대된다.

"나의 이 소설이 민족적 한이 가닥가닥 서린 보릿고개의 정서를 되살리는 촉매제가 되길 바랍니다. 온갖 어려움을 극복하고 오늘의 풍요를 이룩한 보릿고개의 정서야말로 오늘날 농민들이 우루과이라운드(UR) 파고를 헤쳐 나가는데 정신적 뿌리가 될 수 있다는 확신 때문입니다. 아마도 그때쯤이면 보릿고개는 더 이상 암울한 보릿고개가 아닌 어머니의 품속과 같은 포근한 모습으로 새롭게 피어나겠지요."

■ 후 기

위의 글은 1994년 6월 29일자 『농민신문』 '초대석'에 실린 인터뷰 기사다. 그 때 농민신문사 측은 내가 보릿고개에 대한 장편소설을 쓰는 줄 알았다면『농민신문』에 연재하고 책으로 냈으면 얼마나 좋았겠느냐며 아쉬워했다. 어느 농민 두 사람은 이 소설을 읽고 얼마나 기가 막혔는지 모른다며 이런 감동적인 글을 써주신 선생님을 꼭 한 번 찾아뵙겠노라 했고, 지금은 고인이 됐지만 김선길 전 국회의원이자 해양 농수산부장관이 아직 국회의원과 해양 농수산부장관이 되기 전 이 책을 읽고 나를 찾아왔다. 그러며 하는 소리가 내가 이 책「그리운 보릿고개」를 읽고 감동한바가 커 서울 교보문고에서 몇 십 권을 사서 각 방송국과 문화체육부, 그리고 국회 문화체육분과에다 나눠 주고 드라마로 꼭 찍어 온 국민이 볼 수 있게 해보겠다며 열정을 불태웠다. 더욱이 국회 문화체육분과 위원장은 자기가 상공부 차관 시절부터 잘 아는 터라 희망을 가져보자 했다. 그러나 이도 그것으로 끝이었다. 김선길 씨는 이런 보릿고개 같은 기막힌 참상은 한민족의 얼과 혼이 담겼을 뿐만 아니라 일인들의 포악한 만행과 학정, 그리고 식민지의 뼈아픈 설움까지 담겨 있어 반드시 의무감을 가지고 드라마로 만들어져야 한다고 역설했지만 잘 안 되더라는 것이다. 그러니 본인인 내가 직접 그들을 찾아가 보는 게 어떠냐 했다.

나는 나를 위해 애써주는 충정은 참으로 고마우나 그렇게는 안 하겠다 했다. 문사는 문사답게 살아야지 어찌 시정잡배처럼 찾아다니고 허리 굽히며 너절하게 산단 말인가. 작품이 좋고 필요하면 자기들이 와야지.

결국『그리운 보릿고개』는 소수의 독자만 읽고 감동받았다며 찾아왔을 뿐, 방송국이나 문체부 쪽에서는 언급조차 없었다.

people&people

"농촌과 농민 잊어본 적 없어"

농민문학 작가상 수상
강준희 충청일보 논설위원

지난 2일 강준희 충청일보 논설위원이 '오늘의 신화'(부제 : 흙의 아들을 위하여)로 농민문학회로부터 농민문학 작가상을 수상했다. "난 사실 본격적인 농민문학가도 아닌데……. 그러나 평생 농촌과 농민을 잊은 적이 없어. 내가 농민의 자식이고 또 직접 농사를 지어 봐서 그런지는 몰라도…….

강 위원은 지방의 여러 신문에 논객으로 있으면서 억울하고 속 터지는 농민을 대신해 그들의 암울한 실상을 사설과 칼럼을 통해 피토하듯 토해냈다.

'농민들이여 힘을 내라', '아, 농촌 농민이여', '농촌으로 돌아가라', '어느 농민의 포효', '농민은 대관절 어떡하라고', '호미씻이 부활을 환영함' 같은 호소력 있고 서릿발 같은 명칼럼을 써서(이외에도 많지만 대표적인 것 몇 개만) 오늘의 답답한 농촌과 농민의 한을 풀어냈다. 때로는 절박한 농촌의 위기를 고발하고 질타해 위정자들에게 경고의 메시지를 보냈고, 때로는 절망하는 농민들에게 희망의 메시지를 전해주기도 했다.

"전화도 많이 받았지. 누구 하나 딱한 농민들을 이해하는 놈이 있어야지. 농민이면 무조건 무지랭이로만 생각하는 것들이 쎄고 쎘어. 어떤 농민은 나보고 '위원님 같은 분이 농림부장관이 돼야 한다'고도 하데. 오죽 답답하면 그러겠어."

최근에 발간된『오늘의 신화—흙의 아들을 위하여』를 낼 때도 주변에서 반대하는 사람이 많았다고 한다. 반대의 이유인즉슨 팔리는 책을 쓰라는 것이었다. 내용이 아무리 좋고 글이 아무리 훌륭해도 농촌이니 농민이니 하는 말이 나오면 거들떠도 안 본다는 것이다. 그러니 이젠 제발 농촌소설이나 선비정신 운운의 글을 쓰지 말라 했다.

그러나 강 위원은 '나만이라도 써야 한다. 나는 안 팔려도 쓰고 싶은 걸 쓰겠다. 아니 꼭 필요한 걸 쓰겠다.' 강 위원은 결국 책을 냈다. 아닌 게 아니라 책은 안 팔렸다.

군사정권시절 바른 말을 많이 해『강준희 선비론—지식인들이여 잠을 깨라』와『쌍놈열전』은 판금까지 당했으니 그의 대쪽 같은 선비정신을 미루어 짐작할 수 있다. "농사나 농업은 할 수 없으니 하는 게 돼서는 안 돼. 드라마 같은 데 보면 도시에서 사업을 하다 망하면 '하다못해 농사를 지어 먹더라도'가 아니면 으레 '정 안 되면 촌에 가서 농사나 짓지 뭐' 한다. '하다못해'와 '정 안 되면'이 도대체

무슨 말인가? 이 말은 농사를 우습게 알고 농민을 한껏 얕잡아 깔보는 데서 생긴 말이야. 이거 이러니 되겠어? 농업이 할 수 없으니 하는 게 돼서는 안 돼. 농민은 정부만 믿다가 판판이 나자빠졌어. 농민은 이제 콩으로 메주를 쑨대도 정부 말을 안 믿어. 정부가 농민을 살리는 정책을 내놔야 하는데 그러질 못하니 농민이 어떻게 정부를 믿어." 농업과 농촌이 우리 민족의 뿌리임을 누구보다 잘 아는 강 위원 같은 사람이 있어 오늘의 우리 농민들은 결코 외롭지만은 않다.

"농촌은 우리의 시원始原이요 농민은 근본이다. 단군 이래 우리에게 농촌이 시원 아닌 사람이 어디 있으며 농사가 근원 아닌 사람이 어디 있는가. 글로벌 시대가 아니라 글로벌 할애비시대가 와도 우리는 농촌을 알고 농민을 알아야 한다. 그래서 그것이 오늘의 정신 못 차리는 위인들의 삶에 투영시켜 타산지석으로 삼아야 한다. 우리는 누가 뭐래도 농사꾼의 후예다."

강 위원은 힘 있는 목소리로 강조했다.

청주 이평진 기자

■ 후 기

위의 글은 2002년 2월 25일자 『한국 농어촌신문』 'people&people' 란에 실린 인터뷰기사다.

나는 본격적인 농민소설가는 아니지만 누구 못지않게 농촌을 사

랑하고 농민을 사랑한다. 때문에 내 작품에는 농촌을 무대로 하거
나 농민을 주인공 또는 소재로 한 소설이 꽤 있다. 그것은 아마도 내
가 농촌 출신이고 농사를 직접 짓던 농민이었기에 그런지도 모른다.

　농촌은 우리의 모향母鄕이요, 농민은 우리의 시향始鄕이다.

'그리움'을 찾아 떠나는 한적한 여행

강준희 씨의 수필집
'그리운 날의 삽화' 발간

"그립습니다.
그립습니다.
진달래꽃 눈물겹던 뒷동산에서 동무들과 꽃술을 맞겨루어 당기며 꽃쌈하던 그 때가 그립습니다. 아지랑이 아른대는 들녘 저편 산자락 밑으로 졸졸졸 흐르는 실개천에서 물오른 버들가지 꺾어 흐드기 만들어 불던 때가 그립습니다.
오디 따 먹고 들판 달리고, 찔레순 꺾어 먹고 말타기 하고, 버찌 따 먹고 자치기 하고, 산딸기 따 먹고 노래 부르던 그 때가 그립습니다. 남의 울 안에 몰래 들어가 앵두 따 먹다 벌에 쏘여 입술이 당나발 만하던 때가 그립고, 말 안 듣다 어머니께 종아리에 피멍 맺히게 맞던 싸리나무 회초리가 그립습니다. 울 너머로 구름처럼 핀 살구꽃이 그립고 산자락 언덕 위에 졸듯이 피어 있던 분홍빛 복사꽃도

187

그립습니다.”

위의 글은 충청일보 논설위원이자 소설가인 강준희 씨가 최근 발간한 수필집『그리운 날의 삽화』(충청일보사 간, 8,000원) 중 맨 앞의 "그 때 그 시절"의 앞부분을 인용한 것이다.

지나간 일은 아름다운 법.

혹여 과장되게 아름다울 수 있는 지난 일들에 대해 작가는『그리운 날의 삽화』를 통해 담담한 어조로 풀어내고 있다.

"산과 들을 헤지르다 붉게 타는 저녁놀을 바라보며 둑길을 내닫던 때가 그립고, 무지개 잡으러 가서 허탕치고 타박타박 돌아오던 때가 그립습니다. 날이 저물면 소를 몰고 집으로 돌아오는 농부의 "이랴" 소리가 그립고, 소의 목에서 댕그랑 댕그랑 들려오던 워낭 소리도 그립습니다." (그 때 그 시절 중에서)

뿐만이 아니다. 작가는 또 "앞내에 나가 고기 잡고, 동구의 느티나무에 올라 매미 잡고, 풀섶 잔디에서 방아깨비 잡아 "아침 방아 찧어라. 저녁 방아 찧어라" 하던 그 시절이 그립습니다"라고도 했고 "별똥이 찌익 빨간 일직선을 그으며 저쪽 산 너머로 떨어지면 그것을 주으려고 동무들과 구르고 넘어지고 자빠지고 엎어지며 온 산을 헤매던 때가 그립고, 강아지풀 뜯어 뱅뱅 돌리며 놀다 날이 저물면 개울가 반석 위에 팔베개 하고 누워 쏟아질 듯 현란한 밤하늘의 별무리를 쳐다보던 때가 그립습니다"라고도 했다.

그런가 하면 작가는 "으름 따 먹고, 개암 따 먹고, 알밤 따 먹고, 보리수 열매 따 먹고, 큰 산에 가 머루 다래 따 먹으며 노루처럼 경중거리던 때가 그립고, 저 산 너머엔 누가 살까, 그리고 무엇이 있을까. 아마 저 산 너머엔 신천지 새 세상이 있을지도 몰라 하며 순이와 손잡고 허위단심 오르던 때가 그립고, 멀리서 들려오는 아득한 기적소리에 까닭 없이 한숨짓던 그 시절이 그립습니다."

이 외에도 작가는 섬세한 소녀적 감성으로 많은 것을 그리워했다. "냇가 버들방천에 앉아 풀피리 불던 때가 그립고, 동글납작한 돌을 물 위로 풀풀 날려 수제비 뜨던 때가 그립고, 환한 달밤에 문살에 일렁이던 뒤란의 밤나무 그림자며 바람이 우우 불면 알밤 떨어지는 소리가 투욱툭 들려오던 때가 그립습니다" 했다.

이런 작가의 소년시절 추억담은 계속 이어져 "초가지붕에 핀 하얀 박꽃이 그립고, 마당가 대추나무에 가지가 휘게 오박조박 열린 진홍빛 대추도 그립습니다. 자고 나면 마당이고 장독대고 소복소복 내려 쌓인 눈을 보고 강아지처럼 좋아하며 눈사람 만들고 눈싸움하고 눈썰매 타던 그 때가 그립습니다. 밤이 이슥토록 또드락또드락 들려오던 다듬이 소리가 그립고, 밤마실 갔다 오는 사람보고 컹컹 짖던 등성이 너머의 개 짖는 소리도 그립습니다."

작가는 이렇듯 그리운 지난날을 회고하며 독자로 하여금 어린 시절로 이끌어 갔다. 하지만 작가는 "뒷동산을 윙윙대던 바람소리가 그립고, 닭이 홰를 치며 처렁처렁 자쳐 울던 소리가 그립고, 정한情恨을 토하듯 바르르바르르 떨던 문풍지 소리가 그립습니다" 했다. 그러며 "손을 호호 불며 볏가리 고드름 따다 이를 서로 겨루던 때가 그립고, 저녁 연기 모락모락 피어올라 골짝에 깔리고, 질화로에 잉

걸불 담아 오순도순 둘러 앉아 정담 나누던 때가 그립습니다"라고
도 해 잊혀졌던 우리의 아름다운 지난날을 향수로 이끌고 있다. 하
지만 작가의 그리움은 여기서도 끝나지 않아 "설빔 만들어 놓고 손
가락 헤며 설날 기다리던 때가 그립고, 수수부꾸미 석쇠에 구워 먹
고 어머니 무릎 베고 누워 듣던 옛날 얘기가 그립고, 칼칼한 겉절이
(열무 또는 배추)에 구수한 시래기 된장국이 그립고, 안반에 치대 홍
두깨로 민 손칼국수가 그립고, 얼음이 둥둥 뜬 동치미도 사무치게
그립습니다" 했다. 그러나 작가는 "그리운 건 이것 말고도 많고 많
아 사랑이 그립고, 인심이 그립고, 순박이 그립고 효도가 그립고, 우
애가 그립고, 우정이 그립고, 지조가 그립고, 개결이 그립고, 낭만이
그립습니다"라고 했다. 그러며 작가는 끝으로 "아, 그러나 이제는
이 모든 것이 전설인 양 까마득히 멀어져 가뭇없이 사라졌습니다.
아, 그 때 그 시절 그리운 시절" 하고 끝을 맺었다.

　이런 작가는 이 책『그리운 날의 삽화』에서 이런 얘기도 쓴 바 있다.

　"풋풋한 방향 내뿜는 들꽃 한아름을 어느 촌부로부터 받고(출판
기념회장에서) 눈물을 왈칵 쏟기도 하고(들꽃), 북두갈고리처럼 우
툴두툴한 손으로 열무 겉절이 토장국에 보리밥 지어주던 사촌누님
같은 여인의 보리밥에 목이 메던 얘기(보리밥)도 썼다. 그러며 작가
는 천형天刑의 한센씨 병을 앓던 문둥이 시인 한하운의 시 "보리피
리 불며/봄 언덕/고향 그리워/피－ㄹ 닐니리"의 "보리피리"를 인용
하기도 했다.

　이렇듯 작가가『그리운 날의 삽화』에서 보여주고 있는 서정성은

우리들 기억 저편으로 잊혀져 버린 옛날에 대한 향수요, 돌아가야만 할 고향이다. 그러나 이는 쉽게 돌아갈 수 없는 우리들 마음의 고향이요 그리움이다. 그러므로 이 글은 우리들 마음속에만 남아 있는 잔잔한 감동에 대한 소박한 묘사다. 작가의 "그 때 그 시절"은 안톤 슈나크의 "우리를 슬프게 하는 것들"과 정조가 닿아 있다. 작가가 담보해 내고 있는 정조는 슬프도록 마음속에 사무치는 그리움이다.

김명기 기자

■ 후 기

위의 글은 1999년 7월 3일자 '충청리뷰', '문화 예술'란에 실린 기사로, 저자가 독자의 이해를 돕기 위해 충청리뷰 측에 양해를 구한 다음 부분 연역演繹한 것이다.

"소설가는 자기 삶을 우려먹는 거지"

원로작가 강준희 씨 장편소설
『누가 하늘이 있다하는가』 출간

순 우리말과 고사성어 600여 개
직접 풀이, 소설 같은 소설가의 삶

소설가를 만나러 가는 길은 늘 즐겁다. 충주시 연수동에 살고 있
는 원로작가 강준희 씨는 최근 장편소설 『누가 하늘이 있다하는가』
(새미)를 펴냈다.

방 안에는 그의 기나긴 창작생활을 짐작케 하는 원고들이 켜켜이
쌓여 있었다.

"발표한 원고와 책으로 나온 원고는 거의 나가 있고(잡지, 신문,
출판사에) 여기 있는 원고는 습작 원고와 초고가 거의야."

이번 소설은 갑오경장이 일어난 구한말을 배경으로 계급사회에
서 차별 받는 천민층의 상도(남자 주인공)와 꽃님(여자 주인공)을

등장시켜 사대부 계급에 대한 한을 담았다. 어쩌면 소설의 제목『누가 하늘이 있다하는가』는 주인공들의 외침보다 작가의 세상에 대한 물음일지 모른다.

그는 1935년 충북 단양에서 태어났다. "자기 삶을 우려먹는 사람이 소설가"라고 말하는 그는 시대의 역경을 몸소 체험했다.

막노동꾼, 엿장수, 학원 강사, 포장마차, 연탄 배달, 신문사 논설위원 등 이 외에도 헤아릴 수 없을 만큼 많은 시련의 밑바닥 생활로 숱한 가시밭길을 걸었다. 그는 부잣집의 귀한 외아들로 태어났지만 갑작스런 가세의 몰락과 아버지의 타계로 편모슬하에서 몇십 리 밖 읍내장에 나무를 져다 팔며 학비를 마련했다. 그의 공식 학력은 초등학교 졸업이 전부다.

"중학교 들어갈 나이에 난 나뭇짐을 지고 읍내 중학교 영어 수학 선생님을 찾아다녔어. 어떤 선생님은 나무장수 주제에 나무나 져다 팔라며 거절했고, 어떤 선생님은 장한 일이라며 공부를 가르쳐주기도 했지. 공부값, 그러니까 수험료는 땔나무로 대신했지. 생각하면 참……."

나무를 져다 판 돈으로 책을 사고, 책만 보면 다 외우다시피 했다. 이렇게 하기를 7~8년. 낮에는 코에서 단내가 나도록 일을 하고 밤이면 새벽닭이 울 때까지 공부를 했다. 그러다 인생을 의미 있게 사는 게 무엇일까 생각하다 처음엔 법공부를 했다. 보통고시를 보고 고등고시까지 볼 요량이었다. 그런데 가만히 생각하니 비정하고 딱딱한 법보다는 아름답고 멋있는 예술이 근사할 것 같아 문학(소설)으로 전향했다. "한 많고 맺힌 것 많고 억울한 것 많은 사람이 대개 소설을 써. 자기 인생이 소설 자체일 수 있으니까. 그러고 보면 내 삶은 다른 사람에 비해 소재, 즉 소설거리가 많은 편이지."

강 작가는 30대 초반에 자신이 체험했던 엿장수를 리얼하게 써 『신동아』(1966년)에 「나는 엿장수외다」란 논픽션이 당선돼 화제가 됐을 뿐만 아니라 선풍적인 인기를 얻었다. 그리고 몇 년 후 『서울신문』에 「하 오랜 이 아픔을」이란 실화소설이 당선돼 또 화제의 중심인물로 부상했다. 강 작가는 여기서 그치지 않고 본격적인 순수소설을 써 최고 권위지 『현대문학』에 「하느님 전 상서」라는 독특하고 기발한 제목의 소설을 추천 받아 화려하게 데뷔했다.

그러나 목구멍이 포도청인지라 먹고 살기에 바빠 허구한 날 생활 전선에 뛰어들어 닥치는 대로 일을 했다. 그러느라 마음 편히 들어앉아 글만 쓸 수가 없었다. 그러다 나이 마흔이 되자 안 되겠다 싶어 굶어 죽을 각오로 글을 썼다. 그러자니 생활은 말이 아니었다. 그래도 강 작가는 허리띠를 바짝 조여매고 글을 써서 발표하고 쥐꼬리만 한 원고료로 생활 아닌 생존을 했다. 그간의 작품 중 특히 「신굿」, 「하늘이여 하늘이여」, 「아아, 어머니」, 「이카로스의 날개는 녹지 않았다」, 「길」, 「땔나무꾼 이야기」 등은 완전한 자전소설이다. 이러는 사이 강 작가의 이름이 더 알려지고 실력이 검증돼 성가聲價가 높아지자 여기저기서 강의 청탁이 왔고 지방 일간지의 논설위원으로 위촉이 돼 직설 직필의 필봉을 휘둘렀다. 그러며 이 대학 저 대학 특강도 나가고 공공단체나 사회단체 등에도 초청돼 특강을 했다. 이런 강 작가를 어느 대학에서는 명예 문학박사를 준다는 것도 거절했다.

이렇게 살아와서인지 언제부터인가 사람들은 강 작가를 올곧은 선비작가라 부르기 시작했고 그런 그는 또 이에 걸맞게 올곧은 선비에 대한 글을 많이 썼다.

많은 사람들에게 올곧은 선비작가로 불리는 그는 지금도 왕성한 작품 활동을 하고 있다. 대대로 서가에 꽂아 놓아도 부끄럽지 않은 글을 쓰고 싶다는 게 그의 작가론이다.

또한 이번 소설에서 사라진 우리말과 없어진 우리말 등 560개의 토박이말을 직접 풀이해 책 말미에 뜻풀이 '작은 우리말 사전' 코너도 만들었다.

"좀 외롭지. 외로운 게 인간의 본질 아닌가? 하지만 요즘은 무념무상으로 살아. 하나의 허정虛靜이지!"

이런 강 작가의 어깨 너머로 뭔지 모를 추연함이 느껴졌다.

강 작가는 "내년에는 문학전집이 나온다"고 귀띔했다. 그는 26권의 작품집을 엮어 전집을 내는 충북 최초의 작가로 또 선비작가로 기록될 것이다.

박소영 기자

■ 후 기

위의 글은 2006년 11월 18일자 충청리뷰에 실린 인터뷰 기사다.

이 기사가 나가자 '보리화가'의 일인자 송계松溪 박영대 화백이 전화
가 걸려왔고 며칠 후 내 초라한 둥지 어초재漁樵齋까지 찾아와 만단
설화로 회포를 풀었다.

강준희 문학의 밤에 부쳐

"지금 제가 드리는 글은 강준희 선생님의 작품 제목을 중심으로 내용과는 무관하게 구성한 것임을 사전에 양해 말씀 드립니다."

강준희 선생님! 당신은 글로써 이 세상에 태어나실 때 "나는 엿장수외다"라고 힘차게 외치며 태어나셨습니다. 그리고 평생을 온갖 풍상 다 겪으시면서도 오직 올곧게만 살아오시다가 이제 초로의 나이에 "아, 이제는 어쩔꼬?" 하며 회한의 눈물을 책으로 펴내셨습니다.

당신이 젊은 시절, 얼마나 힘든 삶을 사셨으면 "하. 오랜 이 아픔을" 절규하시다가 오죽하면 "하느님 전 상서"로 하늘에까지 편지 한 통을 써 올렸겠습니까. 그것이 당신의 젊은 시절 자화상이셨습니다. 그러나 당신은 그 오랜 아픔을 참고 이겨내셨습니다. 부귀영화와 결코 타협하지 않으셨습니다. 이 시대 마지막 남은 선비로 추앙을 받으시며 "강준희 선비론, 지식인들이여 잠을 깨라"로 자꾸만 타락해가는 인간과 세상을 향해 크게 나무라셨고, "지조여 절개여"를 통해 이 시대 지도자들이 가져야 할 자질을 준엄하게 가르치셨습니다. 그래도 세상이 타락을 하자 "하늘이여, 하늘이여" 하고 가슴 속의 슬픔과 분노를 표출하기도 하시고 또 때로는 힘든 길을 가시다가 돼먹지 못한 세상을 향해 "사람 된 것이 부끄럽다"며 호통도 치시고 노도와 같이 질타하고 고발하기도 하셨습니다. 그러시다 한 때는 세상이 귀찮고 싫어져서 "바람이 분다, 이제는 떠나야지" 하며 모든 걸 체념하고 은둔에 들어가기도 하셨지요. 그러나 당신은 늘 준엄하기만 하질 않으셨습니다. 그 무서운 위엄 속에는 소년 같은 순진무구함도 있었고 지고지순의 사랑도 배어 있었고 청춘을 노래하는 시도, 가슴 시린 눈물도 있었습니다. 누구보다 따뜻한 가슴을 지니신 당신이기에 "그리운 날의 삽화"를 잊지 못하시고 이 세상 사람들이 살아가는 모습이, 선생님이 아끼는 제자들과 지인들의 살아가는 모습이 "너무도 아름다워 눈물이 난다"고 고백도 하셨지요. 당신은 또 해학이 넘치시고 풍자가 통렬하시고 기지가 놀라우시며 낭만과 멋스런 풍류를 가지셨습니다. 퍼내도 퍼내도 마르지 않는 샘물처럼 써도 써도 다함이 없는 해박한 지식으로 고금동서를 넘나들며 무궁하게 우리에게 가르침을 주신 강준희 선생님이시여! 당신의 그 해학과 풍자와 기시와 풍류는 이 시대에 누구도 따라잡지 못하나이다. 거의 국보급 수준인 당신의 그 머리를 영원히 빌려주옵소서.

이제 해가 서산마루에 뉘엿뉘엿 넘어가려는 황혼 나이에 당신께서는 그간의 모든 것을 함축한 글 "아 이제는 어쩔꼬?"를 펴내시며 스스로 물음을 던지셨습니다. 그 물음은 아마도 많은 것을 내포하고 있을 것입니다. 평생 동안 고결한 지조와 청빈한 선비의 삶을 살아오시면서 자꾸만 타락해가는 인간과 세상을 나무라다나무라다 지친 데서 오는 통한의 물음일 것도 같고, 인생의 허무함을 원망하며 하느님께 절규하는 물음일 것도 같습니다. 또한 툭하면 남을 모함, 비방하고, 막무가내로 대들고, 천방지축 날뛰기를 즐기듯 일삼는 철없는 우리들에게 뼈아픈 "아, 이제는 어쩔꼬?"를 우리 모두 두고두고 간직하고 음미하고 교훈으로 삼겠습니다.

강준희 선생님이시여!

당신은 모든 게 완벽한데 딱 하나 빈 데가 있어 감히 지부상소를 올리나이다. 이제 그만 독야청청 혼자만 지내지 마시고 푸근한 신붓감 맞아 장가 좀 가소서. 황혼 신혼이라는 새로운 용어를 스스로 만들고 실천하는 멋진 삶을 모든 이에게 보여주시기 바라나이다. 그리하여 오래오래 건강하게 우리 곁에 계셔주십시오.

2005년 5월 17일 강준희 문학의 밤에
국회의원 이시종 올림

■ 후 기

위의 글은 2005년 5월 17일 오후 7시부터 9시까지 충주시청 회의실에서 열린 '강준희 문학의 밤' 행사에 이시종 국회의원이 직접 쓰고 읽은 축사겸 격려사의 전문이다.

이 글은 2008년 출간한 내 문학전집(『강준희 문학전집』) 권두 '작가의 말' 다음에 실린 글이다.

뉴스의 인물[ ]

강준희 소설가

반세기 충주서 집필, 26권 전집 출간한 70대 청년. 초등학력, 법 공부하다 문학에 빠져.

독학으로 영어 일본어 섭렵, 『현대문학』 통해 등단. 대학졸업장, 박사 학위 "떳떳치 못하다" 거절. 고희 불구 학교 특강, 집필 등 왕성한 활동.

이번 전집은 강 씨의 데뷔작인 「하느님 전 상서」를 비롯해 최근에 펴낸 「누가 하늘이 있다하는가」 등 모두 26권의 작품집을 한데 묶어 출판한 것으로 지역 문학을 대표하는 소설가의 평생을 담았다는 평가를 받고 있다.

1935년 충북 단양에서 토호의 귀한 외아들로 태어나 유년시절을 선망과 동경 속에서 유복하게 보내던 강 씨는 인정 많은 아버지의 빚보증이 잘못되면서 불행에 빠지기 시작했다.

연이은 집안의 화재, 그리고 대홍수에 의한 전답 유실 등 한꺼번에 밀려든 불행이 결국 소년 강준희한테서 아버지마저 빼앗아 간다.

갑작스런 집안의 몰락으로 초등학교만 간신히 졸업한 강 씨는 고향을 떠나 객지를 전전하며 엿장수, 연탄 배달부, 풀빵장수, 포장마차, 인분수거부 등 온갖 모진 시련 다 겪으며 풍진 세상과 정면으로 맞섰다.

이런 극한상황 속에서도 좌절하지 않고 피나는 노력으로 독학을 통해 한학과 영어, 일본어까지 두루 섭렵한 강 씨는 푼푼히 모은 돈으로 서울에 올라가 책을 사다가 밤을 새워 책을 읽으며 자신만의 세계를 만들어 나갔다.

"처음엔 고등고시의 사법시험을 보기 위해 공부했지만 학력 문제로 보통고시를 공부했다. 보통고시만 합격하면 대학을 나오지 않아도 고등고시에 응시할 자격을 줬기 때문이다. 그런데 얼마 동안 법 공부를 하다보니 이게 사람이 할 짓이 아니다 싶었다. 법의 비정함과 딱딱함, 그리고 비인간적인면도 그렇지만 무엇보다 인간이 인간을 어떻게 심판하냐 싶어서였다. 그것도 죽이고 살리는 생살여탈권을 가지고 말이다. 아무리 죄를 지어 범법자일지라도 인간에겐 천부인권이라는 게 있는데⋯⋯. 그래 인간 냄새 풍기는 문학으로 눈을 돌렸다."

문학에 빠지게 된 이유를 설명하는 강 씨의 작품에는 그래서 훈훈한 사람냄새가 풍기는지도 모를 일이다.

30대 초반의 강 씨는 『신동아』에 논픽션 「나는 엿장수외다」가 당선됐고 30대 말에는 『서울신문』 신춘문예에 기록문학 「하 오랜 이 아픔을」이 당선됐다. 그리고 뒤이어 최고 권위를 자랑하는 문예지

『현대문학』에 단편 「하느님 전 상서」로 문단에 정식 등단하게 된다.

이후 반세기 동안 '작가는 적어도 육필로 글을 써야 혼이 실릴 수 있다'는 신념 아래 평생 육필원고만을 고집해 온 강 씨는 그동안 모아둔 낡은 원고만도 수십만 장에 이를 정도로 문학에 대한 자신의 원칙을 굽히지 않았다.

그는 자신의 작품 활동에 필요한 자료 수집을 위해 문학작품은 물론 심리학과 논리학, 역사학 등을 공부하며 지금까지 읽은 책만 해도 수천 권에 이를 정도다.

이렇게 쌓은 실력이 사람들에게 회자되면서 고입과 대입 전문학원에서 현대문, 고문, 한문을 강의했고 대학의 문학 특강은 물론 각 사회단체에 대한 특강은 지금도 계속하고 있다.

그런가 하면 지방 일간지에 논설위원으로 위촉돼 추상같은 비판과 정론 직필로 민초들로부터 열화와 같은 박수갈채를 받기도 했다.

"옷의 때는 세탁하면 지울 수 있고, 몸의 때는 목욕으로 깨끗해질 수 있지만 이름의 때는 한 번 더럽혀지면 죽어서도 영원히 없어지지 않아, '깨끗한 이름' '청명淸名'을 좌우명으로 삼고 있다"는 강 씨는 30수년 전 부인과 헤어진 후 숱한 세월을 절대 고독 절대 가난 속에 살면서도 자세 하나 흐트러뜨리지 않고 살아왔다.

강 씨의 지기지우인 오재욱 씨는 강 씨에 대해 다음과 같은 일화를 전하고 있다. "지난날 어느 실력자가 강 씨의 학력 없음을 안타까이 여겨 대학졸업장을 공짜로 얻어주겠다 하자 일언지하에 거절함은 물론 그와의 인연을 끊은 일"이며 " 또 어느 대학의 실력자가 그에게 문학박사 학위를 준다했을 때도 호통쳐 거절했다"며 이런 사람이 대한민국에 몇 사람이나 있겠느냐 했다. 뿐만 아니라 "남들이 다 타려고 애쓰는 문학상도 본인이 떳떳하지 못하다며 거절한 사람"이 강준희라 했다. "그 당시 땟거리가 없어 라면으로 끼니를 때우던 시절"이었다고 회상한다. 이런 강 씨를 보다 못해 "여보게! 단심가를 부른 정몽주보다 하여가를 부른 이방원이 되게. 그래야 이놈의 세상 살 수가 있어!"라고 말하자 "뭐가 어쩌고 어째? 단심가를 부른 정몽주 보다 하여가를 부른 이방원이 되라고? 그래야 이놈의 세상 살 수가 있다고? 야, 오재욱! 난 말이다, 쓸개가 하나지 두 개가 아니야. 알겠나?" 하며 소리소리 쳤다고 전한다.

이처럼 강 씨는 보통사람은 상상도 할 수 없는 엄청난 역경을 수없이 겪으며 세상과 단 한 번도 타협하지 않은 청렴 강직의 올곧은 선비정신을 지키고 살아온 사람이다.

헌데도 가요와 민요, 동요와 가곡 등 1,000여 곡의 노래를 외워 부를 정도로 풍류도 타고난 그는 고희를 넘긴 나이에도 젊은이 못지않은 의욕으로 왕성한 집필 활동을 펼쳐 후배 문인들의 귀감이 되고 있다.

강 씨는 "요즘 문학을 하겠다는 젊은이들은 양명주의揚名主義, 즉 이름 내기에 급급한 것 같다"고 질타한 후 "자기 자신을 사랑하는 마음만큼 인생도 성실하고 진실하고 정직하고 깨끗하게 살려고 노력하면 반드시 대가가 돌아온다는 것을 명심하고 열심히 문학 수업에 탐닉해줄 것"을 당부했다.

강 씨는 앞으로도 "건강이 허락하는 한 확대경을 들고서라도 글을 쓰겠다"며 후배 문인들에게 "작가는 반드시 치열한 작가정신을 가져야 한다"고 힘주어 말했다.

반세기 동안 충주에서 왕성한 집필 활동을 해 온 원로 소설가 강준희(72. 충주시 연수동 세원아파트 103동 1010호. 전화 016-669-3737) 씨의 작품을 집대성한 전집(출판사 국학자료원) 출판기념회가 지난 달 28일 충주 그랜드 관광호텔에서 성대히 열렸다.

최병수(글/사진)

■ 후 기

위의 글은 2008년 12월 15일자 『동양일보』 '뉴스의 인물'란에 실린 인터뷰 기사다. 인터뷰 때마다 매번 느끼는 점이지만 내가 과연 인터뷰의 기사 내용대로 살았을까, 내가 정말 인터뷰 내용대로 칭찬 받을 자격이 있을까 싶어 자신을 뒤돌아 본 게 한두 번이 아니다. 더욱이 어떤 인터뷰는 나를 너무 미화한 듯한 기사를 써서 민망할 때도 있었다. 그렇다고 신문에 정정 보도를 낼 수도 없고, 버선목이라 속을 뒤집어 보일 수도 없지 않은가.

과유불급이라, 지나침은 모자람만 같지 못한 것을…….

출간사

안병섭
충청일보사 대표이사 사장

우리 충청일보사가 소설가이자 본지 논설위원인 강준희 선생의 수필집 『그리운 날의 삽화』를 출간하는 것은 여러 가지로 의미가 크다. 이는 우리 충청일보가 올해로 창간 53주년을 맞는 해일 뿐만 아니라 내년이면 새 천년을 맞는 해이기도 하기 때문이다.

아시는 분은 다 아시겠지만 강준희 선생은 올곧고 결곧은 대쪽 같은 삶을 살아온 사람이다. 그는 강직하고 조대措大하고 청빈하고 경개耿介해 외수外數라고는 모르는 개결한 물외인物外人으로 알려져 있다. 강준희 선생은 요즘같이 철학과 신념이 없고 정견과 소신이 없는 세상에 반드시 있어야 할 소중한 사람이다.

그래서인지 그의 글 가운데 사설이나 칼럼은 춘추필법春秋筆法정신에 입각한 동호직필董狐直筆 같은 것이어서 읽는 이로 하여금 추상열일秋霜烈日 같은 통쾌감을 준다.

특히 칼럼은 해박한 지식과 함께 직설 직필로 호령 질타해 십년 묵은 체증이 내려간다는 게 그를 아는 사람들의 정평이다. 이런 그의 칼럼은 언제나 살아 있어 펄펄 뛰는 활선어 같다. 그런가 하면 그는 또 소녀적 감상과 감성으로 감동을 주는 결 고운 칼럼을 써 콧날을 찡하게 만들기도 한다.

이런 그가 이번에 『그리운 날의 삽화』라는 가슴 뭉클한 글을 내놓아 또 한 번 독자들의 심금을 울리게 되어 기쁘기 그지없다.

글이란, 그리고 책이란 읽어서 가슴에 남고 감동을 주는 것이라야 가치가 있다고 나는 평소 생각해 왔다.

이 책이야말로 그 가치를 충분히 충족시켜 주리라 믿어 의심치 않는다. 각박하고 메마른 요즘 같은 세상에 이렇듯 감동적인 글을 만난다는 것은 목타는 대지에 한 줄기 시원한 생명수가 될 것이라 확신해 감히 일독을 권한다. 충청일보사가 창간 53주년을 맞아 그 기념사업의 일환으로 그의 글을 출간하는 소이도 바로 여기에 있다.

끝으로 이 책이 세상에 나오게 된 것을 축하하며 주옥 같은 글을 주신 작가에게 감사를 표한다.

1999년 4월

▪ 후 기

위의 글은 1999년 5월에 나온 강준희 수필집 『그리운 날의 삽화』

맨 앞에 실린『충청일보』안병섭 사장의 출간사다.

안병섭 사장은 충청일보사가 창간 53주년을 맞고 또 내년이면 새 천년의 해 2000년을 맞는다는 밀레니엄 천년(기)에 의미를 두고 보잘것없는 내 글을 출간했고 이어 각급 기관장을 비롯한 모모제인某某諸人을 초청, 호텔에서 분에 넘친 출판기념회까지 열어준바 있다. 생각하면 고맙고 염치없어 망조罔措할 뿐이다.

자신의 인생 역정 다뤄
『이카로스……』 펴낸 강준희 씨

'나'의 일관된 인생관 진솔하게 담아
새벽종소리 같은 서정적인 글 쓰고파

　올곧은 선비정신으로 작가적 양심을 최후의 교두보로 삼고 있는 작가가 있다.

　자신이 살아온 인생 역정을 있는 그대로 드러낸 자전적 소설 『이카로스의 날개는 녹지 않았다』(새미, 각 6천 5백 원)를 펴낸 강준희 씨(61, 충주시 연수동).

　일인칭 작가 시점으로 쓰인 『이카로스……』는 전 3권으로 제1권은 소년 시절, 제2권은 청년 시절, 제3권은 장년 시절을 그리고 있다.

　소년시절은 주인공 '나'의 고향인 단양을 무대로 유복했던 집안의 외아들로 태어나 작가가 불우한 상황을 맞아 고등고시를 준비하다, 고등고시는 출세를 목적으로 하는 공부라는 회의에 빠져 소설가로의 전향을 시도하는 단계에 이른다. '나'의 소년 시절은 동화처럼 아름다운 성장 과정도 많이 나오지만 어린 소년으로는 감당할 수 없는 모진 시련도 많이 나와 눈물겹다.

청년 시절의 '나'는 고시책을 땅에 묻고 서울로 올라가 학력 불문의 어느 언론사의 기자 모집에 응시, 거짓말처럼 합격을 해 국회를 출입한다. 그때는 어느 시험이고 자격 규정이 최소한 고졸이요 아니면 대졸이나 대졸 예정자인데 이곳만은 학력 불문이어서 응시했던 것이다. '나'가 초등학교밖에 안 나왔기 때문이다. 그런데 얼마 후 4 · 19가 터졌고 이 4 · 19와 함께 회사가 문을 닫는 바람에 '나'의 인생길은 파란만장한 풍진 세상과 다시 맞부닥쳐 안 해본 일 없이 온갖 고생 갖은 시련의 밑바닥 생활을 했다. 그러면서도 문학(소설) 수업은 쉼 없이 계속했다. 심지어 뗏거리가 없어도 글을 썼고 몇 끼를 굶으면서도 책을 읽었다. 그리하여 마침내 「나는 엿장수외다」가 『신동아』에 당선됐고 「하 오랜 이 아픔을」이 『서울신문』에 당선되는 영광을 안았다. 그리고 뒤이어 「하느님 전 상서」라는 작품(소설, 단편)이 『현대문학』에 추천, 당당한 3관왕의 작가로 데뷔한 것이다.

제3부 장년 시절도 청년시절과 마찬가지로 시련의 연장선상에서 노동판의 막일로부터 시작해 안 해본 일이 없을 만큼 형극의 사력길을 걸었다. 이런 극한상황 속에서도 『하느님 전 상서』란 창작집을 필두로 해마다 한 권씩의 작품집이 나왔다. 그러다 사회의 부조리와 부정부패를 고발 질타 호통으로 비판한 『강준희 선비론—지식인들이여 잠을 깨라』와 『쌍놈열전』은 당국에 의해 판금이 됐다. 하도 바른말로 정곡을 찌르고 해박한 지식으로 고금동서의 고전을 예로 들어가며 풍자와 해학, 고발과 비판을 질풍노도처럼 사정없이

퍼부어댔으니 군사독재의 당국이 어찌 가만히 있겠는가.

다음은 작가와의 일문일답 내용이다.

—실명을 그대로 사용하는 자기 고백적 소설을 쓰는 데는 상당한 용기가 필요하다고 생각되는데요.

"그렇습니다. 실제가 허구보다 더 소설적인 경우가 많습니다. 우선 제 삶이 그랬으니까요. 허구로 쓰면 오히려 리얼리티가 적어질 수 있지요. 그렇다면 인명이든 지명이든 실명 그대로를 쓰자 했지요. 더구나 이 글은 픽션 아닌 팩션으로 논픽션적 자전소설이니까요."

—다큐적인 내용을 소설화하는 데 어려움이 있다면 어떤 것이 있을까요?

"자신의 얘기를 쓰다 보니 객관화 시키는 게 힘들었지요. 아무리 자전적 실화소설이라 해도 실화 그대로를 쓰면 이는 수기나 설명문 또는 기사문이지 소설은 아니지요. 소설은 실화를 바탕으로 해 쓰되 소설적 구성과 요소가 들어가야지요."

—예, 그렇군요. 이번 작품집 『이카로스……』는 모두 3권 3부작으로 돼 있는데 길이는 얼마나 되며 집필 기간은 얼마나 걸렸나요?

"예. 길이는 2백 자 원고지로 3천 9백 장쯤 될 겁니다. 그리고 집필 기간은 꽤 길어요. 아마 3년쯤 걸렸을 겁니다. 작가는 글 쓰는 동안은 밥 먹는 시간, 잠자는 시간, 화장실 가는 시간을 빼곤 온전히 글만 써야 하는데, 나는 밥 먹는 시간, 잠자는 시간, 화장실 가는 시간 외에도 밥하는 시간, 청소하는 시간, 빨래하는 시간, 슈퍼 가는 시간, 누가 찾아오면 만나는(환담) 시간, 매일 하루 한 시간 걷고 스트레칭 하는 시간을 빼면 원고지 앞에 대좌해 글 쓰는 시간은 그리 많지 않지요. 하지만 어디 또 이 뿐입니까. 주말을 빼고 매일 아침 신문에 사설이 아니면 칼럼을 써야 하고 어떤 날은 사설과 칼럼을 다 쓰는 날도 있어 정신이 없지요. 게다가 대학이나 기관 사회단체 같은 데서 강의 청탁이 오면 강의까지 해야 하니 촌각이 아깝지요."

―아, 예 그러시군요. 그러시다면 선생님께선 다른 어느 작가보다 몇 배 더 어려운 생활을 하시는군요. 그래서인지 『이카로스……』는 아주 감명 깊게 읽었습니다. 글은 어려울 때 훌륭한 문장이 나온다 잖아요?

"그렇게들 말하지요. 문장출어곤궁文章出於困窮이라고."

―저는 그 책을 읽고 얼마나 눈물이 났는지 몰라요. 선생님의 좌 우명이 독특하다 들었는데 무엇인가요?

"청명淸名, 깨끗한 이름이지요."

―작품에 나오는 그대로군요. 선비정신을 부르짖는 작가의 좌우 명답군요.

"지금 우리 사회는 청명 즉 깨끗한 이름을 못 지키고 더럽혀 인생 을 망치는 사람이 얼마나 많습니까. 좌우명 '깨끗한 이름'을 지키며 주인공 '나'의 일관된 인생관을 독자들에게 보여주고 싶었지요. 목 적을 위해 수단 방법을 가리지 않는 사람들에 대해, 자기를 잃어버 리고 살아가는 사람들에 대해 불의와 타협하지 않고 어떤 시련에서 도 신념과 강직으로 지조를 고집하며 살아온 모습을 보여주고 싶었 습니다."

－『이카로스……』는 민초들의 기막힌 사연을 다른 장편소설『그리운 보릿고개』(1994년)의 정서와 유사한 느낌도 드는데요.

"『그리운 보릿고개』가 민족 통한의 아픈 역사라면『이카로스……』는 '나' 개인의 아픈 역사지요. 두 작품 다 굴곡과 질곡의 아픈 민족사를 겪어 왔으니 정서가 같을 수밖에 없지요."

－앞으로 쓰시고 싶은 글이 있다면 어떤 글을?

"새벽 종소리처럼 청징한 글을 써보고 싶어요. 그동안 세태 풍자나 고발 해학 비판 등의 글을 많이 썼으니까요."

작가 강준희 씨는『신동아』에「나는 엿장수외다」,『서울신문』에「하, 오랜 이 아픔을」이 당선됐으며『현대문학』에「하느님 전 상서」가 추천돼 작가로 데뷔한 후『하느님 전 상서』,『신굿』,『하늘이여 하늘이여』,『개개비들의 사계』,『강준희 선비론』,『쌍놈열전』,『아아, 어머니』,『지조여 절개여』,『베로니카의 수건』,『절사열전』,『그리운 보릿고개』,『바람이 분다, 이젠 떠나야지』,『염라대왕 사표 쓰다』,『껍데기』,『이카로스의 날개는 녹지 않았다』등 이외에도 많은 작품집을 출간했다.

김정애 기자

■ 후 기

위의 글은 1996년 6월 1일『충청매일』'저자와 함께'란에 실린 인터뷰 기사다. 이 책『이카로스의 날개는 녹지 않았다』가 나오기 전엔 내가 그저 고생 좀 하면서 어렵게 독학을 해 작가가 됐구나 생각하던 사람들이 이 책을 읽고부터는 나를 보는 눈이(대하는 태도와 함께) 달라졌다. 어떤 이는 그렇게 대단한 분인 줄 몰랐다며 용서해 달라 했고 어떤 이는 앞으로 선생님으로 모실 테니 많이 가르쳐 달라 하기도 했다.

그러나 이게 무슨 대수이랴. 큰 눈으로 보면 아무것도 아닌 항다반사恒茶飯事인 것을.

강준희, 강고리끼, 새 서해(曙海)와의 만남

이명재
문학평론가

그러니까 내가 작가 강준희를 처음 대한 것은 1980년대 초였다. 소설 월평을 하던 중 문예지에 발표된 그의 중편 「신굿」을 읽고 두드러진 문제작으로 다루었던 것이다. 생면부지의 시골작가지만 누구보다 성실하게 알찬 작품을 빚어냈다고 보았기 때문이다. 그때 신진이던 그의 중편은 가히 김동리의 「을화」에 버금갈 만큼 무게를 지니고 있다고 보았다. 그 후로 가끔씩 그의 작품을 접하고 몇 번은 전화로 문학담을 나누거나 한두 번쯤 문단모임에서 악수한 정도였다.

그러던 중 지난 가을, 문학전집을 내주겠다는 출판사가 생겼다면서 나한테 책에 첨부할 해설을 부탁하기에 그 방대한 작품들을 통독하기 벅차고 또 바쁜 탓에 나는 정중하게 사양했다. 그 대신 출판기념회에서는 간단하나마 강준희 작품세계에 대한 이야기를 하기로 응낙을 했다. 하지만 그 평설에 참고할 자료를 찾지 못하여 애를 먹었다. 이미 문단활동 35년이 넘은 중진작가임에도 두툼한 여러 문예사전에서마저 강준희 항목이 빠져있어 한심했다. 그렇게 오래 도록 시골을 지키며 꾸준히 알찬 작품을 빚어내는 실력 있는 전업 작가를 이렇게 소외시키다니 기가 막혔다. 나는 예의 자기 PR이나 정실, 또는 학연에 치우친 문단 풍토와 안이한 출판사의 자료수집 태도에 적지 않은 혐오와 불만감이 끓어올랐다.

나는 주말에 혼자서 승용차를 몰고 모처럼 충북 충주로 내려갔 다. 연수동 앞길에 마중 나온 작가를 따라 세원아파트 103동 1010 호, 집필실 겸 유일한 그의 보금자리를 찾았다. 20여 평 남짓한 곳곳 에는 빼곡하게 서적들이 쌓여 있어 한우충동을 연상했고 사방은 홀 아비 방 답지 않은 묵향으로 가득한 것 같아 문사의 집임을 느끼게 했다. 그리고 현관 바로 위엔 잘 생긴 자연목(아마도 느티나무가 아 니면 은행나무인 듯)에 「어초재(漁樵齋)」란 당호가 달필의 예서체 로 양각된 채 가로로 걸려 있고 서재겸 집필실 출입문 위엔 또 「몽 함실(夢含室)」이란 실호가 역시 달필의 반초서로 양각된 현판이 걸 려 있어 집의 품격을 높였다.

뿐만이 아니었다. 어초재 여기저기엔 오영수, 김동리, 박두진, 이 가원 등 당대 최고의 작가 시인 한학자의 휘호 족자가 걸려 있고 구 봉산인, 서호, 석파, 청파의 휘호들도 선비의 품격을 높여주고 있었 다. 그리고 나체 여인화로 유명한 여류화가 「소원」의 나체 여인 그 림이며 지금은 미국서 활동 중이라는 동양화가 「소헌」의 말 그림,

보리 그림으로 유명한 「송계」의 보리밭 그림, 풍자와 해학이 넘치는 「심운」의 그림 등도 선비 작가의 품격을 한껏 높여주었다. 게다가 빈 공간 없이 채워진 도자기와 빼어난 수석들. 거실 맞은편 벽엔 좌우명이 자연목에 새겨져 있었는데 한문으로는 「淸名」, 한글로는 「깨끗한 이름」이라 새겨져 있었다. 여기에 놀라운 것은 또 새카맣고 누렇게 빛바랜 습작 원고가 한 길 높이로 자그마치 다섯 줄 넘게 쌓여 있다는 점이었다. 이런 곳에서 작가가 손수 달여서 내온 작설차라서 그런지 맛도 각별했다.

나는 내심으로 놀라지 않을 수 없었다. 이 공간에서 작가는 혼자 숙식을 하며 몇 십 년 동안 글만 써서 먹고 살았다니 어찌 놀라지 않을 수 있는가. 요즈음은 월 강연료와 원고료 수입 40여 만 원 정도로 식비, 광열비, 아파트 부금, 각종 공과금, 경조비까지 챙기며 지낸다니 그의 생활 아닌 생존이 짐작이 갔다. 그런데도 그는 주눅들거나 꾀죄죄하지 않고 당당하고 기개 있어 일체무애로 의연했다.

나는 이런 그에게 초인적인 무엇을 느끼며 하룻밤 질탕히 술 마시고 문학담을 나누려던 당초의 생각이 얼마나 부질없고 철없는 생각인가 싶어 탄금대공원을 산책하고 저녁을 먹기 바쁘게 곧장 밤길로 상경하고 말았다.

이러고 얼마가 지난 2008년 11월 28일 오후 5시. 충주 그랜드 관광호텔 연회장에서 열린 소설가 강준희 전집 출판기념회. 충주문화원 주최로 행해진 이 모임은 서울서는 좀처럼 볼 수 없을 만큼 시종 진지하고 인상적이었다. 만찬 테이블에 앉은 3백 명 가까운 하객들 모습이 진지했고 단상에서 덕담하는 분들 또한 진정성을 지니고 있었다. 자진해서 일을 돕는 주최 측이나 행사장에 출장 온 출판사 직원들도 정성껏 돕고 있어 보기 좋았다.

따라서 문학도인 나는 여기서 소략하게나마 작가 강준희의 삶과 작품 세계에 관한 평설을 써본다. 흔히 작가론은 신비평에서처럼 구체적인 작품 위주로 접근해야 한다지만 생뜨 뵈브처럼 전기적인 요소를 참고로 한 작품론 또한 바람직한 일이다. 물론 글은 곧 사람이라는 견해도 참고해서이다. 앞에서 꺼낸 나와 작가의 만남이야기 또한 그의 문학세계와 밀접한 상관성이 있기 때문이다. 먼저 작가 강준희의 전기적인 삶을 들고 나서 그의 문학적 성향을 살피기로 한다.

◇ 남다른 삶의 역정과 개성

일찍이 강준희는 충북 단양에서 부잣집의 귀한 외아들로 태어나 유년시절을 선망과 동경 속에서 유복하게 보냈다. 그랬지만 갑작스런 가세의 몰락과 부친의 별세로 숱한 시련을 겪었다. 가당찮게 초등학교만 간신히 졸업, 편모 슬하에서 애면글면 주경야독을 했다. 그러다 고향을 떠나 객지를 떠돌면서 모진 시련 다 겪어가며 풍진 세상과 맞섰다. 농사, 나무장수, 막노동, 엿장수, 경비원, 연탄 배달부, 인분수거부, 스케이트 날 갈이, 풀빵장수, 포장마차, 자조 근로 작업,

필경사, 월부 책장수, 학원 강사 등등.

그는 이런 상황 속에서도 굴하거나 절하지 않고 문학수업에 정진하여 형설의 금자탑을 쌓았다. 이십 수년의 습작 기간 동안 치열한 글쓰기로 자기 구원의 길을 찾아 매진한 보람이다. 1950년대 중반에 처음 『농토』라는 기관지에 습작소설 「인정」이 활자화된 이후 글 실력을 인정받은 셈이지만 여기서 그치지 않고 천신만고 피나는 노력 끝에 수백 대 일의 경쟁을 뚫고 신문에 글이 당선되었다. 체험기인 논픽션 「나는 엿장수외다」가 『신동아』에 당선(1966)되고, 다시 자전적 팩션 소설인 「하 오랜 이 아픔을」이 『서울신문』에 당선(1974)되었다. 이어서 오영수 선생 추천으로 최고 권위의 『현대문학』지에 단편 「하느님 전 상서」(1975)가 발표되어 어엿하게 작가로 데뷔하여 30여 년 작가로 활동하고 있다.

이런 고난과 역경을 이기고 최종 학력 국졸로 작가가 되어서인지 그는 자신에 걸맞은 별칭도 갖고 있다. 아는 사람은 강준희를 '최대의 고통'이라는 뜻의 러시아 작가 막심 고리끼와, 한국 빈궁문학의 대명사로 일컬어지는 서해曙海 최학송으로 지칭된다. 그래서 "작가 강준희는 한국판 막심 고리끼요 현대판 최학송인 것이다." 하지만 기실 강준희는 막심 고리끼나 최학송보다 더한 고생과 배고픔을 겪었으면서도 그들보다 작품을 많이 쓰고 총 26권의 저서를 한데 묶어 문학전집 전 10권을 내놓았다.

그래서 우리는 그의 성을 따서 합성한 '강 고리끼'와 1920~1930년대 활동하다 간 최학송보다는 새롭고 젊은 '새 서해'라고 인식해도 좋을 것이다. 강준희는 상상을 뛰어넘는 역경 속에서 소설보다 더 소설 같은 삶을 산 입지전적 인물이어서이다.

그는 소설 창작 밖의 문화 활동에도 나선바 있다. 그의 박람강기한 실력이 회자돼 고입과 대입학원에서 현대문, 고문, 한문을 강의했고 여러 대학에서 문학특강을 하기도 했다. 그리고 각 사회단체의 특강은 지금도 계속하고 있다. 그런가 하면 그는 또 십수 년 동안 몇 개 신문에 논설위원으로 위축돼 추상같은 비판과 정론으로 통쾌한 필봉을 휘둘러 분통터지고 억장 무너지는 민초들로부터 열화와 같은 박수갈채를 받았다.

강준희는 신인서판이 출중한 헌거로운 쾌남아로 꾀가 없고 약지도 못해 산골 소년 같은 사람이다. 성질이 불같은 그는 인내심 많고 약속은 칼처럼 지키는 사람이다. 순진한 그는 그렇게 배 주리고 고생했으면서도 어찌 된 영문인지 돈에 대한 애착도, 돈을 벌 재주도 없는 사람으로 알려져 있다. 그러고 보면 그는 안 굶어죽은 게 참 용해 천생 선비로 어렵게 살아야 할 사람이다. 그는 또한 올곧기가 대쪽 같아 지난날 어느 대단한 실력자가 그의 학력 없음을 안타까이 여겨 대학 졸업장을 공짜로 얻어주겠다 하자 일언지하에 거절하고 분연히 의절했다고 한다.

뿐만이 아니다. 그는 언젠가 자신이 떳떳하지 못하다 하여 문학상까지 거절했다고 전해지고 있다. 그런가 하면 그는 또 어휘 실력도 대단해 강준희는 그가 사는 고장에서 걸어 다니는 국어사전이란 소리를 듣는 정도이다. 그는 토박이말은 물론 한자어와 고사, 사자

성어까지 많이 알아 해박한 실력을 두루 갖춘 사람이다. 나도 그 자신으로부터 지금까지 국어사전 몇 권을 헐어서 버릴 정도로 골똘하게 익혔다는 말을 들은바 있다. 근년에 펴낸 장편소설 『누가 하늘이 있다 하는가』(2006)에는 모두 560개의 신선하고 낯선 어휘를 후주로 설명해 놓고 있음을 본다. 서두와 끝부분의 경우만 보더라도 흥미롭다. 쩨마리, 들메끈, 난든집, 매나니밥, 계명워리, 열쭝이, 부등깃, 자닝스러워, 중버다지, 염알이 등. 이런 토박이말이나 고사를 즐겨 자주 쓰는 데는 나름대로 요즘 들어 우리 주위에서 자꾸 사라져 가는 모국어를 되살리려는 깊은 뜻과 충정이 어려 있다. 말하자면 외국어나 외래어에 혹한 나머지 만신창이로 왜곡되고 잊어져 가는 본연의 언어를 지키려는 작가 이문구 못지않은 문화운동의 하나라 볼 수 있다.

◇ 강준희 소설의 변모와 표정

그의 창작 소설은 대체로 세 가지 갈래로 구분해 볼 수 있을 것 같다. 문학작품을 시대별로나 성향별로 일관해서 재단하는 일은 모순된 접근이라 할지라도 그 경향이 가늠하는 데는 참고가 되고 남는다. 더욱이 콩트나 단편은 단행본으로 묶을 경우, 그 집필연도를 헤아리기가 쉽지 않음도 감안해 둘 사항이다. 워낙 많은 작품들을 주요 창작집 중심으로 대강이나마 질서 있게 파악하기 위한 방편임을 전제해 둔다.

첫째는, 초기 내지 중기에 개인의 자전적인 체험류의 소설이 많았다는 점이다. 이미 『동아일보』나 『서울신문』에 당선된 논픽션과 픽션적 작품들도 절실한 체험을 바탕으로 했음을 미루어 알 수 있다. 초보적인 단계의 작가에게 자전적인 체험 이야기를 활용하는 일은 자연스런 것이기도 하다. 데뷔작인 단편 「하느님 전 상서」, 중편 「미구꾼」, 장편 「개개비들의 사계」, 장편 「아, 어머니」 등이 여기에 속한다.

특히 장편 「아, 어머니」(1986)는 작가가 어릴 적이던 일제 강점기에 일본 관헌과 다투고 맹모삼천지교 못지않을 만큼 아들에 엄한 교육을 시킨 그 자신의 어머니 모습이 리얼하게 담겨 있다. 당시 토호로서 한량생활을 하던 부친의 독립군 자금도 이야기되지만, 그 자모 때문에 외아들은 그런 시련 속에서도 탈선하지 않고 자신을 잘 추슬러 왔음을 짐작할 수 있다.

둘째는, 중기의 사회에 대한 보다 객관적이고 비판적 관심과 사회적인 고발을 다룬 것들이다. 단편 「베로니카의 수건」, 장편 「쌍놈열전」, 장편 「그리운 보릿고개」 등이 여기에 해당된다. 콩트집 『염라대왕 사표 쓰다』도 이에 포함된다. 사회비평집 『강준희 선비론─지식인들이여 잠을 깨라』도 이에 뒷받침된다.

전두환 정부 시절에 판금되기도 했던 장편 「쌍놈열전」(1986)은 고발문학의 백미이다. 주인공 하느님이 속속들이 사회 비리자나 무뢰한들을 통렬히 꾸짖고 징벌하는 것이다. 종교쌍놈, 재벌쌍놈, 교육쌍놈, 정치쌍놈을 골고루 다루는 품이 아주 흥미롭다. 또한 「그리운 보릿고개」(1993)는 일제 강점기에서 해방에 이르는 기간의 소작농 전락과 초근목피로 죽어가는 처절한 피폐상을 항일시각으로 보다 객관적으로 재현하고 있다.

셋째는, 비교적 후기의 성향으로서 한결 인생과 사회에 대한 관조적 시선으로 다룬 것들이다. 중편「길」, 단편집『아, 이제는 어쩔꼬?』, 단편「한고조」, 장편「이카로스의 날개는 녹지 않았다」,「누가 하늘이 있다하는가」가 이 부류에 든다. 그 가운데 단편「寒苦鳥」(2007)는 새롭게 인도의 설화를 빌어서 상상적인 새를 통한 인간의 타성을 성찰해 보인 지적 사고의 산물인 것이다.

앞으로 작가는 초기나 중기의 성향보다는 더욱 더 문학 본연의 인간적인 훈훈한 감동을 주는 창작을 지향해 나갈 것으로 보인다. 단편집『베로니카의 수건』(1989) 중의 중편「가슴 있는 사람들」에서처럼 가슴 따뜻한 글을 써보겠다는 포부를 강준희 작가는 밝히고 있다.

◇ 독특한 작가와의 진지한 대화

이렇게 우리 문단에서는 독특한 성장과정과 개성 짙은 작가 강준희가 피로써 쓴 26권의 작품집을 한데 묶어 전집을 내놓았다. 작품이 방대해 일일이 소개 못함이 유감이지만 그는 누구보다 풍부한 체험을 바탕으로 글을 쓰기 때문에 편편마다 리얼리티로 넘쳐난다. 그는 가장 한국적인 글을 많이 썼고 사라져가는 우리 것을 살리는

데 크게 이바지하고 있다. 게다가 풍자, 해학, 기지, 역설까지 넘쳐 한번 책을 펼치면 끝까지 읽지 않고는 못 배긴다. 그의 글에 일관되게 흐르는 것은 지조, 기개, 청렴 같은 선비정신이 큰 맥으로 관류하고 있다. 그런가 하면 목가적인 면과 동화 같은 글도 많아 친근하게 다가든다. 단편 「달밤 이야기」, 「별을 찾아서」, 「악동시절」, 「순정기」, 「가을 길」, 「솔뫼마을 이야기」 등이 그것이다.

독자나 문학도 여러분께서도 기회 있는 대로 그의 작품 마당에 찾아와 유익한 대화를 나눌 수 있다. 그러다 보면 작가이기 이전에 너무나 어려웠던 청소년 시절에 숱하게 겪은 시련 속에서도 결코 꿈을 잃지 않고 이겨 내온 진솔한 이야기를 함께 할 수 있으리라 생각한다. 아울러 그야말로 한국의 고리끼로서 이전의 최학송을 뛰어넘을 만큼 특출한 현역작가로서 의연하게 군림하고 있음을 확인하게 된다.

2010년 9월

■ 후 기

위의 글은 중앙대학교 국문과 교수와 문과대학장을 지낸바 있는 문학평론가 이명재 박사가 강준희의 인간과 문학에 대해 쓴 평설이다. 이 평설은 2009년 1월호 소설 전문 문예지인 『한국소설』에 「이 작가 이 작품을 말한다」라는 제하에 「강 고리끼와 새 서해(曙海)와의 만남」이라는 부제를 붙여 발표한 것이다. 그런데 그는 이 평설을 그의 평론집『한국문학의 다원적 비평』(2011.11)이란 평론집에 실었고 나는 이를 여기에 그대로 옮긴 것임을 밝혀둔다.

작가 강준희 선생의 인간과 문학[*]

김구산
영문학자, 전 중앙대 교수

작가 강준희 선생은 중앙문단에서 높은 평가를 받는 소설가이다. 특히 그의 인간적 면모는 매우 독특하여, 작가로서 인생과 작품 사이에 경계를 긋기가 혼란스럽다. 그는 부잣집의 외아들로 태어났으나 가세의 몰락으로 간신히 초등학교만 졸업했다. 그리고 온갖 역경과 고난을 겪으면서 세상에 대한 원망과 한탄으로 정신의 파산을 경험하고 자신을 포기할 수도 있었을 그가 자신의 삶을 고스란히 문학작품으로 승화시키고 지금도 끊임없이 정신의 불길에 풀무질을 하면서 작품을 쓰고 있으니 그는 확실히 초인적超人的인 인물이다.

작가 강준희 선생은 성격이 강직하고 청백하다. 그의 사람을 지탱하는 힘은 선비정신이다. 따라서 이利에 주목하지 않고 지조와 청빈을 원리적 덕목으로 삼아 그의 삶으로 실천하고 있을 뿐만 아니라 작품의 주제로서도 가장 많이 인용되고 있다. 그러나 돈이 가치의 척도가 되어 있는 이 자본주의 사회에서 비록 그의 정신이 고고할지라도 고독하리라고 짐작하지 않을 수 없다. 하나의 일화를 소개한다면 십수 년 전 우리 사회에서 잘 알려진 모 단체에서 주는 문학상이 결정된바 있었는데 그는 이상을 거절하고 상을 타지 않았다. 그 이유는 상을 주는 단체가 속물적 속성을 띄었다고 판단했기 때문이다. 그는 후일 출간한 자전소설 「이카로스의 날개는 녹지 않았다」에서 고백하고 있듯이 그 당시 끼닛거리가 어려웠으면서 상금이 만만치 않은 문학상을 떳떳하지 못하다 하여 거부했다니 작가의 정신적 품격을 이해할 만한 좋은 사례일 것이다.

이러한 그의 선비정신은 문단을 향해서도 정풍整風의 바람을 불어 날렸다. 1998년 자유문학 겨울호에 "한국문단에 띄우는 긴급동의"란 격문을 권두에 실었고 2000년 펜과 문학 여름호에 "다시 한국문단에 띄운다." 그리고 같은 해 시사문예 8월호에는 "문사의 자세와 정신", 또 9월호에는 "문학인의 현주소" 등의 문단에 대한 비판문을 발표하여 썩고 병든 문단의 타락상을 신랄하게 질타한 것도 작가의 선비정신에서 발로된 것이다. "청명清名" 즉 "깨끗한 이름"이 그의 좌우명이고 "하늘 무서운 줄 알자"가 그의 사훈私訓인 것을 보아도 그의 인품과 작가 정신을 이해하기에 충분할 것이다.

강 작가의 작품에는 늘 윤리적 교도성教導性이 강렬하게 나타난다. 예술은 일반적으로 표현 형식의 창조라고 정의되는데 그 형식이란 인간의 감각을 통하여 정서를 환기시키는 것이다. 그러나 문학은 언어를 수단으로 하는 표현 형식이기 때문에 다른 예술 형식에 비해서 관념적 내용이 강하게 노출되는 것이다. 언어가 내포하는 관념으로 말미암아 거기에는 사상이 표현되고 인간의 정신에 직접 호소하게 되어 자연히 교도성을 띠게 된다. 그래서 특히 소설문학은 재미와 교도성이라는 양면성을 지닌다. 어느 쪽에 치우치느냐는 작가에 따라서 다르지만 실존주의實存主義 이후로 현대소설에서는 사상적 측면이 더욱 짙게 나타난다. 강 작가의 소설에서도 전반적으로 이념적 내용이 압도하고 있는데 그 대표적인 사상적 주제가 선비정신인 것이다.

문학은 언어를 통한 삶의 표현이다. 그런데 삶은 인식의 대상이 될 수 없는 것이다. 왜냐하면 삶은 약동하면서 스스로를 창조해가는 주체이며 변화의 현장이기 때문이다. 삶의 철학자인 W. 딜타이는 삶의 인식 방법을 체험이라 했고 현대 철학에서도 체험은 삶을 파악하는 중요한 개념으로 받아들여지고 있다. 강 작가는 독학을 통하여 대성한 작가로서 그의 작품을 통하여 동서의 고전 및 국학에 관한 놀라운 지식을 입증하고 있기 때문에 더 이상 그의 지식을 예찬할 필요가 없지만 참으로 작가로서 그의 장점은 책이나 연구실에서는 도저히 얻을 수 없는 그의 삶 체험이며 문학적 재능인 것이다. 인생의 깊은 체험이 표현되어 있는 그의 작품에는 정신의 타락에 대한 분노가 있고 오열이 있고 땀 냄새가 배어 있다. 그 속에는 한결같이 눈에 보이지 않는 힘찬 정신의 버팀목이 있는데 그것은 불굴의 의지이며, 선비정신이며, 생명과 자연에 대한 뜨거운 애정이다.

강 작가가 다루는 소재들은 거의가 다 작가의 체험을 작품화한 것이다. 이번에 내놓는 소설집『아! 이제는 어쩔꼬?』에도「여기 이들을 한번 보라」,「여기 이들도 한번 보라」,「귀부인 엘리제」,「큰사람」을 제외하면 모두가 작중 인물의 이름을 달리하고 신분을 변형했을 뿐 자전적 소설이라 해도 과언이 아닐 것이다. 이처럼 체험에서 우러나온 작품이기 때문에 그 문체가 정교하고 섬세하여 독자에게 실감을 안겨준다. 그러나 강 작가의 글을 읽다가 종종 마주치게 되는 잊혀진 우리말을 발견하고는 마치 작가로부터 핀잔을 받는 듯한 민망함을 느끼는 독자들도 많을 것이다. 이것 또한 우리말을 감수하지 못하고 외국어나 우리말에 섞어 쓰는 신세대들에게 암시적으로 나무라고 있는 꾸지람일 수도 있다.

그의 이번 작품들도 여전히 "강준희 정신"이라 할 수 있는 선비정신을 바탕으로 씌어졌다. 우리가 선비라는 어휘에서 일상적으로 느끼는 인품은 고결하지만 완고하고 청빈하면서도 아세阿世하지 아니하고 대나무와 같은 지조와 정갈스럽고 눈물을 보이는 일이 없는, 오직 충효忠孝만을 덕으로 존중하는 군자를 연상하게 되지만 강 작가가 이념적 표상으로 삼는 선비는 그러한 표상이 아니라 현대사회에서 부정과 부패에 물들지 아니하고 고결한 이념을 지니고 정직하게 살아가는 다정한 인격을 말하는 것이다. 따라서 우리 사회의 전통적 가치와 도덕이 붕괴되고 있는 현실에서 작가는 고독한 목소리를 높이고 있다고 하겠다. 작가란 인류의 양식良識이며 한 시대의 증인인 것이다. 작가라면 그가 속한 시대의 대표적 지성으로서 그와 더불어 살고 있는 인류의 고통에 동참하여 아픔을 나누고 충고하며 불의에 항거할 줄 알아야 한다.

작가 강준희 선생이 지금까지 많은 작품을 발표하면서 열정적으로 호소하고 있는 선비정신이 어떤 반향을 일으킬지는 알 수 없는 일이다. 그러나 이러한 작가가 우리에게 가까이 있다는 사실이 무척 행복한 일임에는 틀림이 없다.

■ 후 기

위의 글은 전 중앙대 영문학 교수이자 비교종교학자인 김구산金龜山 교수가 2005년에 출간된 내 졸작 소설집『아! 이제는 어쩔꼬?』에 쓴 비평 발문이다.

김 교수는 영문학과 비교종교학에 해박할 뿐만 아니라 미술에도 조예가 깊어 미술비평도 하고 있다. 그런 그는 궁극으로는 불교에

귀의, 선지식善知識을 펴기에 동분서주 하고 있다. 그는 논리적 지성과 이지적 비판으로 자기 세계를 공고히 구축한 보기 드문 석학이다. 그는 십수 년간 내가 사는 이 곳 충주에 우거寓居하면서 며칠이 멀다 하고 만나 문학, 고전, 철학, 종교, 사회, 문화, 선비에 대해 많은 대화를 나누었다.

우리는 하나의 화두話頭가 던져지면 이 화두를 몇 시간이고 천착했다. 그는 영문학자일 뿐만 아니라 미국에서 오랜 기간 강의를 해 영어가 우리말 쓰듯 능숙하다. 이럼에도 그는 대화 중 부득이한 경우가 아니면 영어를 절대로 쓰지 않는 민족주의자이기도 하다. 그리고 양복보다는 한복을 즐겨 입어 민족혼을 느끼게도 한다.

이런 그가 이곳 충주가 좁아서인지 몇 년 전 더 큰 세상 서울로 철새처럼 훌쩍 날아가 버렸다. 몹쓸 친구 같으니라고.

생각하면 십수 년간 그와 나눈 우정과 선지식이 문득문득 그리워 안타깝기 그지없다.

청렴 강직의 올곧은 선비 문사

35년 간 발표한 26권 소설집, 문학전집으로 출간
역경과 고난 속에서도 세상과 타협 안 해

원로 소설가 강준희
이항복(소설가, 한국 시사저널 발행인)
문학전집 출간

'작가는 우리를 기쁘게도 만들고 슬프게도 만들며 노하게도 만들고 즐겁게도 만든다. 그런가 하면 작가는 또 역사를 심판하고 인류를 재판하기도 한다. 그러므로 작가의 사명은 막중하고 사상은 위대하다. 그런데 이런 작가가 마음 놓고 글을 쓸 수 없는 환경이라면 실로 가슴 아픈 일이 아닐 수 없다(강준희 중편소설, 「가슴 있는 사람들」 중에서(1989년 발표)).

이 땅의 작가들의 삶은 어떠한가?

몇몇 인기 대중작가를 제외하곤 소설 집필만으로는 생활을 영위할 수 없는 게 현실이다. 신용으로는 은행에 단돈 100만 원도 못 빌리는 사람들, 교통사고가 나면 일용 잡급직의 보상밖에 못 받는 사람들이 전업 작가다.

청렴 강직한 올곧은 선비 문사로 잘 알려진 원로작가 강준희 선생은 40년 넘게 충북 충주에서 전업 작가로 홀로 살고 있다. 일생을 전업 작가로 글만 써왔으니 삶이 얼마나 곤궁했을지 짐작할 만하다. 그는 숱한 세월을 절대 고독, 절대 고행 절대 가난 속에서 살았다. 그러면서도 자세 하나 흐트러뜨리지 않고 조대措大하고 경개耿介한 문사로 자신을 지켜왔다.

그렇게 살아온 강준희 선생의 문학전집(전 10권, 국학자료원)이 최근 출간됐다.

전집에는 35년 동안 발표해 묶은 26권의 장편, 중편, 단편소설과 수필, 콩트, 칼럼 등이 수록됐다.

"창작이라는 게 가난한 고난의 길이고 문학전집이란 작가의 문학적 일생을 평가하는 것이어서 두렵고 부끄럽다."

이 말은 지난 11월 28일 충주 그랜드 관광호텔에서 300여 명의 내외빈들이 참석한 가운데 성대하게 열린 강준희 문학전집 출판기념회에서 작가 강준희 선생이 한 말이다. 충주 문화원과 충주시 기자단, 충주시, 충주시의회에서 남다른 역경 속에서도 굴하거나 절하지 않은 채 청빈하게 살아온 그의 뜻을 기리고 노고를 위로하고자 마련한 자리였다.

이날 강준희 선생은 "하찮고도 변변찮은 글을 가당찮게 한데 묶어 강호에 내놓는 어쭙잖음이 여간 민망하질 않아 혹여 남우세거리나 되지 않을까 두렵고 겁이나 짜장 몸이 사려진다"며 문단 최고의 작가만 엄선해 출간하는 문학전집 발간에 대해 겸허를 표했다.

◇ 한국판 막심 고리끼

문단의 일각에서는 그를 '한국판 막심 고리끼'니 '현대판 최학송'
이니 하고 일컫는다. 그만큼 그의 삶과 문학이 상상을 뛰어 넘는 고
통과 신산의 산물임을 의미한다. 러시아 문호 막심 고리끼는 4세 때
부친을 여의고 12세에 구두 수선공을 시작으로 접시닦이, 심부름
꾼, 수위, 부두 노동자로 일하면서 문학을 공부했다. 그는 파란만장
한 생을 살았으나 러시아 문학의 금자탑을 이뤘으며 세계적인 소설
가로 명성을 날렸다. 그런가 하면 서해曙海 최학송崔鶴松은 소학교
를 졸업한 뒤 간도 등을 떠돌며 부두 노동자, 심부름꾼 등 어려운 생
활을 하면서 소설가의 꿈을 키웠다. '신경향파가 가진 최대의 작가'
라고 불리던 그는 하층민의 빈궁을 주요 소재로 다른 「탈출기」, 「홍
염」, 「고국」, 「큰물 진뒤」, 「기아와 살육」 등의 역작을 남겼다.

◇ 시련의 소년 시절

강준희 선생은 1935년 충북 단양에서 태어났다. 토호의 귀한 외
아들로 태어나 유년 시절을 선망과 동경 속에서 유복하게 보냈으나
갑작스런 가세의 몰락과 부친의 별세로 초등학교만 간신히 졸업
했다.

그는 편모 슬하에서 애면글면 주경야독을 시작했다. 하여 어머니에 대한 애정이 남다르다. 그에게 어머니는 신앙이다. 어머니는 또한 그만을 위해 존재했다. 그가 29세 때 돌아가셨는데 어머니 생각만 하면 늘 가슴이 에는 듯하다. 어머니에 대한 그리움은 그가 쓴 여러 자전적 소설들을 통해 잘 알려져 있다.

"출판기념회 전날, 전집을 가지고 어머니 산소에 다녀왔습니다. 어머니께 말씀드렸지요. 내일 이 아들 출판기념회에 꼭 오셔서 언놈이(강준희 선생의 아칭 애명) 곁에 계시라구요. 당신은 장한 아들이라며 좋아하실 겁니다. 아니 어쩌면 어머니가 계시는 세상 사람들에게도 아들 자랑을 하시면서 잔치 한판 벌이실지도 모릅니다."

그는 고향을 떠나 객지를 전전하면서 안 해 본 일이 없다. 농사, 나무장수, 엿장수, 경비원, 측량보조사, 뽈대(pole)잡이, 연탄 배달부, 인분수거부, 스케이트 날 갈이, 풀빵장수, 포장마차, 자조근로작업, 필경사, 월부책 장수 등 온갖 모진 시련을 겪으며 세상과 맞섰다.

이러한 극한 상황 속에서도 청년 강준희에게는 한 가지 열망이 있었다. 법관이 되겠다는 꿈이었다. 독학으로 보통고시 공부에 전념했다. 당시 고등고시는 대학 졸업자에게만 자격이 주어졌기 때문에 보통고시 합격 후 사법고시를 응시할 수 있었다. 그는 처절한 가난 속에서 생계를 꾸리며 법관이 되기 위해 온몸을 투사했다.

그러던 어느 날, 불현듯 자신이 추구하는 법관이라는 직업에 회의를 느꼈다. 인생사 세상사가 수없이 많은 굴곡으로 이루어졌을진대, 법의 잣대로 흑백만 가리는 판·검사가 비인간적이라는 생각이 들었다. 그는 고뇌했다. 결국 3년 동안 준비했던 보통고시를 포기했다. 그렇다면 무엇을 해야 하나. 많은 날을 잠 못 이루고 방황했다. 세상에 이롭고 아름다운 일, 많은 사람들에게 감동을 주는 일을 하고 싶었다. 그것은 예술이었다. 예술 중에서도 문학예술 소설이었다.

감동 없는 세상에 감동적인 글을 써 많은 사람들의 가슴을 뭉클하게 하고 싶었다.

그는 소설 공부를 시작했다. 어렵고 힘든 소설 공부는 길을 쉬 열어주지 않았다. 그러나 가난은, 그리고 고난의 소설 공부는 결국 그의 신념과 열정과 의지 앞에 무릎을 꿇었다. 그는 20여 년의 피나는 노력 끝에 마침내 1966년 자신의 체험을 그린 「나는 엿장수외다」가 『신동아』 논픽션현상 공모에 당선됐다. 그리고 1974년 『서울신문』 신춘문예에 「하 오랜 이 아픔을」이라는 기록문학 팩션 소설이 당선됐다. 이어 「하느님 전 상서」 등이 최고 권위지 『현대문학』지에 추천되면서 그는 화려하게 등단했다. 당시 그를 추천한 오영수 선생은 한국 서정을 중요한 본질로 수채화 같은 소설을 많이 써서 이름을 떨치던 당대 최고의 소설가 중 한 사람이었다.

◇ 박람강기의 선비

그는 1976년 창작집 『하느님 전 상서』를 출간하면서 세상에 알려지기 시작했고(이미 『신동아』지에 「나는 엿장수외다」가 당선돼 유명해졌지만) 1980년 중편소설 「신굿」으로 두각을 나타냈다. 이어 1983년 중편소설 「미구꾼」이 『한국문학』에 발표되면서 강준희라는 이름이 한국문단의 주목을 받기 시작했다.

강준희 선생의 작품 세계는 한恨과 비판적 인식에 바탕을 둔 사회적 현실에 대한 풍자와 해학, 기지가 넘치는 작품들이 주류를 이루고 있다. 특히 인간 삶의 근본적인 목표와 현실적인 상황 사이에 놓여질 수밖에 없는 모순의 간격을 들춰내면서도, 삶에 대한 깊이 있는 애정을 보여주고 있다.

"내가 추구하는 소설의 본질적 핵심은 무엇보다 생명 존중입니다. 나이가 들수록 들꽃 한 송이에서도 경이로움을 느낍니다. 아울러 사라져가는 우리 것에 대해 큰일이다 싶어 이를 살리기에 심혈을 쏟고 있습니다. 최근 우리 문학을 보면 한국적인 것이 별로 없습니다. 소재는 물론 주제, 이미지, 문체까지도 우리 민족 고유의 저서가 결여돼 있습니다. 온통 서구문학의 모방으로 일관하고 있습니다. 이래서는 안 됩니다. 민족 고유의 전통과 아름다운 우리말을 되살리는 것도 작가의 책무입니다. 나는 사라져가는 전통과 우리말을 지키기 위해 나만이라도 쓰자는 주의입니다."

그는 박람博覽하고 강기强記하다. 펜을 잡던가, 입을 열면 이야기는 종횡무진 천의무봉하다. 문학을 비롯해 정치, 문화, 고전, 국학, 사회, 어휘, 선비정신 전반에 대해 해박한 지식이 세상에 회자되면서 고입과 대입학원에 현대문, 고문, 한문을 강의했고 대학에서 문학 특강을 하기도 했다. 그런가 하면 또 십수 년 동안 중부매일, 충청매일, 충청일보 등 신문사 논설위원으로 추상열일 같은 비판과 동호직필의 정론으로 통쾌한 필봉을 휘둘러 수천 편의 매서운 사설과 5백여 편의 추상같은 명칼럼을 써서 분통터지는 민초들로부터 열화와 같은 박수갈채를 받았다. 물론 그를 비난하는 사람들도 있다. 그를 시기 질투하는 사람들이다. 내가 못하는 것을 남이 하면 배가 아프지 않은가. 일종의 승기자염지勝己者厭之다. 그가 옛날처럼 뒷골목이나 공사판에서 리어카를 끌거나 막품을 판다면 아무도 그를 헐뜯거나 폄훼하지 않을 것이다. 헐뜯고 폄훼하는 게 뭔가, 도리어 동정하고 연민하며 돕는 척 할 것이다. 그런데 그는 초등학교밖에 안 나왔는데도 세 신문사에서 논설위원을 역임하고 작품집도 많이 나와 10권의 문학전집이 나왔고 여기다 성격도 청렴강직하고 해박한 지식과 올곧은 선비정신까지 가지고 있어 많은 사람들로부터 존경을 받으니 어찌 배가 아프지 않겠는가. 본시 사촌이 땅을 사면 배가 아픈 게 못된 한국 정서 아닌가.

지인들에게 그는 신언서판이 출중한 헌거로운 쾌남아로 통한다. 그렇게 모진 고난과 온갖 역경을 다 겪으며 죽을 고생을 했으면 좌절하든지 타락하든지 아니면 실의와 절망의 늪에 빠져 폐인이 되든지 했어야 한다. 한데도 그는 이런 구석이라곤 전혀 없어 언제나 당당하고 떳떳하고 늠름하고 협협하다. 그리고 단순하고 꾀가 없어 때가 묻지 않은 두메 산골 소년 같다. 그의 죽마고우인 오재욱 선생은 그의 인간 됨됨이를 이렇게 말하고 있다.

"강준희는 꾀가 없고 약지도 못해 산골 소년 같은 사람입니다. 성질이 불같은 사람이지만 인내심 많고 책임감 강하며 약속은 칼처럼 지키는 사람입니다. 그는 단순하고 솔직하고 순진하고 한이 많고 섬세하고 마음이 여려 남을 아주 잘 믿는 사람입니다. 그래서 일방적으로 당한 게 한두 번이 아닙니다. 그는 달변에 달필이요 노래도 썩잘 불러 멋과 풍류가 넉넉한 호연지기의 사나이입니다. 다만 아쉽다면 술을 잘 못하는 게 흠입니다."

◇ 올곧고 강직한 성정

그의 삶의 궤적을 더듬어보면 너무도 안쓰럽고 자닝하다. 언젠가 그의 학력없음을 안타까이 여긴 유력 정치인 한 사람이 대학 졸업장을 공짜로 얻어주겠다고 했다. 그러자 그는 일언지하에 거절하고 그와 분연히 의절했다. 대학 졸업장만 있으면 출세가 보장되는데도 말이다. 또 어느 대학의 실력자가 그의 박람강기의 실력이 안타까워 명예 문학박사 학위를 준다 했을 때도 호통쳐 거절했다. 뿐만 아니라 상금이 상당한 문학상도 떳떳하지 못하다 하여 거절했다. 당시 그는 땟거리가 없어 라면으로 끼니를 때울 때였다. 이 몇 가지 일화로도 그의 대쪽 같은 성정을 알 수 있는 일이다. 이 땅에, 아니 요즘 세상에 이런 사람이 얼마나 될까. 아니 있기는 할까?

그는 엄청난 역경과 어려운 생활 속에서도 세상과 단 한번 영합하지 않은 채 오직 청렴 강직의 올곧은 선비정신 하나로 살아왔다. 돈이 최고의 가치가 돼 버린 이 천박하고 경박한 시대에 그를 통해 참된 삶의 의미를 새삼 깨닫는다. 강준희 선생은 고희를 넘긴 나이에도 불구하고 계속 소설을 집필하고 있다. 최근 천여 장에 이르는 자전적 장편소설을 탈고했다. 올봄 출간할 예정이다. 그런데 강준희 선생이 최근엔 건강이 좋지 않다. 눈이 잘 안 보여 집필에 어려움을 겪어 돋보기를 쓰고도 확대경을 사용한다. 그리고 잠이 안 와 불면증에 시달려 몇 년째 잠약을 복용하는데 아침에 일어나면 온몸이 흠씬 두들겨 맞은 듯 까부라져 운신할 수가 없다. 게다가 오래 앉아있는 직업병인지 목덜미 통증이며 빈뇨 위염까지 가세하고 30년을 하루 한 시간씩 걷고 스트레칭을 하는데도 다리가 시큰거리고 장딴지가 끊어져 나갈 듯 아파 고통을 겪는다. 언제 보아도 날카로운 직관의 형형한 눈, 언제 보아도 고독의 물기로 촉촉이 젖어 있던 눈. 그런 그가 나이 때문인지 아니면 섭생을 잘 못하면서 너무 오랜 세월을 운동 아닌 노동으로 고생을 해서인지 근래 들어 병원을 찾는 횟수가 부쩍 늘어났다. 겉으로 보기엔 아주 건강해 보여 젊은이 못지않고 복장도 댄디한 멋쟁이 스타일리스트여서 아주 근사하다. 그래 누가 "선생님, 참 건강하셔서 뵙기가 좋습니다" 할라치면 "그렇지? 그렇게 보이지? 헌데 이게 다 빛 좋은 개살구야 빛 좋은 개살구!" 한다.

제발 강준희 선생이 이 타락한 진세를 올곧고 강직한 선비정신으로 잘못된 것을 꾸짖고 타이르며 큰어른으로 우리 곁에 오래오래 건강하게 머물렀으면 좋겠다.

강준희 선생의 좌우명은 '깨끗한 이름 청명淸名'이다.

"이름의 존중과 소중함은 역사를 지탱하는 도덕적 가치였습니다. 몸의 때는 씻으면 없어지고 옷의 때는 세탁을 하면 지워지지만 한 번 더럽혀진 이름의 때는 죽어도 안 없어져 더러운 이름으로 남습니다. 그러나 깨끗한 이름 청명은 이와는 달라 역사와 함께 깨끗하게 천추만대로 이어집니다. 보십시오. 깨끗한 이름으로 살다 깨끗한 선비답게 죽은 여말의 충신 포은 정몽주와 목은 이색과 야은 길재의 삼은三隱과, 병란 때 청나라에 볼모로 끌려가 지조를 굽히지 않다 살해당한 홍익한 윤집 오달제등 삼학사三學士와, 어린 조카 단종을 몰아내고 왕위를 찬탈한 세조에 죽음으로 반대, 단종의 복위를 꾀하다 참혹하게 죽임을 당한 성삼문, 이개, 박팽년, 하위지, 유응부, 유성원 등의 사육신死六臣을. 이들의 이름은 우리 죽백 청사에 아름답게 남습니다. 그러나 나라를 일본에 팔아넘기다시피 한 국적의 매국노 이완용, 박제순, 이지용, 이근택, 권중현, 등 을사오적乙巳五賊 등은 역사가 이어지는 한 더러운 이름으로 남을 것입니다. 그러니 이름 깨끗함이 소중하고 역사의 무서움이 큰 것입니다."

깨끗한 이름 청명의식은 그에게 이토록 큰 의미가 있어 깨끗한 이름 청명은 곧 그의 인생이고 사상이었다. 이것만 봐도 그가 얼마나 이름(청명)을 중시하는 지 알 수가 있다. 그는 확실히 이 시대가 요구하는 정신적 지사였다.

깨끗한 정신은 추구할수록 세속적 행복(혹은 돈)은 멀어지는가? 그는 깨끗한 정신 때문에 일생을 이토록 고달프게 사는 것인가? 이런 생각을 하자 기자는 그가 안쓰럽고 가여워(그러나 장하고 존경스러워) 그를 이윽한 눈으로 바라보았다. 그러자 그는 조용히 입가에 미소를 머금었다.

"생각하면 굽이굽이 걸어온 인생길이 힘들어 너무너무 고달팠지만 그러나 큰 후회는 없습니다. 평생을 무관 적빈의 애옥으로 살아 윤기 흐르고 새물내나는 생활은 못해봤지만 발밭고 애바르고 얼렁수 쓰며 언죽번죽 든적스런 부라퀴로 앵두장수 한번 안 하고 살았으니 이만하면 잘산 게 아닙니까? 이제 남은 건 낙조의 석양 바다 그 황금물결 반짝이는 윤슬과, 고기비늘처럼 번뜩이는 까치놀, 그리고 살굿빛 장려한 저녁놀이 되는 것뿐입니다."

이항복 기자

■ 후 기

위의 글 「청렴 강직의 올곧은 문사」 －35년간 발표한 26권 소설집 문학전집으로 출간. 역경과 고난 속에서도 세상과 타협 안해－라는 다소 긴 제하의 이 글은 2008년 11월 28일 충주 그랜드 관광호텔에서 강준희 문학전집 출판기념회를 취재하러 온 소설가이자『한국 시사저널』반행인인 이항복 기자가『한국 시사저널』2009년 12월호에 게재한 인터뷰 기사를 그대로 옮긴 것임을 밝힌다.

'선비 소설가' 강준희 선생

문학비 제막하다

9일 예성공원 충주 문학관

지조와 청렴의 선비 소설가로 널리 알려진 강준희 선생의 문학비 제막식이 오는 9일 오후 3시 예성공원 충주 문학관 앞마당에서 개최된다.

이번에 문학비 제막식을 갖는 소설가 강준희 선생은 1935년 충북 단양에서 태어나 1966년 『신동아』에 「나는 엿장수외다」 당선 후 『서울신문』에 「하 오랜 이 아픔을」이 당선되고 곧 이어 『현대문학』에 「하느님 전 상서」가 추천돼 문단에 나왔다.

특히 지난 2008년엔 충청지역 소설가로는 처음으로 그의 데뷔작인 「하느님 전 상서」에서 최신작 「누가 하늘이 있다하는가」에 이르기까지 30여 년 간 집필해 온 26권을 10권으로 엮은 『강준희 문학전집』을 출간했다.

그런가 하면 올 초 그의 '『강준희 문학전집』 10권' 2세트가 미국 하버드 대학 도서관에 소장된 것으로 확인돼 한국문학의 거목으로 세계적인 평가를 받고 있다.

또한 그의 작품은 충주 제천 단양지역 토속어의 감칠맛 나는 언어 구사로 독자들이 감탄을 자아내는 것은 물론 대학에서 언어 연구 교재로 활용될 정도이다.

작가 강준희 선생은 어려운 가정 형편 때문에 초등학교밖에 다니지 못했으나 독학으로 여러 가지 방면에 걸쳐 공부를 해 박식함으로 유명하다.

문학비 건립은 충청북도가 소요 예산을 지원, 강준희 문학전집 추진위원회(위원장 전찬덕 충주문화원장)가 추진했으며 민예총 총주 지부장이자 조각가인 최진수 씨가 심혈을 기울여 문학비를 제작해 결실을 맺게 됐다.

충주 김주철 기자

■ 후 기

위의 기사는 2011년 5월 4일자 『충북일보』에 난 '강준희 문학비 제막식' 보도 내용이다. 이 보도 기사는 제막식보다 며칠 앞서 난 것으로, 문학비 제막식은 5월 9일 오후 3시에 있었다.

스무 번째의 작품집 『길』 출간

저자 진면목 짐작할 중, 단편 10편 수록

보석 같은 우리말의 여전한 보고
잃어버린 한국인의 정서 잘 표현

소설가 강준희 씨가 스무 번째 작품집 『길』을 출간했다. 『길』은 중, 단편 10편을 모은 소설집으로 이 책의 제목 『길』만 중편소설이고 나머지는 단편소설로 엮어졌다. 이 책은 소설이 주는 재미와 감동을 모두 갖춰 한 번 손에 들면 놓을 수가 없다. 뿐만 아니라 이 책은 또 잃어버린 우리 정서와 함께 가장 한국적인 내용을 담고 있다는 평가를 받고 있어 주목된다.

이 책에 나오는 소설들은 문장이 아름답고 인간미가 넘치며 해학, 풍자, 기지가 낭만과 함께 흘러넘쳐 현대인의 메마른 가슴을 웃음, 감성, 서정으로 여유를 보여준다. 그래서 한참을 읽다보면 저도 몰래 왈칵 눈물이 나 가슴을 쓸어내리게 된다. 이것이 이 책 『길』이

주는 감동이요 강준희적 마력이다.

표제의 글 『길』은 어린 소년이 아버지가 준 쌀 한가마니 값의 돈을 가지고 세상을 배워오라는 아버지의 명에 따라 서울로 올라가 겪은 일을 쓴 것으로, 시사하는 바가 참으로 크다. 순진무구한 산골 소년이 처음 본 서울은 딴 세상이었고, 이 딴 세상에서 소년은 많은 것을 보고 느끼고 겪고 배우며 책 한 보따리를 사가지고 집으로 돌아온 내용으로 강준희 씨 세대가 아니고는 쓸 수 없는 값진 소설이다. 젊은 독자들은 이 소설을 읽으면 당시의 시대상과 함께 근세를 살아온 선배들의 삶과 애환과 시대정신을 이해하는 데 큰 도움이 될 것이다.

그런가 하면 세상을 통렬히 풍자한 「한무대추(恨無大鰍)」라는 소설도 있는데, 이는 '큰 미꾸라지가 없음을 한탄한다'는 뜻으로 꾀꼬리 뻐꾸기 뜸부기가 목소리 자랑대회에서 목소리가 제일 나쁜 투박한 뜸부기가 목소리가 곱기로 유명한 꾀꼬리와 뻐꾸기를 제치고 일등을 한다는 얘기다. 내용인즉 뜸부기가 꾀꼬리와 뻐꾸기가 모르게 가장 엄정하고 깨끗하고 고고하다는 심사위원 두루미(학)에게 두루미가 제일 좋아하는 큰 미꾸라지를 한보따리 뇌물로 진상해서 우승(일등)을 한다는 얘기로, 세태 풍자의 극치를 이룬 소설이다.

이 외에도 자전적인 소설로 산골 소년의 애틋한 사랑을 아름답게 그린 「순정기」, 구제역을 내용으로 한 농민(가축농가)들의 애타는 심정을 그린 「하늘 무너지는 소리」, 가난한 농사꾼이라는 이유로 장가를 못 간 농촌 노총각의 어머니가 생각다 못해 자신이 다니는 공장의 처녀를 부자라 속여 집까지 데려다 아들과 합방까지 시켰으나 이게 그만 동티가 나 경찰서에 불려가 신문을 받는 애끓는 모정의 '하느님 용서하세요—샘골댁의 경우', 세사에 초탈한 일민逸民으로 매인데 없이 살아가는 아버지 친구분의 회상 얘기 '아, 대치大癡 어른', 한국 어문 정책의 허와 실을 신랄하게 꼬집은 '관중 씨의 분노', 자기 분수를 모르고 겉멋만 든 어느 촌부의 정조관념을 다룬 '바람과 불', 지독한 골초가 담배를 끊기까지의 고초를 그린 '용고뚜리 이야기', 나무장수를 하며 공부(독학)하는 10대 소년이 누나뻘 되는 세련된 도시여성을 알게 되면서 겪는 안타까운 심리 갈등 등이 이 소설 『길』 속에 보석이듯 담겨져 있다.

이 소설집 『길』에 담긴 작품을 한마디로 요약한다면 잃어버린 우리들의 심성과 정서가 일관되게 관류하고 있다는 점이다. 그리고 휴머니즘에 대한 그리움과 현실을 풍자하고 고발한 추상 같은 외침이다.

특히 이 작가의 우리말에 대한 지식은 그 깊이가 어디인지 짐작조차 하기 어렵다. 원고지 몇 장에 불과한 '작가의 말'을 읽으려면 거의 누구든지 두툼한 국어사전을 옆에 놓고 찾아보지 않으면 무슨 뜻인지 모를 말이 수도 없이 나온다. 이 작품 '길'의 짧막한 '작가의 말'에서도 우선 '도사리', '짜장', '열중이', '너울가지', '너름새', '쥐알봉수', '난든집', '부라퀴', '자발머리', '별쭝맞다', '되알지게', '부등깃', '돌마낫적', '애옥살이', '네뚜리', '이마고', '부개비', '맵자한', '옴살', '어리뜩' 같은 우리말이 무려 스무 개나 나온다. 한 국어학자는 이 '작가의 말'을 보고 강준희 작가에게 직접 전화를 걸어와 "국어사전에도 나오지 않는 우리말이 있는 것을 보고 깜짝 놀랐고 더 많이 공부해야겠다는 것을 절실하게 깨달았다"고 고백할 정도니 더 말해 무엇하랴.

한여름 무더위 속 피서기간 동안만이라도 '길'을 옆에 놓고 국어사전 찾아가며 소설 읽는 열정을 갖는다면 저절로 늘어가는 우리말에 대한 실력 향상은 물론, 올 여름 휴가는 아주 소중하고 가치 있는 휴가가 돼 일석이조가 될 것이다.

박상호 기자

■ 후 기

위의 글은 2002년 7월 20일자 『충주신문』에 보도된 기사문이다.

이 보도 기사에서 기자는 졸저 『길』을 정독을 했다 하고 이 작품집에 나오는 우리말과 한자 어휘를 노트해 놓고 시간이 날 때마다 읽는다 했다. 이렇게라도 해 우리말을 익힌다면 작히나 좋겠는가.

지조 · 절개 · 주제로 강직한 사유 담아와

억압된 실체 그리며
사회 현상 본질 극명
풍자 · 직선적 정면 충돌 스타일

소설가 강준희 씨(58)가 집착하는 주제는 '지조'와 '절개'였으며 지조를 개코만도 못하게 여기는 현대인과 절개를 거지발싸개만큼도 여기지 않는 빌어먹을 놈의 세상(?)에 대한 경종과 고발장이다.

그의 작품은 세련된 기교로 세공되기보다는 견고하고도 치열한 개성적 사유를 그대로 펼쳐놓은 것, 그것이 바로 그의 작품이 갖고 있는 독특함과 역설이다. 그의 창작 방식은 눈속임으로 작품 주제를 소화해내기보다는 걸러내지 않은 채 풍자적이며 직선적이고 정면충돌 스타일이다.

그가 굳이 글을 쓰고 책을 펴내는 이유는 '옳음'을 지키기 위해 '지조'를 지키고, '바름'을 지키기 위해 '절개'를 지켰던 이들에게 단 몇 사람의 진실된 독자를 위하고 단 몇 사람의 참된 지조인과 절개인을 위해서였다.

최근 그는 민족서사 대하소설 「그리운 보릿고개」를 집필하고 있다. 내년 봄 출간 예정인 이 소설은 3부작으로 구성했으나 1930년대부터 해방 전후까지의 처절했던 보릿고개와 피압박 민족으로서의 일제 식민통치의 학정과 질곡, 핍박과 억압의 방대한 이야기여서 3부작이 될지 5부작이 될지 혹은 그 이상의 10부작이 될지 작가 자신도 알 수 없다고 한다.

불행한 역사 속에서 시달림을 받았던 가슴 아픈 생채기를 통해 물질만능주의에 젖은 현대인들에게 잊혀진 사실들을 되살리고 있는 그는 까마득한 옛날 일들을 오늘의 시각에 초점을 맞춰 소설 속에 재생시키고 있다. 작품 속의 주인공들은 암울하고 핍박 받는 시대에 비극적 인생을 마친 이들로서 불의와 부정에 저항하는 지치지 않는 의지를 담아내고 있다. 그런 맥락에서 '그리운'과 '보릿고개'는 퇴색되어지는 한국적 본질의 의미를 찾아내는 부르짖음이기도 해 많은 함축적인 내용을 담고 있다.

충북 단양 출신으로 『신동아』에 「나는 엿장수외다」, 『서울신문』에 「하 오랜 이 아픔을」, 『현대문학』에 「하느님 전 상서」를 추천받아 등단한 그는 작품 속에서 절체절명의 극한상황일지라도 「지조」와 「절개」를 찾아 끊임없이 저항할 것을 강한 어조로 역설해 왔다.

「촌놈」, 「학이 울고 간 세월」, 「개개비들의 사계」를 충청일보에 연재했고 「신굿」, 「미구꾼」, 「하늘이여 하늘이여」, 「강준희 선비론—지식인들이여 잠을 깨라」를 펴내면서 세월의 왜곡과 타락을 하나의 틀 속에 집어넣기 시작했다. 표피적이고 감각적인 젊은 작가들에 비해 몸이 부서지도록 피를 흘리면서도 얼음 절벽을 깨고 자기주장을 캐는 자세는 그의 또 다른 일면이다.

이러한 다혈질적인 모습은 작품「쌍놈열전」에 더욱 직접적 바탕이 되어 적나라하게 나타난다. 이 작품에서 그는 권력이 생성된 원초적 상황과 사회상의 왜곡의 과정을 풍자적이며 고발적이고 우화적 수법으로 접근하면서 태초의 인간을 타락시킨 것이 결국은 사회상이었음을 섬뜩하게 집어냈다.

이어「염라대왕 사표 쓰다」,「지조여 절개여」,「절사열전」을 펴내면서 그는 그대로 자신의 스타일을 고집해 왔다.

관념과 관념을 잇는 처절한 사유와 직선적인 이미지가 그의 작품 속에서 독특하고 고집스런 개성으로 흐르고 있다. 사회상과 인간들의 문제를 조명하는 것은 그의 창작 사유 능력을 보여주는 것이며 바로 강준희 소설의 존재가치이며 무게라고 평할 수 있다.

지조와 절개를 통해 결국 인간의 욕망이라는 순환 고리를 추출해내는 그가 요즘 들어 사회가 막다른 골목에 이른 것 같은 느낌을 받는 것은 시대성과 맞물리는 얘기다. 이것은 길게 보아 인류의 미래가 아주 절망적인 것은 아니지만 자기를 지키는 신념과 철학이 없는 현시대에서 인간이 숙명처럼 안고 살아가는 사회상의 부패, 타락 등의 불행 때문이라고 한다.

어떤 힘의 억압적 실체를 그려내며 사회 현상의 본질을 규명해내는 그가 정식 교육을 받지 못한 것은 비단 집안이 어려웠던 불운만은 아니었다. 남들 다 가는 초등학교도 제대로 나오지 못했다(?)는 그가 풍자적이며 적극적인 고발 형식의 표출 작업에 다름 아닌 소설 쓰기를 본격적으로 시작한 것은 30대 초반이었다.

한때 문학상이 떳떳지 못하다 하여 다 결정돼 발표까지 난 문학상을 거부하기도 한 그는 작가는 글과 책으로 말하는 것이지 형식과 겉치레를 위한 것은 아니라고 역설한다.

직설적이고 강정한 글로써 책을 펴낼 때마다 많지 않은 평자들과 독자들은 그의 작품에는 걸러내지 않은 우직함이 있음을 안다. 때로는 마라톤 선수의 역주처럼 긴 호흡으로 입심 좋은 이야기체를 서슴없이 구사하고 때로는 또 사정없이 몰아붙이는 강공법이나 예리함, 그래서 우리는 늘 그에 대한 경외감을 느껴왔는지도 모른다.

그러나 그의 사유의 보편적 가치 뒤에는 남다른 이면도 있다. 수상집 『바람이 분다, 이젠 떠나야지』에서는 소녀적 감성과 서정성, 그리고 아름답고 눈물겨운 휴머니티가 전편에 흐르고 있어 다른 한 면의 작가 강준희를 만나게 된다. 그래서 어딘가 존재하고 있을 사랑과 평화와 우리 모두의 이상을 찾아 헤매고 있음을 느껴 그가 아직도 싱싱한 젊음을 간직하고 있구나 함을 알 수 있다.

이제 그의 내부에서 부글부글 끓고 있는 알 수 없는 저항과 분노의 뿌리가 파헤쳐져야만 그의 작품이, 그의 소설이 본색을 띨 수 있을 것이라고 예견해 보고 싶다.

어쩌면 안 팔릴지도 모르는 책들(?)이라고 그는 항상 되뇌지만 앞으로 몇 편의 고발소설을 더 쓰고 역사소설을 구상 중이라는 그에게서는 자신의 독특한 정신의 깊은 저항을 발설해야만 사회 문명에 편입된 무반성적 인간들의 섬뜩한 면모와 같은 또 다른 이야기를 할 수 있을 것 같다.

이현숙 기자

■ 후 기

위의 글은 1992년 6월 8일자 『충청일보』 '예술 예술인'란에 실린 기사 내용이다. 이 글은 수필가이자 『충청일보』 문화부장이던 이현숙 기자가 청주에서 내가 사는 충주까지 취재를 와 쓴 것이다. 글의 내용이나 문장, 그리고 구조로 보아 다분히 평설이나 비평조의 성격을 띠고 있어 아하, 이 친구 문학평론 쪽으로 나갔어도 좋았을 걸 하는 느낌을 갖게 한다.

몇 군데 잘못 인식한 듯한 느낌이 드나 이는 객관이 배제된 주관적 판단이므로 전적으로 쓰는 이의 자유일 터이다. 아니 권한(?)일 터이다.

강준희 소설집 『선비의 나라』 출간

선비정신을 주제로 한 중·단편 수록

　선비정신은 누가 뭐래도 우리의 혼이요 넋이요 얼이다. 그러므로 한국인이라면 선비정신에 대한 관심과 애정은 물론 선비정신이 어떻다는 것쯤은 알아야 할 의무와 책임이 있다.

　각설하고, 선비정신은 무소신, 무신념, 무정견, 무철학, 무주체, 무정체의 이 시대가 반드시 그리고 절실히 요구해야 할 정언적명법定言的命法이다.

　여기 실린 아홉 편의 글은 항하사恒河沙처럼 많은 선비에 비하면 구우일모九牛一毛에 불과하다. 그러나 이 적은 수효로도 선비정신이 어떻다는 것을 알기에 필요조건은 될 듯싶어 우선 아홉 편만 싣기로 한 것이다.

-작가의 말 중에서 인용

　지조와 청렴과 강직의 비타협 소설가 강준희 선생이 27책 30권째의 소설집 『선비의 나라』를 펴냈다.

　이 책은 세 편의 중편과 여섯 편의 단편으로 구성된 중·단편집이다. 작가 강준희 선생은 이 책에서 역사 속의 여러 인물들을 등장시켜 절개와 지조를 중시하는 선비정신의 중요성을 인식시키고 있다.

이는 선비정신의 부재 속에 물질문명의 향유와 탐닉으로 가득 찬 현대인의 무지조 무절개에 경종을 울리기 위해 씌어졌고 그래서 작가 강준희 선생이 맡고 있는 한국 선비정신계승회 회장과도 무관하지 않다.

이 책에는 제목만 봐도 선비가 어떻다는 것을 짐작케 하는데, 가령 '불의로 살기보다 의로써 죽겠다'라든지, '선비 한 사람 죽지 않아서야'라든지, '내 굶어 죽은들 어찌 너희 밥을'이라든지, '나는 조선왕조의 백성이다'라든지, '네 이노옴! 네 죄를 네가 알렷다' 같은 작품은 추상 같고 대쪽 같은 기개와 원칙이 그대로 드러나는 듯 보인다. 그러니까 의 불의, 정 부정으로부터 시작해 효와 충까지 목숨을 바치거나 지켜서 온전히 선비정신에 벗어나지 않는 자세와 행위를 담았다. 사실 이런 내용의 글, 선비정신을 담은 글이 많이 나와야 하는데 눈을 씻고 찾아봐도 선비에 대해 글을 쓰는 작가는 강준희 선생뿐이다.

작가 강준희 선생은 이 소설에서 설명이 필요한 한자 성어에는 괄호를 넣어 독자들에게 깊은 뜻을 이해하는 데 큰 도움을 주고 있다.

작가는 또 '낙목한천의 차가운 서릿발 추위에도 꿋꿋이 절개를 지키며 오상고절하는 국화와, 모진 삭풍의 눈보라 혹한에도 변절 않고 만고상청하는 송죽처럼 푸르게 살다간 청백리 소설을 써보고 싶다' 했는데 그 청백리 소설을 우리 독자들이 언제쯤 볼 수 있을지 벌써부터 기다려진다. 이는 드높은 선비정신의 기상과 사상을 천착해 온 한국문단의 원로 소설가 강준희 선생의 다음 소설이 기대되는 이유다.

강준희 소설가는 충북 단양 출생으로 『신동아』에 「나는 엿장수외다」로 당선, 『서울신문』에 「하 오랜 이 아픔을」 당선, 『현대문학』에 「하느님 전 상서」 등이 추천돼 문단에 나왔고 이후 『하느님 전 상서』, 『신굿』, 『하늘이여 하늘이여』, 『아, 어머니』, 『지조여 절개여』, 『선비를 찾아서』, 『선비의 나라』 등 30여 권의 작품집을 내놓아 한국문학에 크게 기여했다. 그러고도 강준희 선생은 여전히 펜을 잡고 있다. 돋보기로도 글씨가 잘 안 보여 두툼한 확대경까지 사용하면서 말이다.

■ 후 기

위의 글은 내가 살고 있는 이곳 충주서 발행되는 주간지 『충주신문』이 2012년 4월 6일자에 실은 소설집 『선비의 나라』 기사내용이다.

중부초대석

50년 외길 선비작가 강준희 씨

"선비정신은 이 시대에 회복되어야 할 한국 혼魂"

소설가 강준희 씨(75)의 좌우명은 '淸名'(깨끗한 이름)이다. 다소 특이해 보이지만 여기에는 심오한 의미가 담겨 있다.

'깨끗한 이름'을 스스로 지키기 위해 자신이 모든 행동처신을 부끄럽지 않게 하겠다는 뜻이다. 불의와 타협하지 않고 지조와 청렴, 강직함으로 살아온 그의 일생을 한 눈에 보여주는 대목이다.

팔순을 바라보는 나이에도 20, 30대 젊은이 못지않은 기개로 왕성한 집필활동을 하고 있는 작가로서 외길 인생을 살아온 '나이 든 젊은이'다.

중진 소설가 강준희를 만나면 가장 먼저 굳게 다문 입술과 눈매에서 고집스러움이 느껴진다. 실제로 그는 자신의 외모처럼 누구보다 자기 관리에 철저하고 모든 면에서 적당함보다는 맺고 끊는 것이 명확한 인물이다.

자기의 주관이 너무 뚜렷해 불이익을 받기도 하지만 사람들은 불의와 타협하지 않는 그에게 '이 시대 마지막 남은 선비'라는 이름을 붙여줬다. 그와 대화를 나누다 보면 다양한 부분에서의 해박한 지식에 놀라게 된다.

그가 초등학교 졸업이 전부인 학력을 갖고 있다는 사실을 알게 되면 다시 한 번 놀라게 된다. 지긋지긋한 가난 때문에 중학교 진학을 포기하고 독학을 통해 한학과 국어는 물론 영어와 일어 독일어까지 능통하고 철학, 역사, 논리학, 심리학도 공부해 학문적 깊이를 두루 갖춘 작가이자 철학가다.

"내가 걸어온 인생 자체가 소설"이라고 말하는 그는 원래 유복한 가정에서 태어났다. 일제시대인 1935년 단양에서 부잣집 외동아들로 태어난 그는 남부럽지 않은 유년기를 보내게 된다. 당시 남들이 신지 못하는 구두와 양복(학생복)을 입고 하모니카를 부는 그를 친구들은 선망의 눈초리로 바라봤다.

그러나 10대 초반에 갑작스레 가세가 기울기 시작하면서 그의 인생도 달라졌다. 살던 집이 큰 화재로 전소되고 아버지가 빚보증을 서 가지고 있던 농토를 상당 부분 날렸다. 엎친 데 덮친 격으로 해방 이듬해에는 큰 홍수로 많은 논밭이 유실 매몰되는 불운을 당했고, 토지개혁 때는 경작자 우선의 경자유전耕者有田 원칙에 의해 나머지 토지도 소작인들에게 넘겨야 하는 불운을 당했다.

이때부터 고생길이 시작됐다. 아버지마저 돌아가시고 홀어머니와 함께 생활하다 보니 어머니가 광주리에 나물과 호박 옥수수 등속을 이고 30여 리 밖 읍내까지 나가 팔고 그도 땔나무를 어머니와 함께 30여 리 밖 읍내 장까지 져다 팔아 구명도생을 했다.

나이가 들면서 이래서는 안 되겠다 싶어 판, 검사가 되기 위해 법 공부를 시작했다. 그러다 생각하니 만약 판, 검사가 될 경우 사형 구형이나 사형 선고도 해야 할 텐데 인간이 무슨 권리로 인간을 죽이는가, 이는 '천부인권'을 거부하는 짓이다 싶어 사법고시 공부를 때려치웠다.

이후 면사무소에서 우연히 모 언론사 국회출입기자 모집 공고를 보고 응시, 당당히 합격했다. 다행히 자격 요건이 다른 데처럼 고졸 이상이나 대졸이 아닌 학력 불문이어서 용기가 났던 것이다. 기세 등등했던 기자 시절 일부 국회의원들이 잘 봐달라는 부탁과 함께 돈다발을 보냈으나 모두 돌려보냈다. 한번은 평소 그를 좋게 본 영향력 있는 국회의원이 대학 졸업장을 얻어 주고 유학을 보내 주겠다는 제의를 했으나 그 자리에서 거절했다. 강 씨는 "한나라의 법을 만드는 국회의원이 스스로 범법을 하면 어떻게 존경 받고 이 나라는 어찌 되겠는가"고 잘라 말했다. 그 국회의원은 호의를 거절한 그에게 "네 행동이 옳지만 그런 정신으로 살면 평생 고생한다" 하고는 "너는 참으로 멋진 가난한 부자 놈"이라는 말을 남겼다.

작가 강준희의 이 같은 행동(용기)은 그의 어머니로부터 받은 가정교육에서 비롯됐다. 언론사 근무를 위해 서울로 올라갈 때 그의 어머니는 "언제 어디서든 네가 하는 일은 하늘이 지켜보고 있다"며 "모든 면에서 자신에게 부끄럽지 않게 당당히 살아라"고 당부했다. 그는 어머니와의 약속을 지켰고 이 때문에 국회의원의 말대로 지금까지 어려운 형편 속에서 고생하며 살고 있다.

4 · 19로 언론사가 문을 닫으면서 그는 다시 생활전선으로 뛰어들어 닥치는 대로 일을 했다. 엿장수, 경비원, 연탄배달, 인분수거부, 포장마차, 노동품팔이 등을 하며 밤엔 문학(소설)을 공부했다. 그러는 사이사이 야간의 고입 대입학원에 나가 현대문과 고문의 국어와 한문을 가르쳤다. 이렇듯 고달픈 생활을 하면서도 그는 문학수업을 게을리 하지 않아 1966년 『신동아』에 논픽션 「나는 엿장수외다」가 당선돼 전 세계적으로 센세이션을 일으켜 아시아는 물론 멀리 미국과 유럽의 독자로부터도 격려의 편지를 받게 된다.

이후로도 그는 문학수업을 계속해 『서울신문』이 공모한 신춘문예에 기록문학 「하 오랜 이 아픔을」이 당선됐고, 이어 최고 권위지 『현대문학』에 소설(단편) 「하느님 전 상서」가 추천돼 마침내 꿈에 그리던 작가가 됐다. 한때 충주 출신 고 어종근 국회의원의 주선으로 공화당 선전부장을 맡기도 했으나 자신이 갈 길이 아니라는 것을 깨닫고 또 생리에도 안 맞아 9개월 만에 그만뒀다. 그가 작가로 왕성한 집필 활동을 할 때 중부매일이 창간되면서 논설위원으로 위촉돼 날카로운 필봉으로 부패한 자들을 호통치고 질타해 추상열일 같은 논객으로 이름을 날렸다. 그는 또 충청매일과 충청일보에서도 논설위원으로 호령을 했는데 그의 사설과 칼럼이 어찌나 시원하고 통쾌한지 독자가 그의 글을 따라 옮겨 다니기도 했다.

그는 젊은이보다 훨씬 왕성한 집필활동을 하는 것으로 유명하다. 오직 원고지만을 고집하는 그는 지금까지 『하느님 전 상서』와 『미구꾼』,『그리운 보릿고개』,『누가 하늘이 있다하는가』 등 무려 26권의 작품집이 나왔다.

2년 전에는 출판사 측의 배려로 26권의 작품집을 10권으로 묶어 집대성한『강준희 문학전집』을 냈다. 그가 지금까지 쌓아둔 육필원고는 높이만 해도 4층 건물 높이보다 높다. 50~60년 전에 쓴 낡고 색 바랜 원고지에서부터 최근의 원고지까지, 그의 육필원고에는 그의 인생이 고스란히 담겨져 있다. 그는 75세라는 나이가 무색할 정도로 젊다. 쩌렁쩌렁한 목소리와 꼿꼿한 자세에서 젊은이보다 더한 기개와 열정이 보인다. 건강을 위해 항상 걸어다니는 그는 매일 한 시간씩 걸으며 스트레칭을 한다.

그는 최근 '한국 선비정신계승회' 회장에 추대돼 선비정신을 전파하기 위해 노력하며 새로운 도전의 노익장을 과시하고 있다. 지난해 12월 충주에서 처음 발족된 '한국 선비정신계승회'는 전·현직 대학 총장과 교수, 변호사 한학자 등 50여 명이 모여 구성돼 우리 사회에 선비정신을 심는 데 주력하고 있다.

선비정신에 대해 그는 한 마디로 '한국혼'이라 단정 짓는다.

"미국엔 미국정신이라 할 수 있는 프런티어 스피릿과 청교도 정신이 있고, 영국엔 영국정신이라 할 수 있는 신사도와 기사도 그리고 페어플레이 정신이 있고, 중국엔 중국정신인 유교가 있는데 이들은 중국정신 유교는 그대로 두고 부국강병을 위해 서양 문물을 받아들이자는 중체서용론中體西用論이 있고, 일본은 무사도정신과 야마또다마시라는 대화혼大和魂, 그리고 매사에 힘쓰자는 간바레

(頑張-완장)정신이 있는데 우리만이 우리정신인 선비정신 즉 한국혼韓國魂이 가뭇없이 사라졌다며 통탄스러워 했다.

그는 "우리나라가 정치 경제 사회 문화 교육 종교 등 각 부문에서 선비정신이 결여돼 현재의 이 모양 이 꼴이 됐다"며 "선비정신을 사회 각 부문에 전파해 잘못돼 가는 우리 사회를 바로 세워야 한다"고 강조했다.

그는 앞으로 선비정신을 전반적으로 확산시키기 위해 릴레이 강연에 나설 계획이다. 특히 사회의 여론 주도층인 행정 공무원과 검·경공무원, 교육공무원 등을 대상으로 강연을 가져 사라져간 선비정신을 사회에 전반적으로 전파되도록 할 예정이다.

최근에 출간한 소설집 『선비를 찾아서』는 '선비란 무엇인가'로부터 시작해 선비의 정의와 선비의 자세, 선비의 사상, 선비의 유형, 선비의 사명과 역할에 이르기까지 선비에 대한 모든 것이 총망라돼 있다.

강 작가는 "지금 우리 사회에는 선비가 드물다. 드물어도 너무 드물어 쌀의 뉘 만큼이나 귀하다"며 "곧은 사회와 바른 세상을 위해서는 곧고 바른 선비정신이 필요할 때"라고 강조했다.

충주 정구철 기자

■ 후 기

위의 글은 2010년 9월 1일 『중부매일신문』 '중부초대석'란에 실린 인터뷰 기사다. 중부매일신문은 1990년 1월 20일자로 발행됐는데, 나는 상임 논설위원으로 발행 첫날부터 '사설'을 썼고 칼럼은 1주일에 한 번씩 써서 정이 든 신문이다. 나는 『중부매일』 말고도 『충청매일』, 『충청일보』 등에 고정 칼럼을 써서 5백여 편 가까이 발표했는데 이중 3백 편만 골라 100편씩 묶어 세 권의 칼럼집(『껍데기』, 『사람 된 것이 부끄럽다』, 『너무도 아름다워 눈물이 난다』)을 출간했다. 그때 나는 내 소신과 신념에 따라 강항령強項令의 춘추필법春秋筆法 정신에 입각, 동호직필董狐直筆로 글을 썼다. 그 바람에 한밤중에 괴전화도 걸려 오고 협박도 받았지만 뜻있는 이들의 박수와 갈채도 많이 받았다.

이 풍진 세상, 올곧은 선비가 그립다

열한 편의 작품 속 선비정신 찾는 재미 '쏠쏠'
청렴 · 윤리 부재 꼬집으며 사회 정의 새겨

평소 청렴하고 강직한 성품으로 널리 알려진 강준희 작가(75)가 줄기차게 주창해 온 선비정신을 바탕으로 소설집 『선비를 찾아서』를 출간했다(국학자료원 펴냄).

이 책은 「우정」, 「고향역—그 애젖한 그리움」, 「한고조」, 「그런 머리로 어떻게 소설을 쓰나」, 「무사올시다」, 「선비를 찾아서」, 「이 단의 성」, 「그리운 님」, 「제기랄! 내 복에 무슨」, 「그 밤의 수수께끼」, 「날난 세상—시붕이 무너져 요계가 되니」 등 모두 열한 편의 단편 으로 엮어져 있다. 독자들은 이 열한 편의 작품들을 읽으면서 작가 가 던진 화두 「선비」를 찾아 나서게 된다.

강 작가는 최근 지역 원로 20여 명과 함께 '한국 선비정신계승회' 를 창립, 초대 회장에 추대돼 선비정신 함양과 이의 실천운동에 혼 신의 노력을 기울이고 있다.

강 작가는 1985년『강준희 선비론─지식인들이여 잠을 깨라』를 출간한 이래 선비정신을 주창하고 이의 실천에 열정을 쏟아 온 이 시대에 보기 드문 꼿꼿한 '선비 지식인'이다.

　강 작가는 '선비론'에서 '선비란 무엇인가'로부터 시작해 '선비의 정의', '선비정신', '선비의 자세', '선비사상', '선비의 유형'과 '청명淸名사상', 그리고 '안빈철학', '선비의 사명과 역할' 등에 대해 명쾌하게 썼다. 강 작가의 선비론을 읽노라면 한 줄기 시원한 소나기 같고 한 자락 청량한 바람결 같다. 아니 어느 때는 천길 단애에서 떨어지는 우렁찬 폭포수 같고 어느 때는 천지를 흔들어 뒤집어 놓는 일진광풍 같다. 그리고 또 어느 때는 막힌 가슴을 통쾌하게 뚫어주는 그 무엇이기도 하다. 한마디로 강준희가 아니면 도저히 쓸 수 없고 나올 수 없는 글이다.

　여기서 작가는 선비의 덕목에 대해 지조, 절개, 효충, 개결, 청렴, 학문, 기개, 의분, 조대, 경개, 강항령 등을 주장했다. 그러면서 지금 우리 사회는 선비가 없다고 한탄했다.

　속기가 판을 치고 비인 소배가 횡행 발호함은 다 선비와 선비정신이 없기 때문이라 했다. 글줄이나 읽어 식자깨나 있다고 어찌 다 선비이며 글줄이나 써서 책 권이나 냈다고 어찌 다 선비이겠는가 라고도 했다. 그러면서 지금 우리는 철학부재, 의식부재, 주체부재, 정체부재, 윤리부재, 지조부재, 청렴부재, 애국부재의 부재시대에 살고 있다며 효도가 모든 행실의 근본이듯 곧고 바른 선비정신은 사회 정의의 근간이라 주장, 곧고 바른 선비정신으로 타락한 세상을 바로 세워야 한다고 주장했다.

혹자는 지금이 어느 시대인데 선비 선비하냐며 선비 얘기만 나오면 케케묵어 냄새나는 고루한 고릿적 얘기로 치부하고, 혹자는 지금은 지구가 한 블록의 글로벌 시대요, 세계가 한 시민인 코스모폴리탄 시대니 선비 얘기는 하지도 말라며 고개를 외로 꼬기 일쑤지만 이런 때일수록 선비정신이 필요하다 역설했다.

작가는 단양 출생으로 『신동아』에 「나는 엿장수외다」 당선, 『서울신문』에 「하 오랜 이 아픔을」 당선, 『현대문학』에 「하느님 전 상서」 등 추천으로 문단에 데뷔해 지난해 26권을 한데 묶어 충청권에서는 최초로 문학전집 10권(『강준희 문학전집』)을 출간한 중진 작가이다.

충주 김주철 기자

■ 후 기

위의 글은 2010년 4월 28일자 『충북일보』 문화란 '책과 지성'에 실린 신간 서적 『선비를 찾아서』의 기사 내용이다.

문화 아지트를 찾아서

원로 소설가 강준희

◇ 청렴한 선비 문인
◇ 세상을 호령하다

모름지기 글을 쓴다는 것은 어머니가 아기를 출산하는 것과 같은 고통이 따른다고 한다. 어머니가 온갖 고통을 다 참으며 자신의 뱃속에서 열 달 동안 아기를 키워 내듯이 오랜 시간 펜과 원고지를 마주하고 밥 먹는 것도 잊고 밤잠도 설쳐가며 쓰고 지우기를 수없이 반복한 끝에 세상에 얼굴(작품)을 내보내는 인고의 작업을 해야 한다.

이런 산고를 40여 년간 수도 없이 겪고, 고령임에도 젊은이 못지않은 왕성한 집필로 문학도들로부터 존경 받는 한국문단의 원로 작가가 수십 년 간 충주에 둥지를 틀고 있다.

충주시 연수동에서 문학의 혼을 불사르고 있는 소설가 강준희 씨(74).

강 작가는 일제시대 말 충북 단양에서 태어나 어려운 가정환경으로 초등학교밖에 다니지 못했지만 독학으로 한학과 영어, 일본어를 통달, 누구도 범접할 수 없는 지식을 갖고 있다. 가요와 동요, 가곡 등 1천여 곡의 노래를 부를 정도로 풍류에도 능한 소설가이다.

특히 강 작가는 어려운 가정 형편으로 보통사람들이 상상도 할 수 없는 엄청난 고난과 역경을 수없이 겪으면서도 '굴'하거나 '절'하지 않은 채 당당하고 떳떳하게 오늘에 이르고 있다. 웬만한 사람 같으면 타락을 해도 벌써 했고 폐인이 돼도 벌써 됐을 텐데 지독한 가난과 싸우면서도 세상과 단 한 번도 타협 않은 채 꼿꼿하게 살아왔으며 그의 이런 청렴과 지조, 절개의 '선비' 같은 삶은 언제나 불의 앞에서 망설임 없이 세상을 호통쳐 왔다.

그래서 그를 잘 아는 사람이나 문단에서는 그의 인생길이 하도 기막혀 한국판 막심 고리끼(러시아 작가)니 현대판 최학송이니 하고 부른다.

작가의 산실인 세원아파트는 연수동 신시가지가 개발될 당시 지어진 아파트로 서민들이 많이 사는 주거지다. 그곳에서 올해 21년째 살고 있는 작가의 산실을 찾아가 봤다.

현관을 들어서자 기자를 반갑게 맞아 주는 작가의 등 너머로 응접실에 차곡히 쌓여 있는 원고지 더미가 눈에 들어온다. 어른 키 높이의 원고지가 자그마치 여섯 줄로 쌓여 있는데 미색의 원고지가 얼마나 오래됐는지 누렇다 못해 갈색으로 변했고 더 오래된 것은 새까맣게 변해 있어 작가가 얼마나 많은 연륜과 습작 과정을 거쳤나를 웅변해 주고 있다.

"내가 10대 후반 습작할 때부터 지금까지 써온 새끼(작품)들이라

네. 물론 책을 내거나 잡지사, 문예지, 신문사 등에 보낸 원고지는 빼고 말이야."

25평쯤 되는 산실은 작은 주방과 응접실, 서재 겸 집필실인 큰 방, 생활하는 작은 방 등으로 꾸며졌는데, 책이 얼마나 많은지 서재는 물론 거실, 베란다까지 책이랑 작가 혼자 생활하기에도 비좁아 보였다.

서재 겸 집필실에서 차 한 잔을 마시며 작가의 삶과 작품 세계를 들여다봤다. 출입문과 베란다 쪽 창문을 제외하곤 방은 온통 책으로 빼곡해 서가가 천정까지 닿아 있다. 방 한가운데 교잣상과 방석 하나 놓고 원고지에 펜으로 글을 써내려가는 작가의 모습이 오래된 풍경화처럼 친근하게 다가온다.

작가는 현대과학 문명의 이기인 컴퓨터를 사용하지 않고 오로지 200자 원고지에 만년필로 글쓰기를 고집하고 있다.

"20수년 전 내 일급 독자인 K가 서울 본사에서 C시의 KT본부장으로 부임해 와 컴퓨터, 팩스, 인쇄기 등을 설치해 놓고 가 고맙긴 하지만 안 쓰고 있어. 컴퓨터가 편리는 하겠으나 왠지 놈의 노예가 되는 것 같고 또 글에 혼이 담기지 않은 것 같아 싫어. 그리고 나는 도대체가 기계엔 손방이고 젬병의 기계치라서 기계와 수치에 대해선 바보 천치야. 그래서 아예 안 배우고 안 쓰지."

서재엔 늘 그리워하고 존경하며 작품세계의 소재자인 어머니 고 박악이 여사의 영정사진이 모셔져 있다. 어머니는 언제나 반듯하고 어진 모성애로 지금의 작가 인생을 이끌어 왔다.

문득 빈 공간마다 걸려 있는 편액과 족자들이 눈에 들어온다.

응접실에 '청명淸名', '깨끗한 이름'이라 쓴 편액에 눈이 멎었다.

"내 좌우명이지. 이름을 더럽히지 말자는 뜻이야."

또 현관 위엔 자연목에(아마도 느티나무가 아니면 은행나무인 듯한) 양각한 달필의 예서체 당호 '어초재漁樵齋'란 편액이 눈에 들어온다. 그리고 서재 입구엔 '몽함실夢숨室'이란 편액이 역시 달필의 반초서체로 자연목에 양각된 채 걸려 있었다.

당호 어초재는 '고기 잡고 나무하고 공부하는 집'이란 뜻인 것 같고 실호 몽함실은 '꿈을 먹고 사는 방'이란 뜻인 듯했다. 이 몽함실의 편액 글씨와 각자는 세계 최고의 금속활자 장인인 고 오국진 씨가 쓰고 팠다는데 그래 봐서 그런지 참 근사해 보였다. 이밖에 소설가 고 오영수 씨의 글씨 '산심강정山深江靜'과 역시 소설가 고 김동리 씨의 글씨 '동심지언 기취여란(同心之言其臭如蘭—마음과 말이 같으면 그 냄새가 난초와 같이 향기롭다)'이 걸려 있고 청록파 시인 고 박두진 씨의 글씨 '처정處靜'과 구봉산인의 글씨 '심덕 즉 시천리(心德 卽 是天理—마음의 덕이 곧 하늘의 이치)'가 청파의 글씨 '이문회우(以文會友—글로써 벗을 모은다)'와 함께 빈 공간 없이 걸려 있다. 이 밖에도 글씨와 그림이 작가의 초상화와 함께 빼곡했다. 역시 작가의 산실은 다르구나 싶었다.

이 작가의 작품에는 생경한 토속어나 한문투의 문장이 자연스럽게 많이 나타나는 것을 볼 수 있다. 이것은 그가 초등학교밖에 졸업하지 못했으나 독학으로 중·고등학교의 강의록을 단기간에 떼고 국어사전을 통째로 두 번 이상 읽었고 옥편을 '가' 자에서 '힐' 자까지 6만여 자를 세 번이나 베끼기를 해 한문이건 한글이건 언어 활용에 탁월한데다 타의 추종을 불허하는 해박한 지식의 산물이다. 특히 그가 살아 온 충북지방 가운데 단양 제천 충주지역 토속어의 감칠맛 나는 능숙한 언어 구사는 이 작가의 작품만이 갖는 백미라 해도 과언이 아닐 것이다. 따라서 그의 작품은 대학에서 우리말 공부 교재로 채택되기도 한다.

또 이 작가 강준희는 청렴 강직한 선비작가로 유명하다. 이밖에 그는 지방이건 중앙이건 각종 문학시상에 한 번도 응하지 않고 누가 알아주든 알아주지 않든 꼿꼿하게 자신의 길을 걸어가고 있다. 그런데도 작가의 산실에는 문학 제자와 그를 존경하는 이들이 '선생님' 하며 발걸음과 전화가 끊이질 않는다.

요즘 이 작가는 물질문명 속에 황폐해진 정신세계를 되살리고자 '선비정신계승회'를 창립, 혼신의 힘을 다하고 있다.

"지금 우리는 물질문명의 향유와 탐닉, 정신문화의 갈등과 상실 속에서 주체와 정체성을 잃고 윤리 부재, 지조 부재, 청렴 부재, 애국 부재의 부재시대에 살고 있다"며 "올곧고 올바른 선비정신으로 사회를 바로 세워야 한다"고 주창하고 있다.

◇ 올곧은 정신 바로세우기 혼신
◇ 확대경 통해서도 글쓰기 계속

◇ 인터뷰 강준희 작가

강준희 작가를 만나면 75세인 연세에도 카랑카랑한 말씀에다 시대를 넘나들고 장르를 불문한 해박한 지식에 감탄하고 꼿꼿한 성품과 기개에 고개가 절로 숙여진다.

작가의 삶은 지난해 펴낸 자전적 소설「땔나무꾼 이야기」에 오롯이 새겨져 있다.

작가는 "이 책에는 내가 살아온 인생 축도를 출생 성장에서부터 정신, 자세, 사상(철학), 신념, 좌우명, 인생관(세계관)은 물론 청빈 강직 경개耿介, 비타협의 선비정신에 이르기까지 온갖 고난 갖은 역경의 돌닛길이 참담무비의 모진 풍우설한과 함께 오롯이 담긴 고백록"이라고 밝히며 성장통을 앓고 있는 청소년들에게 일독을 권했다.

작가는 지난 1966년에 월간『신동아』지에「나는 엿장수외다」가 당선돼 '화제의 인물'로 뜨기 시작했다.

『서울신문』신춘문예에「하 오랜 이 아픔을」이란 실화소설이 또 당선돼 스타덤에 올랐고 이어 최고 권위의 문예지『현대문학』에 소설(단편)「하느님 전 상서」가 추천 발표돼 화제의 작가가 됐다.

이 작가의 작품에는 일제말기부터 근·현대에 이르는 우리 모두의 농촌과 도시의 아픈 시대상이 그대로 반영돼 있다. 그가 써온 글의 대부분은 생생한 체험의 산물이다.

그동안 작가는 26권의 책을 냈고 지난해는 이를 10권으로 묶어 충청권 작가로는 처음으로 '문학전집'을 냈다.

작가는 "앞으로도 건강이 허락하는 한 돋보기를 쓰고 확대경을
사용해서라도 집필활동을 계속해 나가겠다"는 의욕을 보였다.

평생 청렴과 지조를 지켜온 작가는 요즘 '선비정신' 고양에 혼신
의 힘을 쏟고 있다. 지난해 지역 원로 20여 명으로 '한국 선비정신계
승회'를 창립하고 초대 회장에 추대된 작가는 "지금 우리 사회는 선
비정신을 근간으로 한 아름다운 정신문화를 잃고, 무분별한 서양문
화와 배금주의로 정신의 부패가 가속화 돼 진실과 신의가 상실된
사회에 살고 있다"며 "선비정신은 진실한 삶과 고상한 인격의 기반
일 뿐만 아니라 거짓과 부정에 저항하는 비판과 투쟁의 정신이 될
것"이라고 말했다.

그는 한국 소설가협회와 한국 문인협회, 국제 펜클럽 한국본부
회원으로 한국 농민문학회 이사, 한국 자유문인협회 이사, 한국 문
인협회 윤리분과 위원, 중부매일, 충청매일, 충청일보 논설위원을
역임했으며, 현재는 한국문인협회의 자문위원과 한국 선비정신계
승회 회장으로 있다. 상으로는 충청북도 문화상과 한국 농민문학
작가상 본상을 받았다.

■ 후 기

위의 글은 2010년 8월 30일자 『충북일보』 18면 전면에 실린 '문
화 아지트를 찾아서'의 기사 내용이다. 이 기사 끝엔 또 인터뷰 기사

도 있었는데 이 인터뷰 기사엔 내가 서재에서 집필하는 모습이 사진으로 필요 이상 크게 나와 민망하기 짝이 없었다. 신문 잡지에 인터뷰를 수없이 해 봤지만 사진을 이렇게 크게 클로즈업시킨 건 처음이어서 당혹스럽기까지 했다. 왜냐하면 사진이 지면(전면)의 반나마 차지했으니까.

강준희 문학전집 美 하버드대 갔다 ▉

2008년 충청권 작가 중 최초 문학전집 출간

단양 제천 충주지역 토속어 구사

대학에서 언어 연구 교재로 활용

　지난 2008년 충청지역 작가로는 처음으로 문학전집을 출간한 원로작가 강준희 씨(74, 충주시 연수동 세원아파트)의 『강준희 문학전집』 전 10권이 최근 미국 하버드대 도서관에 소장된 것으로 알려졌다.

　『강준희 문학전집』을 출판한 국학자료원(대표 정찬용)은 "최근 미국 하버드대 도서관 소장 도서 목록에 『강준희 문학전집』 2세트가 소장돼 있는 것을 확인했다"라고 밝혔다.

　『강준희 문학전집』은 데뷔작인 「하느님 전 상서」에서 최신작 「누가 하늘이 있다하는가」에 이르기까지 30여 년 간 집필해 온 작품 26권을 10권으로 묶어 엮어냈다.

　지조와 청렴의 선비소설가로 널리 알려진 강준희 작가는 1935년 충북 단양에서 태어나 『신동아』에 「나는 엿장수외다」와 『서울신문』에 「하 오랜 이 아픔을」이 당선되고 『현대문학』에 「하느님 전 상서」가 추천돼 등단했다.

어려운 가정 형편 때문에 초등학교밖에 다니지 못했으나 독학으로 한학과 영어 일본어를 공부했으며 문학을 비롯한 법학, 철학, 사학, 고전 등을 공부했고 이 외에도 많은 책을 섭렵해 여러 방면에 두루두루 박식하기로 유명하다.

특히 단양, 제천 충주지역 토속어의 감칠맛 나는 언어 구사로 독자들의 감탄을 자아내는 것은 물론 대학에서 언어 연구 교재로 활용될 정도다. 가요와 동요, 민요, 가곡 등 1천여 곡의 노래를 외워 부를 정도로 풍류에도 능한 그는 고령임에도 불구하고 왕성한 집필활동을 펼쳐 후배 문인들에게 귀감이 되고 있다.

최근엔 우리 사회에서 실종된 선비정신을 되찾기 위해 '한국 선비정신계승회'를 만들어 회장직에 추대돼 활발한 활동을 펼치고 있다. 그리하여 충주를 비롯한 타 지역까지 '선비정신'에 대한 강의를 다니고 있다. 이 선비정신에 대한 강의는 일반 사회단체는 말할 것도 없고 대학과 기관 공공단체에까지 열강을 하고 있어 충주에서만 회원이 140여 명에 이른다. 요즘처럼 자신의 이익과 명리만을 추구하는 세상에 자신을 희생해가면서 바른 사회 구현에 앞장서는 강준희 회장의 숭고한 뜻은 존경 받아 마땅한 이 시대의 사표요 귀감이다. 더욱이 고희도 훨씬 넘긴 고령임에도 불구하고 말이다.

작품집으로는 『하느님 전 상서』, 『신굿』, 『하늘이여 하늘이여』,

『개개비들의 사계』, 『강준희 선비론-지식인들이여 잠을 깨라』, 『염라대왕 사표 쓰다』, 『아아, 어머니』, 『쌍놈열전』, 『지조여 절개여』, 『그리운 보릿고개』, 『껍데기』, 『이카로스의 날개는 녹지 않았다』, 『사람 된 것이 부끄럽다』, 『누가 하늘이 있다하는가』, 『땔나무꾼 이야기』, 『선비를 찾아서』 등 30여 권이 있다. 그리고 지금도 열정적으로 집필을 하고 있다.

충주 정구철 기자

■ 후 기

위의 글은 2011년 1월 7일자 『중부매일』에 내 문학전집(『강준희 문학전집』 전 10권)이 미국 하버드대 도서관에 소장됐다는 기사 내용이다. 같은 내용의 보도 기사는 중부매일 외에도 『충청일보』, 『동양일보』, 『충청신문』, 『충북일보』, 『충청매일』 등 지방 신문마다 보도된바 있다.

'지역의 멋 · 맛'

정겨운 고향말로 녹여냈다

지역민 정취 · 성격 · 당시 시대상 반영
안정되고 정확한 표현 감칠맛 더해

문학작품을 읽다보면 평소 들어보지 못했던 표현을 접할 때가 있
다. 방언, 즉 지역의 사투리일 경우가 많다.

최명희의 소설 『혼불』, 조정래의 『아리랑』과 『태백산맥』에는 전
라도 사투리가 자주 등장하고, 박경리의 『토지』는 경상도 사투리,
이문열의 작품은 경상도 사투리와 충남 사투리, 김소월의 시에는
평안도 사투리가 들어가 있다. 이들 사투리는 표준어가 주지 못하
는, 보다 감각적이고 감칠맛 나는 의미 전달 역할을 한다.

소설, 시, 수필과 같은 문학작품 안에서 작가가 구사하는 방언은
작가가 그 지역에서 오랫동안 써온 방언으로 그 지역의 정취와 지
역민들의 성격, 당시 시대상황 등이 고스란히 투영되어 있다. 특히
작가는 전문적으로 언어를 다루는 사람이기 때문에 해당 지역의 방
언에 대한 이해가 빠르고, 방언에서 사용되는 어휘에 대한 감각이

남다르며, 비교적 정확한 표현을 제시한다.

충북지역 출신 대표 작가들의 문학작품 속에 나타난 충북 사투리를 찾아봤다.

◇ 옥천 출신 시인 정지용 작품

충북 옥천 출신 정지용(1902~1950년) 시인은 섬세하고 독특한 언어 구사로 한국 현대시의 신경지를 연 대표적 인물이다. 그의 대표작 '향수'에도 어김없이 충북 사투리가 등장한다.

"얼룩배기 황소가 해설피 금빛울음을 우는 곳……(중략) 하늘에는 성근 별……"(향수 중)

얼룩배기 황소는 누런 바탕에 흰 점이나 무늬가 박혀 있는 우리나라 토종 소로, 얼룩송아지와는 차이가 있다. 표준어는 '얼룩빼기'가 맞다. 충북사람들은 사투리로 '얼룩소'를 '얼럭소, 얼럭쇠, 얼룩배기, 얼럭이, 얼제기'라고 불렀다.

'해설피'는 해가 아직 넘어가지 않아 저녁 노을도 생기지 않고 황혼도 깃들지 않은 해거름 무렵의 상태를 나타내는 충북 방언으로 '해설푸다', '설풋하다'로도 쓴다. 표준어는 '설핏하다'로 '해설피'를 표준어로 다시 쓰면 '해가 설핏하게'가 된다.

'성글다'는 물건들 간의 사이가 듬성듬성할 때 쓰는 형용사로, '향수'에서 감각적인 시적 언어로 평가된다.

◇ 괴산 출신 소설가 홍명희 작품

괴산에서 태어난 홍명희(1888~1968년)는 10여 년 간『조선일보』
에 연재된 당대 최대의 장편 역사소설 '임꺽정'으로 유명한 소설가
이며 언론인, 사회운동가, 정치가였다.

"'아서아서' 하고 손을 내저으며……"(임꺽정 중)

충북 방언 '아스다'는 '하지 마라', '그만두다'의 의미로 '아서', '아
서라', '아스라', '아스슈' 등 주로 명령형으로 쓰인다. 노년층은 물론
젊은 층도 자주 사용하는 사투리 중 하나다.

"나두 장 꺽정이랑 이가 보구시픈데 형님 왜 날 안 데리구 가우."
(임꺽정 중)

'장'은 '늘', '항상'이 쓰일 자리에 습관적으로 빈번하게 쓰였던 부
사다. 충북출신 작가들의 문학작품에서도 자주 등장하는 사투리 중
하나다. 지금은 장년층 이하 연령층에서는 사어화 돼 듣기 힘들어
졌고 젊은 층은 '장' 대신 '늘', '항상', '맨날'을 쓰고 있다.

◇ 충주 출신 작가 강준희 작품

'선비작가'로 알려진 소설가 강준희 씨(76)는 제천 단양지역 토속
어의 언어 구사로 충청지역 소설가 중 처음으로 2008년 문학전집
(전 10권)을 출간했다. 단양에서 태어나 충주에 거주하면서 왕성한
집필활동을 펼치고 있다. 데뷔작『하느님 전 상서』를 비롯해『신

굿』, 『미구꾼』, 『아아, 어머니』, 『그리운 보릿고개』 등 많은 작품집이 있으며 특히 『이카로스의 날개는 녹지 않았다』(전 3권)에 충북지방 방언이 자주 등장한다.

"긴 것 같기도 하고 아닌 것 같기도 해 출생지를 보니 단양으로돼 있어……"(『이카로스의 날개는 녹지 않았다』 중)

충북 사람들에게 '기여 안 기여'로 익숙한 이 말은 충청도 사투리 '기다'(그렇다, 맞다)의 어미에 충북 사투리의 특징인 '−여'가 결합된 말이다. 긴 말을 간략하게 압축하는 충북 사투리의 특징인 함축과 축약의 미를 드러낸 말이다. '기다'는 '기다, 기구, 기지, 기니, 기여, 겨'로도 활용된다. '이기 기지?'(이게 맞지?, 이게 그리지?), '이 전화번호가 깁니다'(이 전화번호가 맞습니다) 등은 일상생활 속에서 심심찮게 나온다.

"몸살이 된통 나 일주일을 오지게 앓았는데……"(『이카로스의 날개는 녹지 않았다』 중) '오지다'는 1930년대 홍명희의 '임꺽정' 작품에서도 등장한다. '오지게 뚜디리 팼다'(심하게 두들겨 팼다), '오지게 덮어썼다'(심하게 당했다) 등으로 작품 속에서 목격되며 '옹골찌다', '옹골짜다'로도 쓴다.

'오지다'는 '상황이 아주 심하거나 지독하다'는 뜻의 표준어 '옴팡지다'의 의미와 '내용이 알차다'는 뜻의 '옹골지다'의 의미를 동시에 가진다.

세명대 박경래 교수는 "작가들이 문학작품 속에 고향 말을 녹이는 경우는 많지 않지만 방언을 통해 지역의 맛과 멋, 당시 시대상황과 언어적 맥락을 이해할 수 있다"며 "문학작품 속의 방언 어휘들은 감각 있는 작가들이 비교적 상세하고 안정되게 사용하기 때문에 방언으로서 매우 중요한 가치를 가진다"고 설명했다.

김미정 기자

■ 후 기

위의 글은 2012년 2월 16일자 『중부매일』 '문학 속의 충북 사투리'난에 실린 기사 내용이다. 이 가사엔 명실 공히 한국 최고의 소설가 홍명희(작고)와, 한국 최고의 시인 정지용(작고)의 태산교악 같은 양대 산맥 속에 나를 끼워 넣어 민망하기 그지없다. 나는 아직 미숙하기 짝이 없어 문학도의 경지도 벗어나지 못했는데 감히 이 두 분들 속에 들었으니 영광스럽기는 하나 두 분의 존명尊名과 성화聲華에 누累나 되지 않을지 적이 걱정된다.

선비작가 강준희 선생이 전하는 '45개 금과옥조'

『이 땅의 청소년에게 – 떳떳하고 당당하라』 출간

지조와 절개, 강직과 청렴의 선비작가로 널리 알려진 원로 소설가 강준희 선생이 이 땅의 청소년들이 살아가면서 꼭 알아야 할 우리 정신과 인간의 도리에 대해 절규하듯 토해낸 『이 땅의 청소년에게 – 떳떳하고 당당하라』(국학자료원, 1만 2천 원)를 펴냈다.

작가는 이 책에서 "우리 청소년들이 꼭 알아야 할 중요한 것을 전혀 모르거나 안다해도 잘못 알아 안타깝다"며 "예의, 범절, 도리, 호칭, 우리 것, 우리 얼, 우리 역사, 우리 정신과 선, 악, 미, 추, 시, 비, 곡, 직, 정, 부정, 의, 불의에 대해 청소년들이 알기 쉽게 일화의 예문을 들어 설명했다"고 밝혔다. 그러면서 "이 책은 3부 45개의 주제로 씌어 졌는데 청소년들이 읽어보고 성장을 위한 디딤돌로 활용하기 바란다"며 "이 땅의 내일을 책임질 미쁜 청소년들이여! 부디 자신에 대해, 국가에 대해, 인류에 대해 부끄럽지 않은 떳떳한 사람이 되라"고 강조했다.

강준희 작가는 1935년 충북 단양에서 출생,『신동아』에「나는 엿장수외다」,『서울신문』에「하 오랜 이 아픔을」이 당선되고『현대문학』에「하느님 전 상서」등으로 문단에 데뷔,『선비론』,『지조여 절개여』,『절사열전』,『선비를 찾아서』등 30여 권의 책을 냈고, 2008년도엔 충천권에서는 처음으로 26권의 책을 한데 묶어『강준희 문학전집』(전 10권)이 출간 됐으며 이 전집이 미국 하버드대 도서관에 소장되는 등 지조와 절개를 중시하는 선비작가로 정평이 나 있다.

그런가 하면 강준희 작가는 일간지의 논설위원을 역임하며 추상같은 정론 직필로 사회 정의 구현에 앞장서 파사현정破邪顯正의 예리한 필봉을 거침없이 휘둘러 많은 독자로부터 열화와 같은 박수갈채를 받았다. 현재는 한국 선비정신계승회 회장으로 있으면서 사라져가는 선비정신을 살리는 데 혼신의 노력을 경주하고 있다.

충주 김주철 기자

■ 후 기

위의 글은 2011년 5월 17일자『충북일보』에 실린 기사다. 이 기사는 충북지방 일간지마다 비슷한 내용으로 보도가 돼『충북일보』와『충주신문』만을 인용, 여타의 신문은 중복을 피하기 위해 생략한다.

원로 작가 강준희 씨

문학전집 출판기념회 가져

26권 한 질 충청권 최조, 문학사적 가치 커

한국 문단의 중진이자 우리고장 대표작가인 소설가 강준희 씨가
30여 년 넘게 쓴 26권의 작품집을 총 결집한 '문학전집'(전 10권)이
발간돼 출판기념회가 열렸다.

충주문화원(원장 전찬덕)이 주최하고 충주시와 충주시의회, 충주
주재기자단이 후원한 '소설가 강준희 전집 출판기념회'는 11월 28
일 오후 5시 30분 충주 그랜드관광호텔 2층 연회장에서 김호복 충
주시장과 유호담 충주시의회 의장, 이시종 국회의원, 이언구 충북
도의회 건설문화위원장, 정찬용 국학자료원(출판사) 대표이사 등
300여 명이 참석해 전집 출간을 축하했다.

이번 『강준희 문학전집』은 강준희 작가가 오랜 세월동안 뼈를 깎
고 살을 저미서 쓴 26권의 단행본을 집대성한 것으로, 생존작가로
는 충청권에서 처음 있는 일이어서 문학사적 가치가 매우 크다.

이날 행사는 전찬덕 충주문화원장의 인사말에 이어 정찬용 출판

사 대표이사의 경과 보고, 김호복 충주시장, 유호담 충주시의회 의장, 이시종 국회의원, 이상범 시인의 축사, 임연규 시인의 헌시 낭독, 충주고 차태평 교사와 소프라노 이주옥 씨의 축가, 충주 문향회 회원들의 꽃다발 증정, 강준희 선생의 육성을 CD에 담은 작가의 말과 동요 '오빠 생각'과 휘파람으로 가요 '감격시대' 열창, 문학평론가 이명재 씨의 '강준희 소설에 대한 비평' 순으로 진행됐다.

전찬덕 문화원장은 "가난하지만 청렴하고 대쪽 같은 강직한 성품의 강준희 선생님께서 평생의 작품을 한데 묶어 전집을 출판하게 된 것을 축하드린다"며 "문학을 더 발전시키는 계기가 되길 바란다"고 말했다.

김호복 충주시장은 "지역을 대표하는 원로작가이자 지역 문화를 이끌어 온 강준희 선생님의 전집 출판을 21만 충주시민과 더불어 축하드린다"며 "이번 전집 출판이 독자와 후세들에게 지혜와 사랑, 철학이 전달 돼 정신 세계를 한 단계 발전시켜 주는 계기가 되길 기대한다"고 말했다.

이시종 국회의원은 "영국의 엘리자베스 여왕이 셰익스피어와 인도를 바꾸지 않겠다고 했듯이 우리도 강준희 선생님과 인도를 바꾸지 않겠다"고 칭송하고 "청빈하지만 고고함과 불의와 타협하지 않는 성격, 이 땅의 선비요 민족작가인 강준희 선생님이 평생을 써 온 문학작품을 한 질로 출판하게 된 것을 축하드린다"고 말했다.

문학평론가 이명재 씨는 "강준희 작가의 작품을 대해보면 가난하지만 인간적이고 성실하고 열심히 살아온 모습이 보인다"며 "전통적 문화를 아끼고 치열한 작가의식과 탁월하고 풍부한 어휘, 짜임새 있는 구성, 철저한 자료 수집, 고고하면서도 강직 청렴한 선비정신 등을 높이 사지 않을 수가 없다"고 했다. 그러며 "강준희 작가는 학력 없이 고통과 가난 속에 글을 써서 세계적인 작가가 된 20세기 러시아의 막심 고리끼나, 역시 별 학력 없이 고통과 가난 속에 글을 쓴 1920년대 빈궁문학의 일인자 서해 최학송보다 월등한 작가"라고 평했다.

이어 답사에 나선 강준희 작가는 "충주문화원과 충주 주재기자단, 충주시와 충주시의회 여러분들이 분에 넘치는 자리를 마련해 줘 고맙기 그지없다"고 인사한 뒤 "부끄럽게도 서너 권 분량의 글을 제외한 스물여섯 권의 졸작을 한 데 묶어 문학전집이란 이름으로 세상에 내놓고 보니 민망하고 두렵고 남우세스럽다. 앞으로 힘이 남는 날까지 열심히 글을 쓰라는 격려로 삼겠다"고 말했다.

강 작가는 1935년 충북 단양에서 출생, 가난한 생활 속에서도 일생을 청빈하면서도 올곧게 살아온 삶으로 유명하다.

강 작가는 『현대문학』에 「하느님 전 상서」라는 작품을 추천 받고 문단에 등단했으며 『신동아』에 「나는 엿장수외다」 당선, 『서울신문』에 「하 오랜 이 아픔을」이 당선됐으며 충북도 문화상, 한국 농민문학 작가상 본상 등을 수상했고, 지방 신문 여러 곳에서 논설위원으로 활동했다.

김주철 기자

■ 후 기

위의 글은 2008년 12월 1일자 지역지 『충주신문』에 보도된 '강준희 문학전집' 출판기념회 기사 내용이다.

이날 보잘것없는 문학전집 출판기념회에 300여 명에 가까운 많은 분들이 참석, 축하해 줘 고맙고 미안하고 죄스럽다. 좋은 글로써 보답을 해야 하는데 능력이 없어 안타깝다.

『강준희 문학전집』 하버드대 도서관 소장

미국 하버드대 한국소설에 관심
가장 한국적인 작품으로 평가

이항복
한국시서저널 발행인, 소설가

지조와 청렴의 선비 문사
강준희 소설가

생존의 충청 작가로는 최초로 문학전집 전 10권 출간
"선비정신은 이 시대에 회복돼야 할 한국혼"
왕성한 집필 강연. 76세 역동의 청년 강준희. 육필원고만 4층 건물 높이.

　　원로 작가 강준희 선생(충북 충주시 연수동 세원 아파트)의 '강준희 문학전집 10권'이 최근 미국 하버드대 도서관 소장 도서 목록에 올랐다.
　　하버드대가 충북 충주에서 소설 집필에만 전념해온 강준희 소설가의 문학전집 전 10권을 소장하게 된 배경은 그의 소설들이 가장 한국적인 작품으로 높이 평가한 것으로 알려졌다.

『강준희 문학전집』을 출간한 국학자료원(대표 정찬용)에 따르면 최근 "미국 하버드대 도서관 소장 도서목록에『강준희 문학전집』2세트가 소장돼 있는 것을 확인했다"고 밝혔다.

강준희 소설가는 데뷔작인 「하느님 전 상서」부터 신작 「누가 하늘이 있다하는가」까지 40여 년간 써온 26권의 작품집을 10권으로 묶어 충청지역 소설가로는 최초로 문학전집을 출간했다.

지조와 청렴의 작가로 널리 알려진 강준희 소설가는『신동아』에 「나는 엿장수외다」,『서울신문』에 「하 오랜 이 아픔을」이 당선되고 『현대문학』에「하느님 전 상서」 등을 추천받아 화려하게 등단했다. 이런 그는 이미 위에서 말한 바대로 「나는 엿장수외다」와「하 오랜 이 아픔을」을 통해 유명해졌고 1976년『하느님 전 상서』라는 기발한 창작집을 세상에 내놓고 1980년 중편 문제작『신굿』과 19 83년 중편 화제작『미구꾼』이 한국문학에 발표돼 문단의 주목을 끌었다. 강준희 소설가의 작품 세계는 한과 비판적 인식에 바탕을 둔 사회적 현실에 대한 풍자와 해학, 기지가 넘치는 작품들이 주류를 이루고 있다. 특히 인간 삶의 근본적인 목표와 현실적인 상황 사이에 놓여질 수밖에 없는 모순의 간격을 들춰내면서도, 삶에 대한 깊이 있는 애정을 보여주고 있다.

강준희 소설가는 1935년 충북 단양에서 부잣집 외아들로 태어나고 유년기는 선망과 동경 속에서 자랐다. 그런데 갑작스런 가세의 몰락(집의 화재, 아버지의 빚보증 무리꾸럭, 대홍수로 전답 수십 두락 유실, 경자유전 원칙에 의한 토지개혁으로 많은 땅 잃음)과 부친의 별세로 초등학교만 간신히 졸업. 나무 해다 장에 내다 팔며 독학을 시작했다. 그는 책도 선생도 없었으므로 책은 닥치는 대로 읽고 쓰고 외웠고 그러다 모르는 게 있으면 서울의 유명 대학 유명 교수한테 자신의 처지를 설명하고 반신료로 우표를 동봉해 질문과 함께 답을 물었다. 그러다 안 되겠다 싶어 서울로 강의록을 주문해 중, 고등 과정을 단기로 마쳤다. 그는 한글 어휘나 한문 어휘에 능하고 특히 감칠맛 나는 우리 토속어로 글을 많이 썼기 때문에 그의 작품이 대학의 언어 연구 교재로도 활용되고 있다.

이런 그는 가요와 민요, 동요와 가곡 군가에 이르기까지 천여 곡의 노래를 부를 만큼 노래 실력도 대단해 풍류에도 능하다. 그는 비분강개 잘하는 성격이지만 낭만적이고 감상적이고 꼼꼼하고 섬세해 여자 이상의 살림꾼이다. 그리고 또 단순 솔직 호방한데다 산골 소년 같은 순진함까지 가지고 있어 그를 로맨티스트에 아이디얼리스트에 센티멘털리스트로 부르는 이도 있다. 한데도 그는 안타깝게도 백락伯樂을 못 만나고 손양孫陽을 못 만나 날개를 제대로 못 편 채 외로워하고 있다. 세상이 옥석혼효玉石混淆가 안 되니 옥과 돌을 구분 못하고, 세상에 백락伯樂이 없어 불세출의 천리마를 못 알아보니 어찌 손양孫陽인들 나타나 천리마가 끄는 소금수레의 한恨인 염거지감鹽車之憾을 알겠는가. 모두가 돈을 제일로 알고 살면서 골프다, 등산이다, 해외여행이다, 식도락 투어다, 고스톱이 아니면 취미생활이다 하며 속된 말로 표현해 그와 노는 물이 다르니 어찌 사상 철학 인생관이 같을 수 있겠는가.

강준희 선생은 2009년 우리 사회에서 실종된 선비정신을 되찾기 위해 '한국 선비정신계승회'를 창립, 회장으로 추대돼 활발한 활동을 펼치고 있다. '한국 선비정신계승회'는 전, 현직 대학 총장과 변호사, 한학자, 교수, 전교, 향교의 유림회, 전 교육장과 교장, 의사, 국악인, 영문학자, 종교학자, 목사, 사학자, 문인, 자영업자 등 정치인을 뺀 각계각층의 인사들로 구성돼 있다.

　강준희 선생은, 아니 한국 선비정신계승회장 강준희 선생은 그동안 선비에 대한 책을 많이 썼고 선비에 대한 강의도 백여 차례 이상을 했다. 선비에 대한 책은 소설로, 비평으로, 수필로, 콩트로, 칼럼으로, 사설(논설)로까지 썼는데 예기例記하면 『강준희 선비론─지식인들이여 잠을 깨라』로부터 『쌍놈열전』, 『절사열전』, 『껍데기』, 『사람 된 것이 부끄럽다』, 『아, 이제는 어쩔꼬?』, 『선비를 찾아서』, 『선비의 나라』(근간) 등 많다.

　이런 강준희 회장은 선비정신을 한 마디로 '한국혼'이라 했다.

　"보십시오. 미국에는 아직도 프런티어 정신과 청교도적 정신이 있고, 영국에는 아직도 신사도 정신과 기사도 정신, 그리고 페어플레이 정신이 있습니다. 중국도 중체서용론中體西用論을 중국 정신이라 할 수 있는 중체, 즉 유교는 그대로 가지고 있되 부국강병을 위해서는 서양의 문물을 받아들여야 한다는 중체서용론을 가지고 있고, 일본은 일본혼, 대화혼大和魂이라는 야마또 다마시 정신이 힘쓰자는 간바레頑張 정신과 함께 있습니다. 이스라엘은 잃어버린 고토 시온으로 돌아가자며 2천 년 동안 박해 받고 떠돌며 시오니즘을 부르짖었고, 그리스는 아직도 스파르타정신이 있고, 독일은 여태도 근검절약과 함께 게르만정신이 있습니다. 그렇다면 한국은 뭐가 있어야 합니까? 자주채서自主採西가 있어야 합니다. 우리 것은 잘 지키고 서양의 것은 좋은 점만 캐서 받아들이자는 자주채서 말입니다. 이게 뭐겠습니까. 선비정신입니다. 선비정신이야말로 시급히 되찾고 지켜서 이어나가야 할 절체절명의 명제요 덕목입니다."

강준희 한국 선비정신계승회장은 선비에 대해 입을 열자 막혔던 봇물이 터지듯 고담준론의 선비론이 걷잡을 수 없이 쏟아져 나왔다. 그것은 열변이요 현하지변懸河之辯이었다. 그는 또 "우리나라가 청지, 경제, 사회, 문화, 교육, 종교, 언론, 가정 등 모든 분야가 바로 서지 못하는 가장 큰 원인은 선비정신 결여에서 오는 현상입니다. 선비정신을 바로 세워 선, 악, 미, 추, 시, 비, 곡, 직, 의, 불의, 정, 부정을 제대로 다잡아 가르친다면 왜 불효가 생기고 왜 불충이 생기고 왜 못된 불량학생이 생기겠습니까. 아니 이 외에도 이루 열거할 수 없을 정도로 많은 비리 비행이 생겨 나라를 이 지경으로 결딴내겠습니까?"

그는 앞으로 선비정신을 전반적으로 확산시키기 위해 릴레이 강연에 나설 계획이다. 특히 사회의 여론 주도층인 행정공무원과 교육 공무원, 검경공무원과, 세무공무원, 가능하면 시, 도의회의원들까지 대상으로 삼아 강연할 예정이나 돈 없는 가난한 작가라 애로가 이만저만이 아니란다. 일을 제대로 하려면 비영리 단체 사단법인 등록부터 해야 되는데 그러자면 사무실을 얻어야지 등록비 3천만 원을 예치해야(나중에 도로 찾는다고는 하지만) 하니 올가미 없는 개장수여서 옴치고 뛸 수가 없다. 그래 생각다 못한 그는 우선 임의 단체 등록부터 해 일을 하기로 했다. 한국 선비정신계승회라는 이름과 뜻이 좋아서인지 회원은 150여 명이나 됐지만 움직이거나 일을 할 때마다 돈이 들어야 하니 난감한 일이다.

그런 그는 어디서 강의를 하고 받는 강사료를 몇 번에 걸쳐 내놓았으나 이는 언 발에 오줌누기요 단솥에 물 붓기였다. 그러느라 걸핏하면 쌀이 떨어져 라면을 사다 끓여 먹기 예사요 그것도 여의치 않으면 칼국수로 끼니를 때우고 한다.

이렇게 애쓰는 그를 보고 측근에서는 너무 딱해 돈이 생기나 옷이 생기나 왜 늙은이가 사서 고생이냐며, 제발 이제는 몸 건강에나 신경 써 영양가 있는 음식 찾아 먹고 편이 좀 살라한다. 그러면 그는 소리를 버럭 지르며 호통을 친다. "뭐가 어째? 돈이 생기나 옷이 생기나 왜 늙은이가 사서 고생이냐고? 몸 건강 생각해서 영양가 있는 음식 먹고 편히 좀 살라고? 참 고마운 말이고 또 반가운 소리요. 나를 위해 하는 말이니 진정으로 고맙소. 허나 나는 그대들처럼 돈도 가정도 없으니 그렇게 할 수가 없소. 그리고 그대들이 듣기엔 역겹고 아니꼬운 소릴지는 몰라도 지식인의 책임이란 그런 것이 아니오. 지식인 되어 세상이 결딴나다시피 하는데 어찌 팔짱끼고 수수 방관할 수 있단 말이오. 논어에는 선비란 나라가 위태로우면 목숨을 내놓으라 했소. 이것이 그 유명한 사견위치명士見危致命이오. 그리고 선비 되어 편안히 잘 살기만을 바란다면 이는 선비라 할 자격이 없다 했소. 그래서 한일합방 때 통분을 못 이겨 음독 자결한 매천 황현梅泉 黃玹 선생은 그의 절명사 중에 추등엄권회천고秋燈掩卷懷千古하니 난작인간식자인難作人間識字人이란 말을 남겼소. 이게 무슨 말이냐 하면, 가을 등불 아래 읽던 책 덮어두고 천고의 옛일 생각하니, 인간으로 태어나 식자인 노릇하기 어렵다는 뜻이오. 그리고 저 당송 팔대가 중의 한 사람인 소동파蘇東坡도 인간식자우환시人間識字憂患始라 하여 인간으로 태어나 식자를 안다는 게 벌써 근심의 시작이라 했소. 그러니 나를 진정으로 위하고 진정으로 돕고 싶으면 우리 한국 선비정신계승회에 입회해 일을 돕던가 아니면 후원금이라도 좀 내시오!" 그의 말은 사자후였다. 어디서 그런 조리 있고 논리적이고 유식한 문장들이 술술 거침없이 나오는지 몰랐다. 이게 다 그동안 피나게 공부한 내공의 힘이라 생각하니 고개가 숙여져 기자도 한국 선비정신계승회의 회원으로 가입했다.

2010년 출간한 소설집 『선비를 찾아서』는 '선비란 무엇이며 누구인가'로부터 시작해 선비의 정의와 선비의 자세, 그리고 선비의 사상, 선비의 유형, 선비의 사명과 역할에 이르기까지 선비에 대한 모든 것이 망라돼 있다.

"지금 우리 사회에는 선비가 드뭅니다. 드물어도 너무 드물어 쌀의 뉘 만큼이나 드뭅니다. 곧은 사회 바른 세상을 위한다면 곧은 선비 바른 선비가 나서서 일을 해야 합니다. 지금 우리는 정말 올곧은 선비가 필요할 때입니다."

청렴 강직의 올곧은 선비 문사로 널리 알려진 강준희 소설가는 40년이 훨씬 넘게 충주에서 전업 작가로 홀로 살고 있다. 일생을 전업 작가로 글만 써왔으니 그의 삶이 얼마나 고달프고 신산했겠는가. 그래도 세상과 타협 한번 안 한 채 고고하게 살았으니 참 신기하고 신비하고 의아하고 불가사의하다. 하루 이틀 한두 달 일이 년도 아닌 자그마치 40여 년간을 수행자처럼 혼자 살며 밥 하고 빨래하고 청소하고 반찬 만들고 그러다 감기 몸살이라도 걸리면 천장 쳐다보며 혼자 끙끙 앓았을 테니 얼마나 괴로웠을까. 기자는 아무리 생각해도 작가 강준희 선생을 이해할 수가 없다. 지금은 다 단념했겠지만 2~3십년 전만 해도 젊어 여자도 돈도 직장도 마음먹기에 따라 가능했을 테니 말이다. 그만한 얼굴, 그만한 실력, 그만한 말솜씨 그만한 달필과 노래 실력이면 많은 여자가 따랐을 수도 있다. 더욱이 2~3십년 전에는 활자화시대여서 책도 꽤 팔리고 책이 한 번 나오면 전국에서 독자가 혹은 편지로 혹은 전화로 혹은 직접 방문해 자고 간 경우도 많았다 들었는데……. 그 중엔 묘령의 규수도 많았을 것이다.

그는 숱한 세월을 절대 고독, 절대 고행, 절대 가난 속에서 살았다. 그러면서도 자세 하나 흐트러뜨리지 않고 조대措大하고 경개耿介한 문사로 자신을 지켜왔다. 참 대단한 지절志節이요 대단한 위업偉業이다. 그리고 또 어떻게 보면 대단한 대치大癡다.

끝으로 인터뷰를 마치며 2011년 현재까지 나온 강준희 선생의 저서(작품집)를 소개하며 글을 마칠까 한다.

* 작품집

『하느님 전 상서』, 『신굿』, 『하늘이여 하늘이여』, 『미구꾼』, 『개개비들의 사계』, 『강준희 선비론—지식인들이여 잠을 깨라』, 『염라대왕 사표 쓰다』, 『아, 어머니』, 『쌍놈열전』, 『바람이 분다, 이젠 떠나야지』, 『베로니카의 수건』, 『지조여 절개여』, 『절사열전』, 『그리운 보릿고개』 상/하, 『껍데기』, 『이카로스의 날개는 녹지 않았다』 상/중/하, 『그리운 날의 삽화』, 『사람 된 것이 부끄럽다』, 『오늘의 신화—흙의 아들을 위하여』, 『길』, 『너무도 아름다워 눈물이 난다』, 『아! 이제는 어쩔꼬?』, 『누가 하늘이 있다하는가』, 『강준희 문학전집 10권』, 『강준희 문학전집 전 10권 미국 하버드대 도서관 소장』, 『땔나무꾼 이야기』, 『선비를 찾아서』, 『강준희 메시지 이 땅의 청소년에게』

가치 있는 삶을 위한 메시지

강준희 작 『희언만필』을 읽고

김구산
전 중앙대 교수

　최근에 발간된 작가 강준희 선생의 『희언만필』을 읽고 작가가 이 사회에 제시한 메시지를 공유하고 싶어 글을 쓴다.

　이 책은 4편의 독립된 작품이 각각 중편 정도의 분량으로 실려 있다.

　그러나 여기에는 공통된 주제가 일관되게 제시되어 있다. 그것은 '청렴淸廉', '지조志操' 그리고 '신념信念'이라는 삶의 가치관이다.

　이 책 속에 있는 제1편 '한국문단에 띄우는 긴급동의' 제2편 '아, 고구려!' 제4편 '아니디아'는 그동안 신문과 문예지에 분재되어 발표된 바 있고 제3편 "'나'라는 사람—내가 나를 해부한다—'는 작가 강준희 선생이 자신의 내면세계를 분석하고 고백한 정신세계의 자서전이라고 할 수 있다. 여기에 실린 4편의 작품들은 분명히 소설은 아니고 이 시대의 상황과 그 속에서 반응하고 있는 인간들의 삶에 대한 문학적인 비평서인 것이다.

따라서 이 책을 독자들은 그동안 이 사회에서 반사적으로 살고 있었던 자신을 반성하고 인간의 정신적 가치를 다시 각성하는 계기로 삼을 수 있었을 것이다.

한국전쟁 이후로 서양의 물질주의가 파도처럼 밀려들어 왔고 우리는 살아남기 위하여 갖은 고초를 겪으며 생존을 유지했다. 그 사이 우리의 정신적 가치를 부양해 왔던 전통적 가치관은 붕괴되어 버렸고 그 대신 상업적 이기주의와 부富의 우상화가 등장하였다. 그 결과 한국인들의 재능과 노력으로 경제대국이라는 자만심을 갖게 되었지만 이 사회의 도덕적 기반은 허물어져 버렸다. 이 방면으로 부정과 부패는 만연돼 있고 범죄는 나날이 증가하고 있으며 자살률은 OECD 국가 중 1위라는 불명예를 안고 있다. 그런가 하면 사회적으로는 교육부재라는 부끄러운 현상까지 나타나고 있다. 지금 학교라는 간판을 걸어 놓은 교육기관에서는 교육이 이루어지고 있지 않다. 교육이라는 말만 남고 교육은 부재하는 것이다. 왜냐하면 교육은 본질적으로 인격의 완성을 목표로 하는 것이고 대학교육이란 이러한 인격교육을 토대로 하여 전문가와 지도자의 양성을 토대로 하여 전문가와 지도자의 양성을 목표로 삼는 것이다.

그러나 현재의 행태는 부와 권력을 지향하는 정보를 입력하는 일뿐이다. 또한 이런 사회 구조 속에서 가정교육까지 결핍되어 있다. 그러므로 이 같은 현상이 지속된다면 과연 우리 사회의 미래는 어찌될 것인가? 그래도 다행한 것은 그 수효는 많지 않지만 이런 현실을 걱정하고 개탄하며 비판의식을 통하여 바른 말 곧은 소리로 쓴 소리를 하고 있는 소수의 참 지성인이 있다.

그 가운데 한 분이 충주에 거주하며 '한국 선비정신계승회'의 회장직을 맡고 있는 본서의 저자 강준희 선생인 것이다.

선생은 본서에서도 스스로 떳떳이 밝히고 있듯이 초등학교밖에 못 나왔고 화전火田 일궈 삼순구식하며 산에서 나무를 해다 읍내 장에 져다 파는 땔나무꾼을 비롯해 엿장수, 연탄배달, 포장마차, 인분수거부, 스케이트 날 갈이, 경비원, 학원 강사, 대학 강의 등 숱한 천신만고를 겪으면서 독학으로 오늘의 경지에 이르러 일간신문의 논설위원에까지 이르렀고 지금은 한국문단의 원로 작가로 우대되고 있는 불세출의 입지전적 인물이다.

우리는 어떤 사람이 고생 끝에 성공했다는 사례는 종종 듣는다. 그러나 본서의 작가 강준희 선생의 경우는 성공의 사례라기보다 지성知性이 일구어낸 가치의 사례인 것이다. 그는 세속적 욕구의 충족을 거부하고 높은 정신적 가치를 추구해 왔다는 사실 하나로써 그의 남다른 가치를 알 수 있다.

선생은 지금도 가난하다. 그런데도 당당하다. 왜냐하면 정신적으로 풍부한 가치의 세계에서 세속적인 비천한 삶을 내려다보고 있기 때문이다. 여기에서 말하는 가치란 인간의 삶이 달성해야 할 이념적理念的 가치를 말하는 것이다. 그런데『희언만필(戱言漫筆)』에서는 이러한 이념적 가치관이 전반적으로 제시되어 왔다. 지금 이 사회에서는 지성인知性人이라는 말이 지식인知識人이라는 말과 혼돈

되어 있다. 지식인이라면 여러 학문 분야에서 학문적 정보를 많이 가지고 있는 사람을 말하지만 지성인이라면 지혜의 광채에 의존하여 옳고 그름을 분간할 줄 알고 언행이 일치하여 그 태도가 단정하며 자신의 삶이 지탱해야 할 뚜렷한, 가치관을 지닌 사람을 말하는 것이다.

이런 관점에서 필자는 작가 강준희 선생이 대표적 지성인이라 칭하고 싶다.

인간의 본질은 역시 생각 즉 사고思考하는 것이다. 그리고 그 사고가 삶의 형식을 결정한다. 그러므로 자신의 삶이 지향해야 할 가치를 결정할 때 비로소 자신은 가치 있는 삶을 누리게 된다.

이번에 발간된 『희언만필』은 배금주의와 탐욕의 먹구름이 가려진 이 사회에 살고 있는 많은 사람들에게 의식을 환기시킬 수 있는 메시지가 될 것이다.

■ 후 기

위의 글을 영문학자이자 비교종교학자인 외우畏友 김구산 전 중앙대 교수가 내가 살고 있는 충주의 『충주신문』에 발표한 기고문이다(2013년 5월 17일자). 『충주신문』은 2백 자 원고지 12장의 결코 짧지 않은 글을 전재, 귀한 지면을 할애했다. 김구산 교수와 충주신문에 감사드린다.

"불의로 살기보다 의로써 죽겠다"

강준희 소설집 『선비의 나라』

윤리 · 지조 · 청렴의 부재시대
역사 속 곧고 바른 선비정신
글로 엮어 현대인들에 전파

지조와 절개의 '선비작가'로 알려진 중진 소설가 강준희 선생이 '선비의 나라'라는 소설집을 출간했다. 이로써 강준희 작가는 27책 30권이라는 놀라운 양의 저서를 펴내 한국 작가 중 몇째 안에 가는 많은 작품집을 펴낸 작가의 한 사람이다.

이 책『선비의 나라』는 세 편의 중편과 여섯 편의 단편으로 구성돼 있으며 선비에 대해 쓴 소설만을 한데 묶은 책이다.

이 책에는 '불의로 살기보다 의로써 죽겠다', '선비 한 사람 죽지 않아서야', ' 내 굶어 죽은들 어찌 너희 밥을', '나는 조선왕조의 백성이다', '오 장하여라 순절殉節 순사殉死여' 등 제목만 보아도 서슬 퍼런 선비의 기개와 절개가 넘치는 글들이 실려 있다.

작가는 독자들이 이 책을 통해 역사 속에서 고고하고 개결하고 강직하고 청빈하고 지조 있고 기개 있고 타협 않는 올곧은 언행일치의 '선비정신'의 중요성을 인식하고 선비정신을 모르고 살아가는 현대인들이 한번쯤 반드시 생각해야 할 문제를 화두로 삼은 듯하다.

　이 책 '선비의 나라'에 나오는 아홉 편의 작품은 어느 것 하나 중요하지 않는 게 없어 이 책만 읽으면 아하, 참선비들은 이런 정신으로 살았구나 싶어 옷깃을 여미게 된다. 이 아홉 편의 작품 중에 여덟 편은 시점이 모두 과거(조선조)인데 반해 '어느 산장山長 일민逸民의 포효咆哮'만은 시점이나 시제가 현대다. 그리고 주인공이 공원에서 불특정다수의 시민을 상대로 강연 형식을 빌어 자유분방하게 세상을 호령한다. 주인공은 동서고금의 해박한 지식을 통해 정치, 경제, 사회, 문화, 종교, 윤리, 교육, 효친, 국가관 등 각 분야에 걸쳐 잘못된 것들을 통쾌한 호통과 질타, 격조 높은 풍자와 해학으로 통렬히 진단 고발하고 있어 재미는 물론 십 년 묵은 체증이 내려갈 만큼 시원하다. 이는 작가가 이 사회에 대해 그리고 선비정신이 어떤가에 대해 하고 싶은 내면의 얘기를 작품의 주인공을 통해 쏟아낸 것이라 볼 수 있다.

　작가는 『강준희 선비론―지식인들이여 잠을 깨라』는 사회 비평서를 비롯해 소설(장편)『쌍놈열전』, 비평서『지조여 절개여』, 소설집『절사열전(節死列傳)』, 칼럼집『껍데기』, 『사람 된 것이 부끄럽다』, 『너무도 아름다워 눈물이 난다』, 소설집『아! 이제는 어쩔꼬?』, 『선비를 찾아서』, 『선비의 나라』 등 선비에 대한 글만 수백 편을 써서 많은 사람들에게 선비정신을 일깨워왔다. 그리고 마침내는 한국 선비정신계승회를 창립, 회장으로 추대돼 선비작가로 널리 알려져 있다.

　작가는 "지금 우리는 물질문명의 향유와 탐닉, 정신문화의 갈등과 상실 속에서 주체와 정체성을 잃은 채 윤리부재, 지조부재, 청렴부재, 철학부재, 신념부재, 애국부재의 부재시대에 살고 있어 부정부패가 만연하고 인간성 상실의 사건들이 일어나고 있다"고 진단하고 "이를 바로 잡기 위해 올곧고 결바른 선비정신이 필요할 때다. 효도가 모든 행실의 근본이듯 곧고 바른 선비정신은 사회 정의의 근간이다"라고 강조했다.

　희수의 나이에도 돋보기와 확대경에 의지하며 글을 쓰고 있는 강 작가는 "펜을 들 수 있을 때까지 글을 쓰겠다"며 젊은이 못지않은 왕성한 작품활동을 펼쳐 후배 작가들에게 사표와 귀감이 되고 있다.

　1935년 충북 단양에서 출생한 강 작가는 『신동아』에 「나는 엿장수외다」와 『서울신문』에 「하 오랜 이 아픔을」이 당선되고 『현대문학』에 「하느님 전 상서」 등의 작품이 추천돼 문단에 데뷔, 지금까지 27책 30권의 저서(작품집)를 냈고 총 26권의 책을 10권으로 묶어 『강준희 문학전집』을 출간해 미국 하버드대학 도서관에 전집이 소장되기도 했다.

충주 김주철 기자

■ 후 기

위의 글은 2012년 4월 4일자 『충북일보』에 실린 신간 소설집 『선비의 나라』 기사 내용이다.

"26평 아파트와 승용차에 '작가혼' 팔 수 없었지"

강준희 작가 『희언만필』 출간

한국문단의 원로작가 강준희 씨(79)가 작가 인생에서 겪은 일화와 청렴하게 살아온 삶을 관조적 입장에서 진솔하게 엮은 만필집 『희언만필(戱言漫筆)』을 출간했다.

이 책은 작가가 일정한 형식이나 체계 없이 쓴 글이지만 글 속에 사물에 대한 풍자, 해학, 비판이 번뜩여 독자들에게 읽는 즐거움과 함께 '촌철살인'의 깨달음을 얻게 한다.

이 책은 319쪽에 4부로 나뉜 네 편의 글이 실려 있는데 1부인 첫 번째가 '한국문단에 띄우는 긴급동의'라는 글로 한국문단의 타락과 병폐와 부조리를 고발한 글이다. 가장 고고하고 당당하고 의연해야 할 문사들이 그렇지 못한 정신과 자세와 행위를 질타했다. 이 글은 준렬한 비판과 서릿발 같은 호통으로 실례를 들어가며 질책했다.

이 글은 200자 원고지 150장 분량으로 1998년 『자유문학』 겨울호 권두에 전재된 글을 다시 옮겨 놓은 것으로 한국문단의 자성을 촉구함에 크게 기여하리라 보여 진다.

두 번째 글 2부는 '아, 고구려!'로 충주 문화원 초청으로 중국 길림성 집안현의 고구려 유적을 보고 온 소회를 작가적 시각에서 적은 것이다.

작가는 현지 고구려 유적에 대한 설명이나 해설에서 다른 이들은 알지 못하거나 관심이 없어 지적하지 못한 오탈자와 맞춤법 등이 엉망으로 돼 있는 것을 하나하나 지적하고 웅혼한 고구려의 상무정신을 우리 젊은이들이 너무 모르고 있는 것에 대한 안타까움, 나아가 역사를 등한시 하는 세태를 신랄하게 꼬집었다.

세 번째 글 3부에서는 '나'라는 사람—내가 나를 해부 한다—로 작가가 작가 자신을 스스로 해부해 객관적 시각에서 진솔하게 장, 단점을 일화를 들어가며 눈물겹게 쓴 자기 고백서다. 이 글을 통해 독자는 작가의 진면목을 발견, 놀람과 동시에 애정과 친근감을 느낄 것이다.

이렇게 정직하고 솔직한 자기 고백서는 좀처럼 보기 어렵기 때문이다.

네 번째 글 '아니디아'(아니디아는 범어로 무상, 덧없음이라고 함)는 숱한 어려운 생활고에서도 자신의 혼을 팔지 않고 고고하고 강직하고 청렴하게 살아온 작가가 거액의 유혹을 자신과의 싸움으로 물리친 고뇌와 갈등을 그린 가슴 저미는 글이다. 1986년 찰가난의 곤핍한 생활로 삼순구식할 때 어느 스님 한 분이 독자라며 찾아와 자서전을 써 달라 부탁했다. 스님은 속세에 있을 때 폭력 전과가 있는데 이 폭력 전과를 빼고 부처님의 참제자로 상구보리上求菩提와 하화중생下化衆生으로 이타利他의 보시행布施行을 한다고 써주면 26평 아파트와 중대형 승용차 한 대를 사주겠다 제의했지만 그는 깨꿋한 영혼과 작가로서의 양심을 지키기 위해 거절한 후 인간으로서 겪은 고뇌와 갈등을 감동적으로 그려내고 있어 물질과 황금만능에 목숨을 걸다시피 한 현대인들에게 커다란 감동과 함께 경종을 울려주고 있다.

현재 작가는 80이 가까운 고령임에도 건강을 챙기고 손수 밥을 지어 먹으며 돋보기와 확대경을 사용(그는 지금도 육필로 글을 쓴다)하여 글을 쓰고 있는 의지의 고령 청년 작가다. 그는 충북 단양에서 출생, 『신동아』에 「나는 엿장수외다」, 『서울신문』에 「하 오랜 이 아픔을」이 당선되고 『현대문학』에 「하느님 전 상서」 등이 추천돼 문단에 데뷔했다. 그는 현재 31권 28책을 출간했고 2008년엔 26권을 묶어 『강준희 문학전집』 전 10권을 출간했는데 이 전집은 미국 하버드대 도서관에 소장돼 있다. 이럼에도 그는 아직도 청빈과 선비정신 하나로 사는 영혼이 맑은 가난한 작가로 살고 있다(국학자료원, 319쪽).

충주 박일 기자

■ 후 기

위의 글은 2013년 4월 1일자 『동양일보』에 실린 기사다. 이 기사는 충북지방 일간지마다 대동소이한 내용으로 보도돼 여타의 신문 보도는 생략한다.

『이 작가를 한번 보라』를 내면서

정찬용
국학자료원 원장

　내가 소설가 강준희 선생님을 처음 뵌 것은 1994년인가 그랬다. 그러니까 벌써 20여 년 전 일이다. 그때 나는 강준희 선생님을 그저 한 평범한 소설가로만 알았다.

　그랬다. 그때 나는 강준희 선생님에 대해 별로 아는 게 없었다. 그런데 얼마 후 우리 출판사가 선생님의 자전소설 『이카로스의 날개는 녹지않았다』를 출간하고부터 나는 부쩍 선생님에 대한 관심이 많아져 그 책 상, 중, 하 세 권을 단숨에 읽었다. 그리고 아! 한국 문단에 이런 분이 계시다니. 아니 이런 분도 한국 문단에 계시구나 싶어 놀랍고 의아하고 신선하고 경이로웠다. 그리고 안타깝고 존경스러웠다. 대개 출판사 발행인은 책을 내기만 하지 여간해서 그 낸 책을 읽지 않는데 나는 왠지 선생님의 자전소설 『이카로스의 날개는 녹지않았다』가 읽고 싶어 출판사에 나오지 않은 채 집에 들어앉아 전 3권을 독파했다. 그런 다음 아아! 하고 천장만 쳐다봤다.

알만한 분들은 아시겠지만 강준희 선생님은 언필칭 학력이라는 게 없어 초등학교 졸업이 학력의 전부이시다. 그래 독학으로 학력學力을 쌓아 오늘에 이른 분이시다.

뿐만이 아니다. 선생님은 또 안 해본 일이 없으셔서 보통사람은 상상도 할 수 없는 농사일로부터 시작해 땔나무장수, 측량기사 보조원, 노동판 품팔이, 엿장수, 자조 근로작업, 사법서사(요즘의 법무사) 사무원, 엽연초 재건조장 인부, 스케이트 날 갈이, 인분 수거부, 민주공화당 충북 제3지구당 선전부장, 연탄배달부, 포장마차, 서적 외판원, 경비원, 고입 대입학원 강사(현대문 고문 한문), 일간지 논설위원(상임) 등 숱한 가시밭길을 걸어오셨다. 그래서 선생님을 잘 아는 분들은 선생님을 한국 문단의 막심 고리끼니 현대판 최학송이니 한다. 아니 선생님은 막심 고리끼나 최학송보다 더 기막힌 가시밭길을 수 없이 걸어오셨다. 그러면서도 늘 푸른 소나무처럼 기개 있게 살아오셨다. 내가 선생님을 존경하지 않을 수 없는 이유는 바로 여기에 있다. 선생님은 말할 수 없는 역경과 곤경을 숱하게 겪으셨으면서도 단 한 번 훼절하거나 변절하지 않으셨고 타락하거나 시속에 물들지 않으신 채 떳떳하고 당당하게 살아오셨다. 살기가 힘들고 배고프면 세상과 타협하고 영합하기 마련인데 선생님은 그 오랜 세월을 혼자 힘들게 살아오셨으면서도 혼을 팔아 먹이를 구하지 않으신 채 청빈일변도의 올곧음을 고집하셨다. 세상이 타락하고 변절하고 부정하고 부패해 말세로만 가는데 누가 이렇듯 자신을 지키며 선비정신 하나로 독야청청 살겠는가.

선생님은 또 세상에서 말하는 학맥과 인맥과 문맥이라는 것도 전혀 없고 문단 로비니 문단 정치니 하는 것도 전혀 모르시는 분이다. 문단 생활이 일천한 사람도 상 타고 감투 쓰고 문단의 모모제인을 모르는 사람 없어 마구 돌아치는데 선생님은 이런 것과는 오불관언인 채 일민逸民으로만 초연하게 사신다. 그래서인지 문학평론가 이명재 교수(전 중앙대 교수)는 그의 평론집『한국 문단의 다원적 비평』에서 강준희 선생님을 다음과 같이 평하고 있다.

◇ 남다른 삶의 역정과 개성

일찍이 강준희는 충북 단양에서 부잣집의 귀한 외아들로 태어나 유년시절을 선망과 동경 속에서 유복하게 보냈다. 그랬지만 갑작스런 가세의 몰락과 부친의 별세로 숱한 시련을 겪었다. 가당찮게 초등학교만 간신히 졸업, 편모슬하에서 애면글면 주경야독을 했다. 그러다가 고향을 떠나 객지를 떠돌면서 모진 시련 다 겪어가며 풍진세상과 맞섰다. 농사, 나무장수, 막노동, 엿장수, 경비원, 연탄배달부, 인분수거부, 스케이트 날 갈이, 풀빵장수, 포장마차, 자조 근로작업, 필경사, 월부책 장수, 학원 강사, 신문사 논설위원 등.

그는 이런 상황 속에서도 굴하거나 절하지 않고 문학수업에 정진하며 형설의 금자탑을 쌓았다. 이십 수년의 습작 기간 동안 치열한 글쓰기로 자기 구원의 길을 찾아 매진한 보람이다. 1950년대 중엽에 처음 『농토』라는 기관지에 습작소설 『인정』이 활자화된 이후 글 실력을 인정받은 셈이지만, 천신만고 피나는 노력 끝에 수백 대 일의 경쟁을 뚫고 신문에 글이 당선되었다. 체험기인 논픽션 「나는 엿장수외다」가 『신동아』에 당선(1966)되고, 다시 자전적 팩션소설 인 「하 오랜 이 아픔을」이 『서울신문』에 당선(1974)되었다. 이어서 오영수 선생 추천으로 최고 권위의 『현대문학』에 단편 『하느님 전 상서』가 발표되어 어엿하게 작가로 데뷔하였다.

이런 고난과 역경을 이기고 최종 학력 국졸로 작가가 돼서인지 그는 자신에 걸맞은 별칭도 갖고 있다. 아는 사람은 강준희를 '최대 의 고통'이라는 뜻의 러시아 작가 막심 고리끼와 한국 빈궁문학의 대명사로 일컬어지는 서해曙海 최학송으로 지칭된다. "작가 강준희 는 한국판 막심 고리끼요, 현대판 최학송이다."

하지만 기실 강준희는 막심 고리끼나 최학송보다 더한 고생과 배 고픔을 겪었으면서도 그들보다 작품을 더 많이 쓰고 총 26권의 저 서를 한데 묶어 문학전집 전 10권을 내놓았다. 그래서 우리는 그의 성을 따서 합성한 '강 고리끼와 새 서해'라고 인식해도 좋을 것이다. 강준희는 상상을 뛰어넘는 역경 속에서 소설보다 더 소설 같은 삶 을 산 입지전적 인물이어서이다.

그는 소설 창작 밖의 문화 활동에도 나선바 있다. 박람강기한 실 력이 회자돼 고입과 대입학원에서 현대문, 고문, 한문을 강의했고 여러 대학에서 문학특강을 하기도 했다. 그리고 각 사회단체의 특 강을 지금도 계속하고 있다. 그런가 하면 그는 또 십수 년 동안 몇 개의 신문에 논설위원으로 위촉돼 추상 같은 비판과 정론으로 통쾌한 필봉을 휘둘러 분통터지고 억장 무너지는 민초들로부터 열화와 같은 박수갈채를 받았다.

강준희는 신언서판이 출중한 헌거로운 쾌남아로 꾀가 없고 약지도 못해 산골 소년 같은 사람이다. 성질이 불같은 그는 인내심 많고 약속을 칼처럼 지키는 사람이다, 순진한 그는 그렇게 배 주리고 고생했으면서도 어찌 된 영문인지 돈에 대한 애착도, 돈을 벌 재주도 없는 사람으로 알려져 있다. 그러고 보면 그는 안 굶어죽은 게 참 용해 천생 선비로 어렵게 살아야 할 사람이다. 또한 곧기가 대쪽 같아 지난날 어느 실력자가 그의 학력 없음을 안타까이 여겨 대학 졸업장을 공짜로 얻어주겠다 하자 일언지하에 거절하고 그와 분연히 의절했다고 한다. 뿐만이 아니다. 그는 언젠가 자신이 떳떳하지 못하다하여 문학상까지 거절했다고 전한다. 또 어휘 실력도 대단해 강준희가 사는 고장에서는 걸어 다니는 국어사전이란 소리를 듣는 정도이다. 그는 토박이말은 물론 한자어와 고사, 사자성어까지 많이 알아 해박한 실력을 두루 갖춘 사람이다. 나도 그 자신으로부터 지금까지 국어사전 여러 권을 헐어서 버릴 정도로 골똘하게 익혔다는 말을 들은 바 있다. 근년에 펴낸 장편소설 『누가 하늘이 있다하는가』(2006, 2008)에는 모두 560개의 신선하고 낯선 어휘를 후주로 설명해 놓고 있음을 본다. 서두와 끝부분의 경우만 보더라도 흥미롭다. 째마리, 요동시, 열쭝이, 부등깃, 자닝스러워, 백두한사, 중다버지, 가죽절구질, 설원지추, 염알이 등. 이런 토박이 말이나 고사를 즐겨 자주 쓰는 데는 나름대로 요즘 들어 우리 주위에서 자꾸 사라져가는 모국어를 되살리려는 깊은 뜻과 충정이 어려 있다. (후략)

내가 출판업에 종사한 지 40여 년이 가까운 지금까지 가장 보람 있고 기쁘고 가치 있었던 것은 좋은 책을 찍었을 때와 강준희 선생님 같은 분을 만나 뵈었다는 점이다. 강준희 선생님은 훼절 않는 지조와 올곧은 선비정신 하나로 청빈 강직하게 사시는 분이다. 해서 선비정신에 대한 글을 많이 쓰셨고 이를 칼럼집, 소설집, 수필집, 평설집 등으로 묶어 선비에 대한 책만 여남은 권 내신바 있으시다. 그리고 선생님은 당신의 생활철학과 걸맞게 '한국 선비정신계승회'의 회장직을 맡고 계신다. 선생님이 세상 사람들처럼 문단에 데뷔하자마자 서울로 올라와 그들처럼 했다면 모르긴 해도 문학상 서너 개는 탔을 것이고 감투도 몇 개는 뒤집어썼을 것이다. 최종 학력 국졸로 대학에서 강의한 분들은 더러 봤지만 국졸로 대학 강의는 물론 일간지의 논설위원(그것도 상임)으로 시의 고금 양의 동서를 자유자재 넘나들며 박람강기의 필봉을 통쾌무비 휘두른 분은 선생님이 유일하지 않을까 싶고 이는 어쩌면 한국은 물론 세계적으로도 드문 일일지 모른다.

이러니 어찌 이런 선생님을 존경하지 않을 수 있겠는가. 더욱이 선생님은 그 긴 40여 년의 세월을 형벌받듯 손수 밥해 드시고, 설거지 하시고, 청소하시고, 빨래하시고, 반찬 장만하시고 그러다 몸 아프시면 혼자 천장 처다보며 끙끙 앓으시면서도 밖에서 뵐 때는 언제나 당당하셔서 초췌하거나 비굴하거나 궁기라곤 전혀 느껴지지 않는다. 아니 오히려 언제나 단정하고 깨끗하고 댄디하고 쾌활하고 위트와 조크로 유머러스하시기까지 해 보통 사람은 도무지 이해할 수가 없다. 웬만한 사람 같으면 진작 타락하거나 폐인이 되거나 술과 노름 등 주색잡기에 빠져 인생을 취생몽사로 망쳤을 텐데도 선생님은 언제 뵈어도 깨끗하고 당당하고 올곧고 결바르시다. 이는 어쩌면 '깨끗한 이름 청명清名을 좌우명으로 삼아오신 때문인지도 모른다. 이러니 내 또 어찌 이런 선생님을 존경하지 않을 수 있는가. 이 철학부재 신념부재 시대에.

그런데 이런 선생님이 요즘 들어 건강이 좋지 않으셔서 한 걱정이다. 그 긴 세월을 온갖 어려움 다 겪으시며 고행하듯 혼자 살아오셨으니 이만한 건강을 지켜 오신 것도 초인이시지.

선생님!

간절히 바라옵건대 부디 건강하셔서 저희 곁에 오래오래 계셔주십시오. 그러면 저희는 이보다 더 큰 기쁨이 없고 더 큰 보람이 없겠습니다. 선생님은 참으로 가난하신 큰 부자이십니다. 선생님은 백락伯樂 없는 시대의 천리마요 종자기鍾子期 없는 세상의 백아伯牙이십니다. 그 큰 외로움과 괴로움과 배고픔도 아무렇지 않은 듯 초극하신 초인이십니다. 그런데 왜 자꾸 편찮으십니까. 예? 선생님!

어초재 몽함실에서 정년 없는 창작생활

40년 독신생활, 추억을 먹고 사는 선비작가
초등학교 졸업에 문학전집 10권, 문학계 입지전적 인물

　부잣집의 외아들로 태어났지만 화재에 홍수에 빚보증에 6·25 직후 정부의 토지개혁제도까지 덮쳐 순식간에 몰락, 중학교 진학을 못한 단양 출신의 어린 소년은 나무 해다 팔아가며 그때부터 독학을 시작했단다.

　중고교 강의록을 단기간에 떼고 국어사전을 통째로 두 번 이상 읽었고 한문이 대세였던 시절, 옥편을 '가' 자에서 '힐' 자까지 세 번이나 베끼기를 하여 국어사전이고 옥편이고 너덜거릴 정도로 공부했단다.

　대학졸업장이 없어도 보통고시(1963년 이전에 시행되었던, 4급 국가 공무원의 임용 자격 고시) 합격자는 사법고시를 볼 수 있었던 당시의 제도 속에서 잠시 판사나 검사가 되고자 했단다. 그러나 벌주며 남의 인생을 법으로 판단하는 '비인간적인' 직업이라는 생각에

고민하다가, 소설로 세상을 아우르자고 맘먹었단다. 학력도 필요 없고 정년도 따로 없는 작가가 되어 내 이야기로 세상을 움직여 보자고 결심한 청년은 '깨끗한 이름'을 좌우명으로 하늘을 우러러 한 점 부끄럼 없이 살려고 노력했고, 50대가 되기도 전에 지조 있고 청렴한 선비문사로 문학계의 입지전적인 인물이 됐다.

이 땅의 지식인들을 향한 서슬 푸른 호통과 향토색 짙은 언어로 평생을 육필원고만을 고집한다는 강준희(78 · 충북 충주시 연수동 세원 A. 103−1010/ Tel. 016−669−3737) 소설가.

그를 만나기 위해 충주로 향하는 발걸음은 내심 가볍지만은 않았다.

초등학교 졸업의 학력으로 대기업 사장들을 상대로 강의를 하고, 중부매일, 충청일보, 충청매일 등 지역일간지의 사설을 전담하고, 수많은 칼럼을 통해 정치 · 경제 · 사회 · 문화 등 국가 전반에 걸친 부조리와 부패를 향해 쓴소리를 마다않기로 유명한 노 작가에 대한 선입견 때문이었다. '불편한' 인터뷰 자리가 되지 않을까 지레 겁먹은 것.

그러나 충주시 연수동 자택에서 만난 강준희 선생은 지금껏 그를 상징해 온 '곧고 대쪽 같은 선비 문사'로서의 이미지보단 40년 세월을 독신으로 살아온, 쓸쓸하면서도 다정다감한 이웃집 할아버지의 느낌이 더 강했다.

신시가지가 개발될 당시 지어진 서민아파트에서 25년째 살고 있다는 그는 편집장의 방문 시간에 맞춰 쌀쌀한 날씨였음에도 아예 현관문을 열어놓고 기다리고 있었다.

25평 정도의 그리 넓지 않은 아파트 거실이며 서재 겸 침실을 가득 메우고 있는 4,000여 권의 책들. 별다른 가구도 없이 책 이외에는 보이는 게 없다. 거실 한쪽에 위치한 주방에는 밥을 해먹은 흔적도 없이 깨끗하기만 하다. 오로지 글만 쓰고 살아온 선생의 지난 세월이 고스란히 느껴졌지만, 왠지 '횅—' 한 기운도 찬바람처럼 스치는 것 같아 마음 한켠이 아려왔다.

"아픈 덴 없으세요? 혼자 계시다 아프면 큰일이잖아요." 먼저 말문을 열었다.

30대 후반에 아내와 헤어져 40년 세월을 혼자 살면서도 책 보고 글 쓰느라 아플 시간도, 외로워 할 새도 없었다고 했다. 소설가로 이름을 알린 덕에 1990년대 초반까지만 해도 전국에서 몰려든 여성팬들이 많은 수발을 들어줬다고 했다. 혼자였지만 혼자였던 적이 없었고, 혼자였기에 마음껏 글을 쓸 수 있었고, 더 당당했고, 더 넉넉할 수 있었단다.

언제부턴가. 인터넷이 보급되면서, 발행한 책들의 판매부수도 현저히 줄고 육필원고를 집필하는 자신의 작업 스타일에도 한계가 생겼단다. 그래도 오직 글을 쓰고 있다는 자부심으로 버텨왔는데 갑자기 나빠진 시력으로 글 쓰는 일조차 어려워졌단다. 보이질 않으니 쓸 수도 없어 종종 패닉 상태에 빠지고 우울증까지 앓았단다. 일반 돋보기로는 모자라 돋보기 위에 큰 확대기를 갖다 대야 겨우 글씨가 보일 정도가 되다보니 바깥출입도 안하게 돼 이젠 정말 혼자가 돼버렸단다. 요양원엘 들어갈까 생각도 해봤지만 '말'이 통하지 않는 사람들 속에 섞여 사는 건, 혼자 있는 감옥보다 더하다 싶어 포기했단다. "하늘이 날 언제까지 허락해줄 지 알 수 없으나 그때까지는 확대기를 이용해서라도 쓸 수 있는데까진 써 보겠다"는 강준희 선생. 30여 권에 이르는 저서에 웬만한 얘긴 다 썼다고 생각했는데 아직도 할 이야기가 많단다. 기막힌 인생사라, 78년을 살면서 1천 년을 산 듯한 고통을 글로 써내는 작업을 멈출 수 없다는 얘기다. 삶의 질곡과도 같은 노 작가의 한 마디 한마디에 가슴이 먹먹해진다.

35년 충북 단양에서 태어나 초등학교를 졸업한 후 독학으로 한학과 영어, 일본어는 물론 철학까지 공부해 박학하기로 유명한 문사이며, 가요와 동요, 가곡 등 1,000여 곡의 노래를 외워 부를 정도로 풍류에도 능한 소설가 강준희 선생.

◇ 지조 · 청렴 · 애국 등 선비정신 부재의 현세에 쓴소리
◇ 약해진 시력에 글쓰기 어려워 우울증에 시달리기도
◇ 78년 살면서 1천 년을 산 듯한 고통, 집필로 해소
◇ 하늘의 뜻 알 수 없지만 살 때까지 살아보기로

1960년대 중반 월간 『신동아』에 논픽션 「나는 엿장수외다」가 당선되어 화제의 인물로 뜨기 시작했고, 『서울신문』 신춘문예에 「하오랜 이 아픔을」이란 실화소설이 당선되었으며, 몇 년 후 『현대문학』에 기발한 소설 「하느님 전 상서」가 추천돼 소설가로 등단했다.

2009년까지 26권의 책을 냈으며 이를 10권으로 묶어 충청권 작가로는 처음으로 '전집'을 냈다. 『강준희 문학전집 10권』 2세트가 미국 하버드대 도서관에 소장돼 있기도 하다. 같은 해 '한국 선비정신 계승회'를 창립, 170여 명의 회원들과 함께 지조·청렴·애국의 선비정신을 함양시키는 활동을 전개하며 2010년 『선비를 찾아서』, 2011년 『이 땅의 청소년에게』, 2012년 28번째 소설 『선비의 나라』를 펴냈다. 충주 예성공원 내 충주문학관 앞마당에는 중단 없는 그의 열정적 집필활동을 기리는 강준희 문학비가 2011년 건립돼 서 있다.

짐짓 책을 써내는 일만이 오직 인생의 목표인 양 살아온 그의 이력은 현재의 참담한 심경을 짐작케 한다.

펜을 놓으면 삶도 놓을 것 같은 절박한 심정으로 그는 올 초에도 만필집 한 권을 펴냈다. 『희언만필(戱言漫筆)』이라는 제목의 이 책에는 한국문단의 타락과 병폐와 부조리를 고발한 「한국 문단에 띄우는 긴급동의」와 중국 길림성의 고구려 유적을 보고 온 소회를 적은 '아, 고구려', 작가가 작가 자신을 해부한 '나─라는 사람', 숱한 생활의 어려움 속에서도 고고하고 청렴하게 삶을 살아온 작가가 거액의 물질 유혹에 갈등했던 경험담 '아니디아(덧없음을 뜻하는 범어)' 등 4편의 글이 실려 있다. 이 중 아니디아의 맺음말 부분이 유독 시선을 끈다.

"……숱한 차들이 질러대는 굉음소리, 온갖 쇠붙이들이 토해내는 기계소리, 악에 받쳐 질러대는 인간들의 악다구니 소리. 소리. 소리. 이 온갖 지겨운 소리 대신 새소리, 물소리, 바람소리를 들으며 꽃향기 풀냄새 맡으며 오두막에 삭정이로 군불지피며 살고 싶다.

아, 그러기엔 나는 이제 너무 늙었다. 내 나이 지명知命만 됐어도 용기를 내보련만, 내 나이 이순耳順만 됐어도 결행을 하련만 나는 이미 고희古稀도 지나 희수喜壽에 이르렀다. 아, 생각느니 인생이란 얼마나 덧없음인가……"

어초재魚樵齋 몽함실夢含室. 그의 집 현관과 서재에 걸린 현판 당호와 서재 이름이다. 정원이 있는 너른 집에서 고기 잡고 나무 해다 장작불 피워 가며 꿈을 머금고 살아가고 싶은 그의 소망이 담긴 제호이리라.

50년이 넘도록 오로지 글 쓰는 일에만 전념해 온 노 소설가의 내일은 제백사하고 찾아와 줄 벗 하나 있기를, 아픔 없고 쓸쓸함 없는 편안한 시간이기를 간절히 바라본다.

박현진 편집장

■ 후 기

위의 글은 2013년 12월 5일 『충북예총』지에 실린 인터뷰 기사다. 이 기사는 편집장 박현진 여사가 쌀쌀한 날씨에도 청주에서 충주까지 달려와 인터뷰한 것인데, 이날 나는 차를 마시고 점심도 같이 하면서 모처럼 많은 대화를 나누었다.

선비정신은 사회 정의의 근간

한국 선비정신계승회
곧은 정신문화 함양 노력

한국 선비정신계승회 강준희 회장은 지난 19일 충주시 교현동 충주시노인복지회관 회의실에서 열린 선비정신 함양을 위한 대강연회에서 강론했다. 지금 우리 사회에 만연된 물질 만능주의에 따른 인간성 부재의 부도덕, 무질서, 부정부패를 근절하기 위해서는 올곧고 결바른 '선비정신'을 되살려야 한다고 주창하며 4년여 째 활발한 활동을 펴고 있는 단체가 있어 관심이다.

충주에 본부를 두고 지난 2009년 12월 21일 창립된 한국 선비정신계승회(회장 강준희 소설가)가 바로 그 주인공.

한국 선비정신계승회는 지금 우리 사회가 물질문명의 향유와 선택, 정신문화의 갈등과 상실 속에서 주체와 정체성을 잃은 채 윤리 부재, 지조 부재, 청렴 부재, 애국 부재의 '부재시대'에 살고 있어 반인륜적인 각종 사건 사고로 어지럽다고 진단했다. 이를 '선비정신의 결여'가 빚은 현상으로 보고 그 반성과 인식을 함께하면서 '효도가 모든 행실의 근본이듯 곧고 바른 선비정신은 사회 정의의 근간'이라며 뜻을 같이하는 160여 명이 한국 선비정신계승회를 발족시켰다.

발족 후 강준희 회장을 비롯한 임원들이 선비정신에 대한 공감을 이끌어내고 실천하기 위해 공무원과 대학생, 시민들을 대상으로 여러 차례 '선비정신 함양 강연회'를 개최하는 등 선비정신 확산에 노력해왔다.

강준희 회장은 '선비정신이란 올바른 지식인의 윤리적 자세'라고 정의하고 서양의 '노블레스 오블리주Nobless Oblige'는 사회적 특권이나 부를 향유한 계층이 그것을 부여한 사회에 대해 행해야 하는 책무를 말하지만, 선비는 사회적 특권이나 부 때문이 아니라 '학식과 인품을 갖춘 실천적 지식인'으로서 사회적 책무를 행하는 것이라고 설명했다. 그러며 강 회장은 "혹자는 지금이 어느 시대인데 선비정신 운운하느냐며 진부한 고릿적 얘기는 집어치우라 하고 혹자는 또 지구가 한 블록의 글로벌시대이자 세계시민을 주창하는 마당에 고리타분한 선비 얘기가 가당키나 하냐고 한다"며 "그러나 이 사회에 만연한 온갖 부정부패 비리 비행이 올바른 정신문화의 결여에서 빚어진 것이라고 한다면 지금의 올곧고 결바른 선비정신이 꼭 필요할 때"라고 역설했다.

충주 김주철 기자

■ 후 기

　위의 글은 2013년 12월 31일자『충북일보』7면에 보도된 기사문이다. 이 기사문은 12월 19일 오후 2시 충주시 노인복지회관에서 실시된 선비정신 함양을 위한 대강연회 요지를 간추려 보도한 것임.

이 작가를 한번 보라

| 초판 1쇄 인쇄일 | | 2014년 3월 7일 |
| 초판 1쇄 발행일 | | 2014년 3월 10일 |

엮은이		강준희 편저
펴낸이		정구형
책임편집		윤지영
편집/디자인		심소영 신수빈 이가람
마케팅		정찬용 권준기
영업관리		김소연 차용원 현승민
컨텐츠 사업팀		진병도 박성훈
인쇄처		월드문화사
펴낸곳		**국학자료원**

등록일 2006 11 02 제2007-12호
서울시 강동구 성내동 447-11 현영빌딩 2층
Tel 442-4623 Fax 442-4625
www.kookhak.co.kr
kookhak2001@hanmail.net

| ISBN | | 978-89-279-0824-1 *03800 |
| 가격 | | 14,000원 |